ベリーズ文庫

8度目の人生、嫌われていたはずの王太子殿下の溺愛ルートにはまりました～お飾り側妃なのでどうぞお構いなく～

坂野真夢

STARTS
スターツ出版株式会社

お目にかかって、昔ばなしでもありったけして差し上げたい気持ちは山々です——と御婦人方のやうなことを申しまして

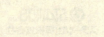

目次

8度目の人生、嫌われていたはずの王太子殿下の溺愛ルートにはまりました～お飾り側妃なのでどうぞお構いなく～

お飾り側妃
フィオナ
ブライト王国王女。
半ば人質として敵国へと嫁ぎ、
形だけの側妃となる。
地味にひっそり暮らすはずが、
なぜか王太子が放って
おいてくれなくて…!?
フィオナのペット(?)
ドルフ
幼い頃にフィオナが拾った
狼の聖獣。ドルフ曰く、
「俺がフィオナの飼い主」
なんだとか。
なんとループはドルフの
仕業…!?
オズボーン王国王太子
オスニエル
軍神と崇められる武力派王子。
冷徹で恋愛に無関心。
国王から王位継承の条件として
無理やり結婚を進められる。
嫌々フィオナを妃に迎えるも、
気づけば恋に
落ちていて…。
人物紹介
Charactar

8度目の人生、
嫌われていたはずの王太子殿下の
溺愛ルートにはまりました
~お飾り側妃なので
どうぞお構いなく~
フィオナ唯一の侍女
ポリー
サンダース男爵令嬢。
父親が営むサンダース商会で
紐編みアクセサリーを
販売し、大人気に。
もふもふ好き。
正妃最有力候補
ジェマ
リプトン侯爵令嬢。
美しく、気が強い。
オスニエルの正妃候補
として幅を利かせて
いる。
幼馴染の護衛騎士
トラヴィス
物言いは荒っぽいが、
兄貴肌で面倒見がよい。
行方不明になっていたが、
オズボーン王国に渡り
兵士に志願する。

８度目の人生、嫌われていたはずの
王太子殿下の溺愛ルートにはまりました
～お飾り側妃なのでどうぞお構いなく～

プロローグ

〝また戻ってきてしまった〟

フィオナ・オールブライトは、目を開けてそう思った。

赤地のタペストリーが石壁にかけられた豪華絢爛《けんらん》なこの部屋は、オールブライト家が代々王位を継承するブライト王国の謁見の間だ。周囲に政務官を務める貴族や近衛兵が並ぶ中、玉座ではフィオナの父である国王が、ひざまずいて首《こうべ》をたれているフィオナに、痛ましい視線を向けていた。

「もう一度、おっしゃっていただけますか？　お父様」

フィオナは、凛《りん》とした声でそう告げ、王を見上げた。彼は眉間に手をあてたまま、深いため息をつく。

「……オズボーン王国から和解の提案だ。講和条約を結ぶにあたり、王太子オスニエル殿の側妃として、お前を迎え入れたいと仰せだ。オスニエル殿は二十六歳。まだ正妃を娶《めと》っていないため、側妃とはいえ、お前が最初の妻となる」

王は、苦渋の表情を浮かべている。仮にも一国の姫が、正妃ではなく側妃として迎えられることの意味を考えれば、それは当然だった。

（やっぱり、政略結婚の打診の時点に戻るのね）

フィオナは納得して、胸のあたりに手をあてる。

先ほどまで、フィオナは嫁ぎ先のオズボーン王国の後宮で、夫の正妃から盛られた毒に苦しみ、喉をかきむしりながら死んだ。そして、次に目を開けた瞬間が今である。

（これで、七度目ね）

この現象を転生というのかはわからないが、フィオナはこれまでに七回、二十歳まで生き、そして死んだ。そして毎回必ず、政略結婚を言い渡される十七歳のこの日へと戻ってきてしまうのだ。

政略結婚を言い渡されるのも八度目ともなれば、慣れたものだ。今さら衝撃を受けたりはしない。

「この決定に異を唱えることはできない。お前は聖獣の加護も得られなかったのだ。せめてその身をもって、この国の役に立ちなさい」

「かしこまりました」

粛々とうなずいたフィオナを見て、王は痛ましそうに顔をゆがめた。

愛情のない父ではない。不本意ではあるが、国のためを思えば仕方ない決断だったのだろう。

「輿入れ先には、侍女と護衛騎士をひとりずつ連れていくことが許可されている。こちらで選出してもいいが、希望があれば聞こう。明日までに考えておきなさい」

「かしこまりました」

「出立は半年後だ。婚礼道具はすぐに手配しよう。お前は身を清めてその日を待て」

「はい」

フィオナが頭を下げ、親子の会話が終了だ。

謁見の間にいた重臣《じゅうしん》たちは、この決定にざわめいた。

それもそのはず。隣国オズボーンは、精霊や聖獣の存在を信じず、武力で他国を制圧し、領土を広げた野蛮な国だ。ブライト王国の人間は、誰もが自分たちを守る聖獣を信じ、あがめている。聖獣を軽んじるオズボーンは、最も忌み嫌うべき国だった。

そこに、自国の姫が嫁ぐと思えば、心穏やかにはいられない。

フィオナは謁見の間から下がる。国の重臣たちの、まとわりつくような視線から解放され、部屋を出た途端、自然とため息がこぼれた。

フィオナは、心を落ち着けるように深呼吸をし、決意を固めて顔を上げる。

（八度目の人生。さあ、今度はどう生きようか）

聖なる山ルングレンの麓《ふもと》にあるブライト王国は、聖獣の加護により、長年、他国の侵攻を阻んできた。

その守りの要となるのが、国王と聖獣との関係である。

ブライト王国の初代国王は、ルングレン山に住む狼の聖獣と友達だった。聖獣は彼を助けるために自ら力を使い、極寒地でありながら作物が実るよう結界を張った。おかげでブライト王国は、小国ながら豊かな国となったのだ。

聖獣は、初代国王の子供たちも愛し、その後三代にわたって王家を守っていく。

しかし、聖獣にも命尽きるときがやってくる。

彼は死を前にルングレン山の聖獣たちに告げた。

『どうか、これからもブライト王国——オールブライト王家を守ってほしい』

聖獣たちはうなずき、気に入った王族に加護を与えることにした。すると何人もの王族が加護を得るという状況に陥る。王家は、一番力の強い聖獣の加護を得た者を、次代の国王にすると決め、聖獣たちもそれで納得し、ともに王国の平和を守ってきた。

代を継ぐごとにその一連の流れは形式化し、今では、王家の子供が十三歳になるとルングレン山にある祠《ほこら》に入り、加護をいただくという儀式をおこなっている。祠に入った王家の子供を、聖獣たちが検分し、その子供を気に入った聖獣が加護を与えるのだ。もちろん、どの聖獣からも気に入られず、加護を受けられない場合もある。フィオナがそうだ。

加護を得るといっても、王族本人が力を持つわけではなく、基本は、聖獣と意思疎通ができるようになるだけだ。その後は聖獣のさじ加減に任される。王族を気に入り、力を授ける場合もあるし、ただ王族の願いを聞くだけの聖獣もいる。

最低限、ブライト王国を守る結界だけは、皆守り続けてはくれるが、聖獣との関係が悪化すれば、この国はあっという間に弱体化してしまう。

そして現在、それに近い危機が、ブライト王国を襲っていた。

十年前、狼の聖獣の加護を得ていたフィオナの祖父が亡くなった。次代を継ぐ父が加護を得ていたのは、鷹の聖獣だった。

聖獣にも個性があり、個体ごとに得手不得手がある。鷹の聖獣は遠くを見通すことができ、風の魔法を操り、すばやい攻撃で相手を翻弄することができるが、守りの力はそう強くはない。

祖父の代に強固だった結界は、父の代に入ると弱まり、温暖な気候を維持できる範囲は一気に減った。実りがなければ人は荒れる。国境付近には窃盗団や山賊が現れるようになり、いつの間にか行動範囲を広げ、国全体を脅《おびや》かしていった。

その国力の弱まりを、見逃さなかったのがオズボーン王国だ。

戦争や結婚により領土を増やし、今や大国となったオズボーン王国の次の狙いはブライト王国だった。一時は攻め込まれたが、鷹の聖獣の力を借り、突風で彼らの陣を荒らし、補給経路を断つことで前線を孤立させ、停戦まで持ち込んだのだ。

今後も国を脅かすことのないよう講和条約の締結は必須だ。ブライト国の王の提案に、オズボーン国の王は、こう付け加えた。

『貴殿の娘を、我が息子の側妃に迎えよう。婚姻による平和同盟だ。どうだ？』

ブライト王国の王は、次代のことも考えれば、この提案をのむしかなかった。なぜならば、今の王家に与えられた加護は弱い。自身には鷹の聖獣の加護、世継ぎであるエリオットには、フクロウの加護。共に、力に関しては弱い聖獣だ。そして、長子でもある娘のフィオナには、なんの聖獣の加護もないのだから。

そんな経緯で決まったフィオナの政略結婚に、断るという選択肢はなかった。

フィオナが侍女と共に自室に戻ると、犬のドルフが駆け寄ってきた。

「キャン」

「ドルフ、久しぶり……って言っても、あなたにはわからないわね」

ドルフを抱き上げてソファに腰掛けたフィオナは、彼を膝にのせ、灰色の毛をなでる。彼は小さく「クーン」と鳴き、尻尾をパタパタと動かした。

ドルフとは、七回目の人生で、輿入れの際に別れて以来だ。

狼に似た見た目の犬種だが、大きさは五十センチくらいだ。出会ったのは七年前なので、すでに大人のはずだが、大きさはずっと変わらない。

「いい子にしてた？　ドルフ」

「姫様の帰りを待っていたのでしょうかね。かわいらしいこと」

侍女が微笑み、ドルフ用の水を取りに部屋を出ていく。そのうしろ姿を見ながら、フィオナは考えた。

（オズボーンに連れていく侍女かぁ……）

今の侍女は、一年前からフィオナ付きになった十九歳の女性である。結婚を控えているので、他国に連れていくわけにはいかない。

そもそも、フィオナの歴代侍女は一年単位で頻繁に変わった。それは、女性の就業期間が短いことにも由来する。未亡人となった女性はわりあい長く勤めるが、縁起が悪いと言われ、王女付きとして配属されることはなかった。

そのせいで、フィオナには心を許せる女性の友人がいない。

これまでの人生でも、連れていった侍女は心を病んで病気になったり、輿入れ先で馴染むためにフィオナの情報を売ったりと、ろくなものではなかった。

(侍女は……連れていかなくてもいいわね。あちらでつけてもらえばいいんだもの)

フィオナはあっさりとそう決めた。そして、甘えるように体を擦り寄せてきたドルフの背中を、優しくなでる。

生き物の体温を感じていると、ドルフと出会ったときのことを思い出す。

――祖父が亡くなってから、父は定期的に結界の守りを確認するために、国中を回っていた。まだ子供だったフィオナは、よく一緒に連れていってもらった。

ドルフと出会ったあの日もそうだ。当時フィオナは十歳で、父と共にルングレン山を訪れていた。フィオナは、近衛師団に所属する父親についてきたローランドとトラヴィスと共に探検に出た。彼らはフィオナの幼馴染みで、フィオナが遠出するときは遊び相手として連れ出されることが多かったのだ。

探検にはもちろん大人の護衛もついてきていた。しかし、山のある地点まで来たとき、突然強風が吹いた。すぐに雪が降り始め、隣にいる人間の姿が見えないほど、視界が悪化した。気がつけば、フィオナはひとりになってしまっていた。

山は木が茂っていて暗く、吹雪《ふぶき》は定期的にひどくなる。泣きながら途方に暮れていた彼女の前に、現れたのがドルフだ。

『キャン』

近づいてきたドルフを、フィオナは両腕に抱きしめた。凍えていた体と恐怖で固まっていた心が、生き物の体温を感じてほぐれたことを、フィオナは今でも覚えている。ドルフは怒ることも逃げることもなく、フィオナの涙を舐《な》め取り、彼女の前を歩いて、人里まで連れてきてくれたのだ。

『ありがとう、ワンちゃん』

明るいところで見ると、ドルフはフィオナの瞳と同じ灰色の毛を持っていた。フィオナは彼と離れがたく、父に城でドルフを飼うことを認めてもらった。

それ以来、ドルフは我が物顔で城暮らしを満喫している。フィオナのペットの証である首輪をつけ、日あたりのいい場所を見つけては、昼寝をむさぼっているのだ――。

(ドルフはいつだってマイペースなのよね)

フィオナに甘えてくるときもあれば、すげなくどこかへ行ってしまうときもある。犬なのに、性格は猫のように気まぐれだ。くっついてくるところを見ると、今は甘えたい気分なのだろう。

(それにしても、どうして何度死んでも、ここに戻ってきてしまうのかしら)

フィオナはループしてしまう自分の人生について考えた。八度目にもなれば慣れてしまったもので、驚きはないけれど、いまだに原理はわからない。

最初の人生、フィオナはオズボーン王国に側妃として嫁ぎ、一度も夫に愛されることがないまま、母国を夫に滅ぼされた。フィオナは機密漏洩の冤罪をかけられ、夫の手で処刑された。フィオナは夫を恨みながら死んだはずだった。が、次に目を開けると、先ほどの謁見室での場面へと戻っていたのだ。

不思議なその現象を、パニックになりながらもフィオナは受け入れた。

二度目の人生では、政略結婚に抗った。オズボーン王国はそれを不服とし、三年かけてブライト王国を制圧した。王家の者は全員処刑。フィオナも短い人生を散らせた。

そして三度目。今度は政略結婚を受け入れたが、護衛騎士として連れていった幼馴染みの近衛騎士ローランドとの不貞を疑われ、処刑された。

四度目は国を捨てて逃げようと言うローランドとトラヴィスの誘いに乗り、平民としての暮らしを選んだ。しかし、輿入れを断るしかなかったブライト王国は、反逆の意志ありと見なされ、オズボーン王国から攻め入られてしまった。フィオナは国を捨てた王女としてさげすまれ、結局は自国の民衆に殺された。

五度目は夫に愛されようと、必死にがんばった。しかしフィオナが尽くせば尽くすほど、彼はフィオナの裏を疑った。最後は正妃に嫌がらせをしたとして修道院に送られる途中で山賊に襲われ死亡する。

六度目は護衛騎士としてついてきたトラヴィスによる無理心中。そしてつい先ほど終えた七度目は、夫の正妃に毒を盛られた。

この政略結婚を起点とするたくさんの分岐をこなしてきたが、どの人生においても、フィオナは二十歳までの間に死んでしまう。

(今度こそ死にたくないわ……)

政略結婚を回避しようとすると、必ずオズボーン王国から攻められるのだから、政略結婚自体は受けるべきだろう。

問題はその後だ。夫となるオスニエル、のちに正妃となるジェマ・リプトン侯爵《こうしゃく》令嬢。このふたりとうまくやらないと、殺されてしまう。

(オスニエル様は、そもそも私に興味がないのよね。そしてジェマ様は正妃として私が憎らしい……)

だったら、オスニエルにかかわるのはやめよう。どうせ愛されないのだから、努力するだけ無駄だ。ジェマを刺激するのも避けたい。

（とりあえず、後宮で静かに目立たず暮らしていこう。なにか趣味を持てば、退屈することもないだろうし）

それから、ローランドとトラヴィスもだ。ふたりを護衛騎士として連れていったとき も、不貞を疑われて、ひどい目にあった。あのふたりは絶対置いていかなければ。

とすれば、侍女も護衛騎士も連れていかないということになる。けれど、たったひとりでオズボーン王国に向かうのもまた心細い。

「ワフ」

ドルフがあくびをする。

「……そうだわ」

誰かを愛そうとしても、愛を返してほしいと願ってもうまくいかなかった。だったらもう、恋愛はいい。自分らしく楽しくいられることだけを望んで生きていこう。

そのために必要なのは——。

部屋の扉がノックされ、フィオナ付きの侍女が、ドルフの水桶《みずおけ》を手に戻ってくる。

「姫様、護衛騎士のおふたりがいらしています」

八度目の人生の命運を分ける選択になるかもと思うとやや緊張したが、フィオナは平静を装う。

「中に入ってもらって。あなたはお茶を入れてきてちょうだい」

侍女はうなずくと、ドルフへ水桶を与えた後、お湯を取りに出ていった。代わりに入ってきたのは、フィオナの護衛騎士を務めているローランドとトラヴィスだ。

ローランドは、輝く金髪に深い緑色の瞳を持った爽やかな美男子だ。真面目で実直な彼は、深刻な表情でフィオナを見つめている。隣に立つトラヴィスは襟足が伸びた栗色の髪に、琥珀《こはく》の瞳を持つ、粗野な風貌の男だ。礼節をわきまえた人間ではなく、いまだに子供の頃のようにフィオナを名前で呼ぶこともある。

「フィオナ様」

「フィオナ」

ふたりの声に、フィオナは姿勢を正して顔を上げた。

「こたびの政略結婚、本当に受けるおつもりですか?」

ローランドが神妙な顔で問いかける。彼は、騎士でありながら文官としての能力値も高い。フィオナも一番頼りにしている。

「ええ」

フィオナがうなずくと、ローランドは悔しそうにうつむく。

「では私を、護衛騎士としてお連れください。命に代えても、姫をお守りいたします」

いつかも聞いたセリフだ。あの時は、この言葉が心強いと思ったし、安心もした。

「待てよ、ローランド。みすみすフィオナをあんな国に嫁がせるつもりか？　フィオナ。こんな国、捨てて俺と旅に出ようぜ」

トラヴィスが、ローランドを押しのけるようにして言う。トラヴィスは物言いが荒っぽいが兄貴肌で面倒見がいい。過去、ルングレン山に探検に行こうと誘ったのも彼だ。面倒事も引き起こすが、悪気はなく、フィオナは兄のように思っていた。

彼のこの言葉にうなずいたのは四度目の人生だ。あの時は、愛してくれるなら応えたいと思っていた。

フィオナは神妙な顔で首を横に振る。

「いいえ。ローランドもトラヴィスも、この国に必要な人よ。お父様や次期王となるエリオットを守ってちょうだい」

そしてフィオナは、ドルフを抱き上げる。

「私、この子を連れていくわ」

ひとりで敵国へ赴くのは不安だ。だから誰かは連れていきたい。それが人間だと角が立つのだ。ペットならば大きな問題とならないだろう。

やる気のなさそうに抱かれていたドルフは、その言葉を聞いて耳をピンと立てた。

「キャン！」

「私は、侍女も護衛騎士も連れていかないわ。代わりにドルフを連れていくつもり」

ドルフは喜んでフィオナの頬を舐める。

「フィオナ様！」

「フィオナ！」

「ふたりとも、これは命令よ。この国に残り、エリオットの補佐をお願いします。そして、私が国のために尽くすのを見守っていてちょうだい」

凛と言い放ったフィオナに、ふたりは言葉をなくして立ちすくんだ。

消去法で行きついた結論だったが、いい選択だったかもしれないとフィオナは思う。少なくとも、これまでの人生ではなかった分岐点に立てたのだから。

もう若くして死ぬのはごめんだ。誰かに頼る生き方は金輪際やめて、自分の足でしっかり立てる人生を送ろう。

決意を新たに、フィオナは顔を上げた。

輿入れは暗殺と共に

輿入れまでの半年、フィオナはブライト王国とオズボーン王国の歴史や文化を学び、比較していた。

仲が悪いのが当然だと思えるくらい、ふたつの国は成り立ちから違う。

ブライト王国は、もとは名もない平民たちの国だ。ルングレン山に捨てられた孤児たちが集まり、村をつくったことが始まりで、捨てられた孤児たちは、皆ルングレン山の聖獣たちに助けられた。だからこそ、なによりも聖獣たちを大切に思っている。やがて人が増え、村が街になり、国になる。その中で、一番強い狼の聖獣と仲のよかったオールブライトの姓を持つ青年が、初代国王となったのだ。

そこからは世襲制となったが、王家の子の中で一番強い聖獣の加護を得たものが王になるという風習は残ったままである。

一方、オズボーン王国は、かつて大陸全土を制圧していたボーン帝国が滅亡した際に、その王家の血筋が再び興した国である。帝国の血に対するこだわりが強く、正妃は必ずボーン帝国ゆかりの家柄から選ばれた。同族による婚姻が推奨され、肌の色の違いで差別されることも少なくない。

そのくせ、結婚で戦争が終結することが多い。人質のように側妃を娶り、他国を抑えつけるのだ。現王も正妃のほかに五人の側妃がいる。

(まあ、平たく言うと、昔の血にこだわった傲慢な一族だってことね)

フィオナは、オズボーン王国のことをそう結論づけた。

婚約者となるオスニエルのことも、今まで繰り返した人生である程度わかっている。

夜の闇から生まれ出たような漆黒の髪、爽やかな夏の空を思わせる濃い青色の瞳を持つ美丈夫だ。武力の誉れ高い国であるがゆえ、王太子といっても武闘派だ。筋骨隆々とした体つきと、彫りの深い目鼻立ちは、神話の男神のようでさえある。見た目だけで言えば、とても格好いい。正直に言えば好みだ。だが、性格は最悪だ。フィオナが慣れぬ土地での生活で苦しんでいるときも、ねぎらいのひと言もなく、側妃にと望んだくせに、ひと晩だって同じベッドに入ることがなかった。

(でも、今の私にとっては好都合とも言えるわ)

もう夫の愛など望んでいない。あくまで人質だというなら、彼とはかかわらずに楽しく生きてやる。

フィオナは侍女に頼み、色とりどりの紐《ひも》を複数用意してもらった。ブライト王国の農村部で盛んだった、紐編みの材料だ。基本の編み方はねじり編みと平編みのふたつだけで、紐を結んでいろいろな模様を作ることができる。さらにそれを組み合わせることで、網のような幅の広いものも作れるのだ。農村部の女性たちは、この編み方で麻袋を作り、収穫した野菜を入れ、乾燥させていた。四度目の人生で覚えた技術だ。

(当時は麻紐しか手に入れられなかったけれど、今の立場なら綺麗な銀糸入りの紐も、サテンのリボンも使うことができるわ)

フィオナがとくに気に入っていた編み方に、花編みというのがある。文字通り、お花の模様に編みあがるのだ。大きなものをひとつ作ってブローチのようにしてもいいし、小さいお花を続けて編んで紐状につなげてもかわいい。

フィオナは当時も、花編みで麻袋を飾っていた。しかし、農村部の生活に苦しい女性たちには、遊び心を持つ余裕がなかったようで、邪魔だと言われ、はやらなかった。あの時は悲しかったが、編んでいるのは楽しかった。編み方もちゃんと覚えている。

(これなら部屋にこもっていてもできるわ。今のうちに、できるだけ大量の紐を買っておいて、嫁入り道具として持っていこう)

退屈だと嘆くより、引きこもっていても楽しむ方法を考えるほうがずっといい。

子供の頃は、ローランドやトラヴィスと城を抜け出して探検して野山を駆け回るのが好きだった。怒られることも多かったが、自分で決めて行動していた日々は、楽しくて懐かしい思い出だ。

十三歳の儀式で加護を得られなかった後、周囲のフィオナへの非難の目は強くなった。勝手ばかりしているからだと監視を強められ、令嬢らしくなることを強いられた。

思えばあのあたりから、生きづらくなっていったのだ。周囲が求めるような存在にならなければならないと、自分を曲げて生きるのが習慣になってしまった。

(人の求めるような自分になろうなんて、間違っていたんだわ)

他人の言う〝幸せの形〟が、フィオナにとっても幸せだなんて限らない。自分がどうすれば幸せかなんて、自分にしかわからないのだ。だったら、自らの考えに従って行動した方が、効率がいいに決まっている。

(あとは、生き延びるために知識が必要よね)

敵地で暮らすのだから、うまく立ち回るためにも、その土地のことを知っていたほうがいい。そのためにも、歴史や地理、語学の勉強は大事だ。

勉学の必要性に気づいたフィオナは、以前よりも勉強に身を入れだした。家庭教師は、そんな彼女を見て頬を緩める。

「大国に嫁がれることになり、フィオナ様にも王女としての自覚が生まれたのですね」

フィオナとしては、これまでもそこそこ真面目にやっていたつもりなので、その反応には不満だったが、周りから見ると全然違うのだろう。

「いかがでしょう。ダンスのレッスンも増やしましょうか」

「いいえ。ダンスはいいわ」

社交に関しては、これまでの人生でも求められはしなかった。フィオナはあくまで側妃であり、社交場には正妃が出る。

「私は側妃ですもの」

ポソリと言うと、先生は勇気づけるようにフィオナの両手を掴んだ。

「フィオナ様。あなた様の努力は、いつか必ず実ります。ですから、そんなふうに落ち込まないでください」

「落ち込んではないわ。事実を言っているだけ」

「お綺麗で努力家の姫を愛さない男性などおりませんわ。やはりダンスレッスンも増やしましょう。絶対にいつか役立つはずです」

先生はフィオナを励まし、優しくそして時に厳しく指導した。おかげで、フィオナの知識はこの期間に膨大に増えたのだった。

南からの日差しが差し込む室内で、フィオナは一人掛けの椅子に座って、紐編みをしていた。少しだけ開けられた窓からは、気持ちのいい風が入ってきている。ドルフは二人掛けのソファを占領してお昼寝をしていた。

「できた！」

藍色の絹紐で作られた花編みの飾りは、艶があり品もあった。

フィオナはうれしくなって、眠っているドルフに声をかける。

「ドルフ、おいで」

「キャン？」

ドルフは、フィオナの呼びかけに片目を開けた。そして面倒くさそうに体を起こすと、いかにも不本意ですよと言いたげに、のそのそと近寄ってくる。

「起こしてごめんね。でもプレゼントよ」

ドルフには、フィオナの飼い犬であることを示すため、革製の茶色の首輪がはめられている。フィオナはそこに重ねるように藍色の紐飾りを結びつけた。灰色の毛並みに藍色の花が映える。

「うん。似合う似合う」

「……キャン？」

不思議そうに小首をかしげたドルフがかわいい。フィオナは手鏡を手に取り、ドルフに見せた。ドルフは鏡に映る自分を、興味深そうに見つめている。まるで人間みたいな仕草に、フィオナは笑ってしまう。

「素敵よ、ドルフ」

「キャン！」

ドルフはようやく喜んで、フィオナの腕に体をこすりつけてきた。ドルフがこんなに感情をあらわにするのは珍しく、フィオナは幸せな気分になる。

（これまでは、婚約が決まった途端に、精神が不安定になりすぎて、ドルフのことは頭になかったもんなぁ）

フィオナだって十七歳の乙女だ。人並みに、愛し愛される人と添い遂げたいという願いがあった。政略結婚でも愛を育めないかと期待したり、絶望して愛してくれる人に寄りかかろうとしたりと、愛情を求めて必死にもがいていた。そんな執着が、身近な幸せから、目をそらさせてしまったのかもしれない。

（ドルフが喜んでくれるだけで、私、こんなにうれしいのにね）

「あのね。オズボーン王国に犬を連れていっていいか、おうかがいを立てたの。好きにしていいって返事が来たわ。ドルフ、これからもずっと一緒よ」

「キャン！」

ドルフが元気よく返事をする。誰よりも心強い味方ができた気がして、フィオナはドルフを抱きしめた。


結婚式の十日前になった。

ブライト王国からオズボーン国の首都までは五日の距離だが、事前に準備もあるため、フィオナは式に出席する弟よりも先に出発する。

「フィオナ様。どうかお気をつけて」

名残惜しそうに見送ってくれるのは、ローランドだ。彼は今、フィオナの護衛騎士を解任され、エリオット付きの護衛騎士になっている。

「ローランド、弟のことを頼みます」

「かしこまりました。お式にはエリオット様の供としてまいります」

父と弟との別れを済ませた後、フィオナはドルフをかかえて馬車に乗り込んだ。

トラヴィスは、国境までの護衛の一員だ。フィオナを乗せた馬車を囲むように騎乗した護衛が四人、輿入れ道具を積んだ馬車二台を守るために、さらに四人の護衛が一緒に移動する。

「出発します、フィオナ様」

「ええ。お願い」

馬車が動きだすと、どこからともなく拍手が湧き上がる。城を抜けてから、王都を出るまでそれはずっと続いた。国民が、国のために嫁ぐフィオナに声援を送っているのだ。

(国民たちは、加護の得られなかった私でも、ちゃんと王族として愛してくれたんだもの。私も、彼らを守らなきゃね)

フィオナはできるだけ幸せそうに見えるように微笑んで、窓から手を振った。

隣国オズボーンへは五日の行程だ。といっても、国境までは半日で着く。そのくらいブライト王国は小さく、オズボーンは大きな国なのだ。

国境への道で一番の難所である山岳地帯に入る直前で、休憩を取る。ここは断層による崖があり、馬車の幅ギリギリの道を山越えしなければならないのだ。

フィオナが、護衛が敷いてくれたクッションに腰掛けて手足を伸ばしていると、トラヴィスが近寄ってくる。

「フィオナ」

トラヴィスは、ここでもフィオナを呼び捨てにした。身内でいるときは見逃してもいいが、城の外では外聞が悪い。「呼び捨てはやめて」とフィオナは軽く睨んだが、トラヴィスはいたずらっ子のように笑うだけだ。

「本当にいいのか。国のための結婚なんて」

「いいか悪いかの問題じゃないわ。もう決まったことだもの」

フィオナはドルフを膝の上にのせて、背中をなでた。彼は気持ちよさそうにあくびをし、半眼のまま話すふたりを見ている。

「人質扱いされるだけじゃないか。不幸になるとわかっていて、行かせられるか」

トラヴィスはほかの護衛に聞こえないように身を屈める。親密さを感じさせる距離になり、フィオナは焦る。ドルフも不快そうに低く唸《うな》った。

「一緒に逃げよう、フィオナ。俺が守ってやる」

「その話は断ったでしょう。いい加減にして、トラヴィス。私の結婚は国のためよ。もうすぐ国境だわ。あなたは私をあちらの国に引き渡して、その後式に参列するエリオットを連れてきてくれればいいの」

「……それは、俺の気持ちに応える気がないということか？」

トラヴィスの目に熱がこもる。

彼は昔から、フィオナに対しての恋愛感情を隠そうとしなかった。が、フィオナにとってはローランドと同じ、ただの幼馴染みだ。熱く思いを打ち明けられれば、十七歳の乙女心は揺らぐが、過去の人生ではその揺らぎに従って、国に破滅をもたらした。同じことを繰り返す気はないのだ。

フィオナは毅然《きぜん》と首を振った。

「これ以上、困らせないで。私があなたを選ぶことはないわ。トラヴィス」

ピクリと彼の手が動く。フィオナの肩を掴もうとして、空を握りしめた。

傷ついたのかもしれないと思うと、フィオナは彼の顔が見られなくなった。うつむいて、ドルフをなでながら、自分にも彼にも伝えるようにゆっくりと告げる。

「私は、姫としての務めを果たしたいの。自分の欲のためではなく、国のために。私に愛や恋は必要ない。だから私は、連れていくのをこの子だけにしたのよ」

吹きつける野外の風が、ふたりの間にある意見の違いをあらわにしていくようだ。

「……わかった」

しばしの沈黙の後、トラヴィスは不満そうだったが、うなずいた。

「ありがとう、トラヴィス」

フィオナは安心して、彼に手を差し出す。彼との兄妹のような関係が変わらないことを祈って、握手をした。

「ヒヒーン！」

突然、馬が大きくいなないた。ほかの護衛も驚いてあたりを見回す。

フィオナ一行の背後に土煙が見えた。それは、複数の馬の蹄の音が近づくと共に大きくなっていく。十数人の騎馬集団が、フィオナたちの一団めがけて走ってきたのだ。しかも彼らは武器を持っているようだ。振り上げた剣に太陽の光が反射している。

「賊か？　姫様、お逃げください」

「フィオナ、馬車に戻れ」

護衛のひとりが叫び、フィオナはトラヴィスによって馬車に押し込まれる。

「キャン」

「こっちにおいで、ドルフ」

立ち上がった拍子にドルフは地面に落とされたが、フィオナが馬車に乗る直前、彼を抱き上げた。

扉が閉められると、フィオナからは状況がわからなくなった。

《姫様、逃げますよ》

御者が叫び、馬車は荒々しく動きだす。

《お前らの相手はこっちだ！》

叫ぶ声はトラヴィスのものだ。けれど、その声もだんだん遠ざかる。

「いったいなんなの？　山賊？」

突然の襲撃に、フィオナはパニック状態となる。頭をよぎるのは八度目の人生の終わりだ。

（まさか、今世はこんなに早く死んじゃうの？）

いくらなんでも早すぎる。まだやり直してから半年しかたっていない。

（どこで選択を間違えちゃったんだろう。ああ嫌だ）

自分が死なないため、国を滅ぼさないために、最適を選んだつもりなのに、また失敗したというのだろうか。

「もううんざりだわ。私は私のまま、自由に生きたい」

七度も人生をやり直した。他人のために自分を殺すのも、より正しい選択を求めてびくびくするのも、もうたくさん。誰かに殺される人生なんて、もう飽き飽きだ。

「私は、生きたいの。こんなところで、楽しみも知らないまま死にたくない！」

それは、フィオナの心の叫びだった。

ドルフは、「キャン」と鳴くとまっすぐにフィオナを見つめてくる。追われて、暴走している馬車の中にいるというのに、ドルフは妙に落ち着いていた。

「ドルフ？」

《貴様あっ》

御者の声がする。どうやら襲撃犯のひとりが追ってきたようだ。大きな音と共に馬車が揺れる。フィオナは恐ろしくなりドルフを抱きしめた。

「どうしよう。ごめんね。私が連れてきたから、あなたまでこんな目に」

本当ならば、ドルフは終生、ブライト王国で過ごすはずだったのだ。フィオナが連れ出さなかったら、襲撃に巻き込まれることもなかった。

《うわあああああっ》

御者の悲鳴が響いたかと思うと、馬車が一気に傾いた。浮遊感がフィオナの体を包み、緩んだ手からドルフが抜け出してしまう。

「危ない、ドルフ」

「キャン」

手を伸ばした瞬間、馬車の扉が開く。どうやら崖から落ち、馬車ごと空中を落下しているようだ。ドルフがその開いた扉から飛び出していく。

「ドルフ！」

呼びかけに反応する声はなかった。

やがて、体が縮んでしまうのではないかと思うような大きな重力を感じて、フィオナは、八度目の人生の終わりを覚悟して固く目をつぶった。

その時、突然、周りから音が消えた。

フィオナはゆっくりと目を開ける。地面にぶつかったのならその衝撃が体に伝わってもいいはずなのに、どこも痛くはなかった。それに、ひどく静かだ。

「どういう……こと？　ドルフ、どこ？」

馬車が斜めになっているのか、まっすぐ立っていられない。フィオナは車体にしがみつくようにして、開いた扉から外を見る。

そこから見える光景に、フィオナは絶句した。馬車は、宙に浮いていたのだ。そして青白い光に包まれた大きな狼が、毛を逆立ててこの馬車を見つめている。

「なに……いったいなにが起こっているの」

『フィオナ、じっとしてろ』

頭の中に声が聞こえる。それが目の前の狼が発している言葉なのだと、自然と理解できた。

フィオナが黙ってうなずくと、狼は宙を駆けるようにして、動きの止まっている馬車を頭で押し上げた。

　馬車は、あっという間に落下前の山道へと戻され、着地した振動がフィオナにも伝わってくる。

『出てこい、フィオナ』

　また、頭に言葉が響いてくる。どうやら、この狼は人間の脳内に直接語りかけることができるようだ。原理はよくわからないが、意思の疎通ができるのはありがたい。

　よろけながらも地面に降り立ったフィオナは、あたりを見て呆然とする。

「なんなの、これ」

　そこに、音はなかった。崖になっている部分は岩肌がむき出しだが、山頂の方は木々が生い茂っている。だというのに鳥のさえずりさえ聞こえない。それどころか、空中で鳥が静止しているのだ。

『時間を止めている。馬車が落ちそうだったからな』

　フィオナの言葉が通じているのか、こともなげに狼が言う。時間を止めることができるなんて、とんでもない力だ。まるでルングレン山の最上級聖獣が持つような……。

「あなたは……聖獣？」

　恐る恐る聞くと、狼はあきれたように鼻を鳴らした。

『ああ』

「どうして私を助けてくれるの？　聖獣はルングレン山にいるのではないの？」

必死に訴えると、狼は哀れみ交じりの視線を向ける。

『お前はまだわかっていないんだな。俺だ。ドルフだ』

狼の言動に、フィオナは目をぱちくりとさせる。

「ドルフ？　そういえばドルフはどこに行ったの？」

『だから、俺がドルフだ』

「……ドルフは犬よ？」

『お前がそう思い込んでいるだけだろう。小さいままの方が、運んでもらえるしかわいがられるし、楽だからそうしているだけだ』

目の前の狼は、キラキラ光る銀色の毛並みを持っている。瞳が紫なのはドルフと一緒だが、彼の毛の色は灰色だったはずだ。

それを指摘すると、『変化しているときに目立つ毛の色にするわけがないだろう』と鼻で笑われた。

だとすれば、これがドルフの真の姿なのだろうか。あまりに神々しく、見ていてひれ伏したくなるような狼の姿が？

「じ、じゃあドルフは聖獣だったの？　私には狼の聖獣の加護があったってこと？」

狼の聖獣は、ルングレン山で一番強い。無条件で彼の加護を持つ者が王になれるはずだ。期待してそう尋ねると、ドルフは首を振った。

『いや？　加護までは与えていない。俺はお前を拾っただけだ』

「拾った？　え？　私が拾ったんでしょう？　山にいたあなたを」

『違うな。勝手に山に入り込んできた子供を、俺が拾ってやったんだ。便宜上、城で暮らしていただけで、飼っていたのは俺の方だ』

「はぁ？」

なんということだろう。まさかの自分のペットに、飼っていると思われていたとは。

「や、だって、私の方が餌をあげたりしていたじゃない」

『餌も散歩もフィオナじゃなく侍女がしていたんだろう』

「うっ、でも、あの子たちは私に仕えているんであって」

『違うな。お前の父親もしくは王家そのものに仕えているんだ』

なにを言っても言い返される。フィオナが言葉をなくして黙ると、ドルフは小馬鹿にしたように笑った。

『とにかく、お前が俺のペットであることは間違いない。つまりお前は俺のものだ。

なのに、ブライト王国は勝手にお前を他国に売りつけるような真似《まね》をした。俺は怒っているんだぞ。おまけに、これから行く国はお前を殺そうとしている。人間の国ってのは、どこもどっこいどっこいなんだな』

「え？」

『気づいてないのか。あの襲撃者たちはオズボーン王国の者だ』

「嘘っ」

フィオナには信じられない。襲撃者は山賊のような姿をしていた。それにオズボーン王国がそんな襲撃をする理由もわからない。フィオナは王太子に嫁ぐのだ。ここでなにかが起きて、輿入れできなくなれば、あちらだって困るはずだ。

それをドルフに告げると、彼は小さく首を振った。

『オズボーンにお前を引き渡した後ならば問題になるが、ブライト王国内で事が起きれば話は別だ。こちら側の警備の不備なり、お前が逃げたなり、難癖はいくらでもつけられる。それこそ、再び戦争を起こすきっかけにもなるだろう。王太子とやらは、結婚よりも戦争で国を征服したいんじゃないか？』

「なによ、それ」

一瞬、頭に血が上ったものの、フィオナは冷静にその可能性を考えてみた。

オスニエルは好戦的で、常に前線に立ち、剣を振るっている。本当は、戦争でブライト王国を占領したいのに、それを国王に止められたのだとしたら？

この婚姻を含めた講和条約は、王同士が取り決めたものだ。フィオナがそうであるように、オスニエルも不服だが逆らえないのかもしれない。

だとすれば、ここでフィオナが姿を消せば、彼にとって好都合だろう。

（でも、戦争でブライト王国を属国としても、オズボーン王国の目的である実りある土地は手に入らないだろうけど）

ブライト王国の耕作地や居住地域が温暖な気候なのは、聖獣の加護のおかげだ。属国となり王族を排斥した途端に、聖獣の加護は消え、そこは作物の育たぬ極寒地に戻るだけだ。

聖獣の存在を信じないオズボーン王国には、それはわからないのだろう。

あまりに理不尽。あまりに自分勝手。フィオナは怒りで震えてきた。

「……冗談じゃないわ」

オスニエルにどんな事情があろうと、無抵抗の人間を殺す権利などないはずだ。

しかも、輿入れに関してはオズボーン王国からの申し入れだ。フィオナだって好きで嫁ごうとしているわけじゃない。国のためだと思って、仕方なく了承したのだ。それなのに、戦争のきっかけにするために殺されるなんて冗談じゃない。

「絶対にオスニエル様の思い通りになんてさせないわ。ドルフ！　このまま国境に向かいましょう。死んだと思った姫が単身でやって来たら、どんな顔をするかしら」

怒りが収まらないフィオナを、ドルフは紫の瞳を少し細めて眺めた。

『ほう。フィオナにしてはずいぶん勇ましいことを言うな』

「だって、あんまりでしょう？　人の思惑に振り回されるのはたくさん」

『悪くない案だ。いいだろう。だが、お前は弱すぎるからな。こっちを向け』

そう言うと、ドルフはフィオナの額に口づけた。ぺろりと舐められた瞬間、フィオナは全身に雷が走ったような気がした。

「今の……なに？」

『ほんの少しだけ加護を与えた。お前の魔力属性に一番適合している氷の力だ。それで自分の身はちゃんと守れ』

「氷……？」

フィオナは自分の指先を見た。力を込めると、ビリビリした感覚が生まれる。

『あそこを狙ってみろ』

ドルフの視線の先には、大樹がある。フィオナはそこに指先を向け、力を込めた。

するとと、突然指先から氷の欠片《かけら》が生まれ、勢いよく大樹めがけて飛び出していった。

氷片は幹に突き刺さり、やがてゆっくりと溶けていく。

「すごい……」

『氷の大きさは、お前のイメージの仕方で変わる。これでたいていの人間はお前を傷つけられない。お前の恐怖や怒りといった感情に、俺が授けた力が反応するはずだ』

「そうなの？」

フィオナは大きな氷の塊や、砂のような細かさの雪を出してみた。ドルフの言う通り、フィオナの思い通りの氷が、手のひらから生まれる。先が鋭い氷ならば、武器にもなりうるだろう。

「これって、ドルフが私に加護をくれたって思っていいの？」

『少しだけだ』

プイとそっぽを向かれてしまったので、これ以上追及するのはやめたが、もしドルフが正式にフィオナに加護をくれるのならば、国の決まりに従い、フィオナはブライト王国の女王になれるはずなのだ。

とはいえ、健気で聡明な弟を押しのけてまで、王権を手にする気もないけれど。

（でも、加護があるのなら、国に帰りたい）

フィオナはちらりとドルフを見る。このマイペースな聖獣が『少しだけ』と言うならば、本当にわずかなのだろう。

フィオナはこっそりとため息をつく。

「……ドルフ、本当に聖獣なのね」

『ああ。今まで気づかないなんて、本当にお前は鈍感だな』

軽く馬鹿にされたので頬を膨らませると、ドルフはくつくつと笑い、なだめるように言った。

『さあ、近くまでは俺が乗せてやる』

ドルフはフィオナに背中を向けた。乗れということなのだろう。ドレスを軽く持ち上げ、フィオナは彼の背をまたぎ、しがみつく。次の瞬間、すごい速さでドルフは走りだした。

フィオナの銀の髪が風に踊る。

「すごい……！　速い。馬車なんか目じゃないわ」

『これでも、お前の呼吸が妨げられないよう手加減している。俺を甘く見るなよ。本気を出せばもっと速い』

狼の聖獣は、ルングレン山に住む聖獣たちの中でも、とくに強い力を持つといわれている。なるほど、ドルフはかなりの力を隠し持っているのだろう。

「ね、ドルフ。トラヴィスたちがどうなったかってわかる？」

『そっちは興味ない。俺が連れていくのは国境だ』

「そんなこと言わないでよ」

『駄目だ。ペットは飼い主の言うことを聞くものだぞ』

そのセリフで、ドルフがフィオナの指示を聞かない理由も理解できた。自分の方が主人だと思っているのなら当然だ。

「……ちなみに。飼い主様は私のことを守ってくれるのかしら」

『気が向けばな。まあ、これの礼のぶんくらいはな』

ドルフが胸を反らして見せたのは、フィオナがプレゼントした紐の首輪だ。革の首輪の方は大きくなるのと同時に外れてしまったようだが、紐の方はもともと緩めに着けていたせいか、ぴちぴちになりつつも着いたままだった。

「気に入ってくれたの」

『ふん。せっかくペットがくれたものだから大事にしてやってるだけだ』

偉そうな態度だが、そういうところはかわいらしい。フィオナは笑ってしまう。

（トラヴィスたちのことは、あとでなんとかするしかないわね）

これ以上、ドルフに願っても聞き入れてはもらえなそうなので、いったんあきらめることにした。

移動には五分もかからなかった。あっという間に国境近くにまで移動すると、ドルフはフィオナを背から下ろす。

二国の国境を示す石碑のそばに、騎士団と思われる一団がいる。あれがきっと、オズボーン王国側で用意した護衛だろう。ここも時が止まっているようで、誰ひとりとして動いていない。

ブライト王国の出入国管理は、ここから一番近いインデスの街でおこなわれるため、本当の国境には警備兵はいない。オズボーン王国側も同様で、入国手続きは一番近い街でおこなわれる。

本当ならば、フィオナは護衛と共にインデスの街に行き、出国手続きを済ませた後、ここで引き渡しがおこなわれる予定だったのだ。

「ドルフ、先にインデスの街に行くことはできる？」

出国手続きもしなければならないし、何者かに襲われたことの報告や、護衛たちの捜索も頼みたい。

『いや、疲れた。そろそろ子犬の姿に戻る。その姿になったら時間の制御はできなくなるからな。動きだすぞ』

無情にも、ドルフはお願いを聞いてくれるどころか、ここにフィオナを放りだすつもりのようだ。

「えっ、待ってよ。ここから先の交渉をひとりでやれっていうの?」

『どの道、俺が奴らと会話できるわけがないだろう』

ドルフは、不安そうなフィオナにあきれたような視線を向ける。

「それはそうだけど……。ねぇ、もとの姿に戻ったら、もう話せないの?」

『加護を与えたから、お前には聞こえるはずだ。ああ、ほかの人間には犬の鳴き声にしか聞こえないから、そこは心配するな』

「そう」

『だが、お前の頭の中までは読めないからな。俺に言いたいことがあるなら、口に出して話してくれ』

「ええ?」

それでは、犬に必死に話しかける変な人になってしまうではないか。

フィオナは膨れてみせたが、仕方ない。ドルフと話せる安心感の方が重要だ。自分を殺そうとしている王太子がいる国へ、側妃として乗り込むのだ。心を許せる相手がひとりでもいるなら心強い。

「わかったわ。でも、どうしても声を出せない場面だってあるんだから、私が目で訴えたら、ちゃんとおとなしくしていてよ」

『わかった、わかった』

ドルフに対しては、不満もたくさんあったが、とりあえずは命を救ってもらったことに感謝しよう。フィオナはドルフの銀色の毛並みをなで、その頬にキスをする。

「助けてくれてありがとう、ドルフ」

『……ふん。ペットを守るのは飼い主の仕事だ』

ツンとそっぽを向いてそう言った後、ドルフは灰色の犬の姿に戻った。と同時に、周囲に音が戻る。止まっていたすべてが、なにもなかったかのように動きだした。

フィオナはドルフを抱き上げる。こうしていると、ただの子犬にしか見えない。

(この子が本当は聖獣だなんて。ループする私の人生といい、世の中には不思議なことがいっぱいあるのね。……まあ一番の驚きは、私の方がペット扱いされていたということだけど)

十三歳の儀式の際、フィオナにどの聖獣も加護を与えてくれなかった理由もこれでわかった。聖獣側にすれば、加護まで与えていないとはいえ、すでにドルフがそばにいるのだから、フィオナは予約済みの王族ということになる。まして狼の聖獣の力は強い。自分より上位の聖獣を押しのけてまで加護を与えようとは思わないだろう。

（ドルフのせいだったんじゃないの）

最初から加護をくれていればこんなことにならなかったのに……とは思うけれど、終わってしまったことは仕方ない。

（こうなると、オズボーン国側の護衛と合流するしかないのよね）

徒歩で向かうには、インデスの街は遠い。仕方なく、フィオナはドルフを抱いたまま、国境の騎士団のもとへと向かった。

近づいてみると、騎士団のそばにはオズボーン王家の紋章のついた馬車が用意されていた。もともと、ここで自国の馬車から輿入れ先の馬車に乗り換えることになっていたのだ。彼らがフィオナの出迎えの兵であることは間違いないだろう。

石碑のすぐ近くに、一番豪華な勲章をつけた男が仁王立ちし、一般兵が数人、退屈そうに周囲を歩き回っている。

「あの、すみません」

恐る恐る声をかけたフィオナに、勲章をつけた男が、いかめしい顔を向けてきた。

「私はフィオナ・オールブライト。オズボーン王国に輿入れする予定の姫です。先ほど、私が乗った馬車は襲撃にあいました。護衛たちのおかげで私は逃げ出し、単身ここまでたどり着いたのです。どうか保護を、そして、私の護衛たちを救うため、力を貸していただけませんか？」

男はまさか、という顔をした。

「失礼ですが、あなたがフィオナ姫だという証拠はおありですか？　我々は輿入れされるフィオナ姫を護衛するために、ここに配備されております。もし本当の姫が来られたときに、ここを誰もいない状態にはできないのです」

従者も連れずに現れたフィオナを、男は完全にいぶかしんでいた。

「証拠ならこれを」

フィオナは王家の紋章をあしらった首飾りを取り出して見せる。

「ブライト王国王家の者だけが持つことを許された紋章です。今回の輿入れの際、ここで紋章を見せる手はずになっていたと思います」

「これは、たしかに！　失礼いたしました」

男は驚いた様子を見せたが、そもそも迎えの兵ならば、姿絵くらい見ているものだろう。わざとらしい驚きがフィオナの癇《かん》に障った。

「私はランドン・コールと申します。本日より王城に入るまでの間、フィオナ姫の護衛を務めさせていただきます」

「そう。よろしくお願いいたします」

ランドンと話しているうちに、ブライト王国側から、十数頭の馬が土煙を上げながら戻ってくる。馬に乗っている男たちは、騎士団員というには、安っぽい服をまとっていた。こんな集団を、フィオナはつい先ほど、襲い来る盗賊団の中に見た気がする。

「団長、首尾よく終わりました。馬車は断層崖の方へと誘導しましたので、あとは自ら制御を失うでしょう」

「馬鹿、しっ」

「え?」

馬上の男は、団長と呼ばれた男の視線を追い、ドルフをかかえたフィオナに気づく。

「団長、こちらのお嬢さんは?」

「黙れ。こちらはフィオナ姫だ」

「……は?」

若い男は一瞬で蒼白になり、馬を下りて直立した。

「し、失礼いたしました! フィオナ姫? ……どうして」

「どうしてとは？　私が今日ここに来るのは、最初からのお約束だったと思いますが」

フィオナは汚れた服の裾を払い、にっこりと微笑んだ。

いるはずのない姫がここにいて、怯《おび》えるどころか笑顔さえ見せたことが恐ろしかったのか、男は「ひっ」と小さな悲鳴を漏らす。

すっかり委縮した兵をうしろに追いやり、ランドンが会話を引き取る。

「フィオナ姫。まさか供もつけず、ひとりで歩いていらっしゃった方が姫君だとは思わず、驚いたのですよ。なあ、そうだろう？」

ランドンの呼びかけに、男たちは次々とうなずく。堂々としらばっくれる彼に、フィオナは苛立った。ここで相手を刺激してもなんにもならないことはわかっていたが、ひと言言わなくては気が済まない。

「私も驚きました。私を待っていてくださったオズボーン王国の兵士たちが、なぜ我が国から戻ってこられたのかしら。たしか、ここで引き渡しというお約束だったと思うのですけれど」

「そ、それは、その……姫の一団がいつ いらっしゃるかが気になりましてな。インデスの街まで偵察に行かせたのです」

「まあ、そうでしたの」

出国手続きをした後ならば、インデスの街までは入国できる。彼らがオズボーン王国からの出国手続きをしたとは思えないが、追及しすぎるのも危険だろう。もともと、彼らはフィオナを殺す気でここにいるのだ。刺激しすぎて今殺されては、元も子もない。

フィオナもこれ以上は口を噤《つぐ》むことにした。

フィオナが引き下がったことがわかったのか、ランドンは咳ばらいすると、気を取り直したように笑顔になる。

「とにかくご無事でなによりです。フィオナ姫。どうぞ我らの馬車にお乗りください」

「ええ。ですが、私の護衛の安否が気になります。それに、輿入れ道具も置き捨てられているはずだわ。それを捜していただかないと困ります。盗賊たちに奪われてなければいいのだけど。私の出国手続きもまだ終えていませんし……」

ちらり、と先ほど戻ってきた一団に視線を向ける。彼らは、フィオナの視界から逃れるように背中を向けていた。

「ですから、まずはインデスの街までまいりましょう」

ランドンはフィオナを馬車までエスコートしようと、手を差し出した。その際、腕に抱かれたドルフが気になるのか、怪訝《けげん》そうな視線を向ける。

「姫様、この犬は……?」

「私のペットです。賢いのよ。先ほども危険を察知して、私を逃がしてくれたの」

「そうだったのですか」

ランドンが、咄嗟に先ほどの兵に目配せしたのがわかった。

今、フィオナの味方はドルフだけだ。実際には、ドルフだけで一軍以上の力があるが、彼らにしてみれば、たかが小娘と子犬一匹だろう。ここで口封じに殺そうとする可能性もある。ちゃんと脅しておかないと、剣のさびになってしまうかもしれない。

(ええい。ドルフ、頼むわよ)

フィオナはギュッとドルフを抱きしめ、団長に強気に笑ってみせた。

「そうだわ。なぜ私が無事だったかお知りになりたいのでしたわね。我がブライト王国は、聖獣に守られた国なのです。加護がないと言われた私でも、王家の端くれです。危機が迫れば慈悲深い聖獣は手を差し伸べてくださいます」

ひやりと冷気があたりを包む。フィオナが怒りから自分で出したものなのか、ドルフが出してくれたものなのかはわからないが、突然周囲の温度が下がり、兵士たちは驚愕の表情を浮かべている。

「できればこれ以上、聖獣様のお手をわずらわせることは避けたいので、しっかり護衛をお願いいたしますわ」

「は、ははっ」

ランドンは反射的に返事をし、フィオナを馬車に乗せた。そして、後からやって来た平服の男たちにはこの場で待機するように言い、騎士服姿の者だけで、インデスの街へと移動を始めた。

インデスの街までは、馬車ならば十分もかからない。領主はフィオナの顔を見知っていて、事情を聞くと、すぐに捜索隊を派遣すると約束してくれた。

領主は、街よりも手前で襲われたフィオナが、なぜ街を通過して国境まで行ったのかを不思議に思い、こっそりと尋ねてきたが、いい説明が思いつかず、フィオナは笑ってごまかした。

一連の手配が整い、フィオナは領主の屋敷で入浴し、身支度を整え直す。

すべて終えて戻ると、オズボーン側の護衛が痺《しび》れを切らしたように待っていた。

「では姫様、王都を目指しましょう」

今回のことを暴露すれば、世論は味方につけられる。しかしながら今のブライト王国の武力では、オズボーン王国にかなわない。これを発端として戦争となっても、勝ち目はないだろう。

（これで出国手続きを終えたから、この後に私の身に危険が及べば、オズボーン王国側の責任になるはずだわ。あとは襲われることはないはず。今回のことはこれ以上追及せず、恩に着せるというか、彼らの弱みとして握っていた方がよさそう）

もしこの襲撃が、王太子の独断でおこなわれたことならば、うまくすれば、今後の生活に有利になるよう交渉できるかもしれない。

（トラヴィスたちが無事だといいけれど）

フィオナは護衛たちのことを思いながら、再び馬車に乗り込んだ。

ドルフはすぐに膝の上で丸くなり、健やかな寝息を立て始める。彼に護衛の無事を確認してきてほしいとお願いしたいけれど、きっと聞いてはもらえないだろう。

「まったく、ドルフは自由すぎるわ」

それも聖獣だというならばあたり前だ。彼が本気で怒ったとき、この世にあるどの国だって、彼を止めることなどできないのだろう。力あるものには、自由が許されるのだ。

侍女は弱小男爵令嬢

ランドン・コールは三十五歳。実家は王都にある男爵家で、騎士団長にまで昇格したのは、彼の実力のたまものだ。

自軍よりも多数の軍勢を相手に立ち向かったこともあるし、自分の身の丈より大きな熊を倒したこともある。だから彼は、どんな敵と対峙しても恐れることなどないと思っていた。

なのに今、彼は、インデスの街に着き、馬車から降りようとする華奢《きゃしゃ》な隣国の姫を前に、得体の知れない恐怖を感じていた。

(いや、うしろめたいことがあるせいだ。きっとそうだ)

ランドンは自分を納得させようと、もう一度フィオナを見つめる。身長は一六〇センチ程度だろうか。銀色の髪が、腰のあたりまで伸びている。印象的なのは、冬山を思わせる灰色の瞳だ。それが時折、光を浴びたように銀色に輝く。

襲撃にあったせいで、着ていた白のドレスは一部が破れ、汚れてもいたが、毅然とした表情のせいか、不思議と美しく見える。

今回の政略結婚は、ブライト王国を事実上の属国にするために縁組まれたもので、条約に調印したのはオズボーン王国、ブライト王国双方の国王だ。

結婚の当事者である王太子オスニエルは、この結婚に乗り気ではなかった。

もともと、彼は領地を拡大し強い国をつくることにしか興味がなく、結婚願望がない。これまでも、何度も国王から、自国の公爵《こうしゃく》令嬢や侯爵令嬢との政略結婚を求められてきたが、すべて自ら手を回して破談に持ち込んでいた。

常に最前線での戦いに身を投じていたオスニエルは、結婚話にわずらわされることに辟易していたのだ。

しかし、彼は世継ぎの身の上。父王に、『今度断ったら、世継ぎの座から外す』と言われてしまい、さすがに観念して、次の縁談は必ず受けると約束してしまった。

その後、持ち上がったのが、フィオナとの縁談だったのだ。

彼はブライト王国を平民が建てた国だと認識しており、その薄汚れた血が自国と混じることを毛嫌いしている。いくら約束したとはいえ、絶対に受け入れがたい相手だ。

オスニエルは、半年の婚約期間に、国王に婚約の撤回を何度も求めた。しかし王は、『たかが側妃だ。べつに正妃に迎えるわけじゃない』と相手にしなかった。それでもあきらめず、粘り強く交渉した結果、相手――フィオナの方から輿入れを拒否するならば、結婚解消してもいいという約束を取りつけた。

国王からすれば、しつこいオスニエルを黙らせるための見せかけの譲歩だ。立場上、フィオナが輿入れを拒否できるはずがないのだから。

王との交渉を終えると、オスニエルはすぐにランドンに、フィオナが自国に帰りたいと思うよう、輿入れの際に襲撃するよう命令した。生死は問わない。最悪、死んでもいいと。

ランドンは当初、首を横に振った。そんなことをしなくても、フィオナを娶ればいいのだ。オズボーン王国は一夫多妻が認められている。彼女は側妃でしかないのだし、嫌ならば後宮に放置しておけばいい。実際、現陛下だって、側妃は五人いるが、均等に愛情をかけているわけではない。

だが、ランドンの進言も虚しく、オスニエルは強硬に襲撃を指示した。

ランドンは、融通の利かない王太子にあきれながらも、結局は彼の要望を受け入れ、国境にほど近い襲撃ポイントを割り出した。

極秘任務に失敗は許されない。オスニエルからフィオナの生死は問わないと言われたので、かなりの手練れを用意した。

なのに、彼らを送り出してから一時間もたたぬうちに、フィオナが無傷で国境までやって来るなんてあり得ない。まして、報告兵が戻るよりも早くなど。

本人の言う通り、ブライト王家の人間には聖獣の加護があるのかも知れない。

先ほどの冷えた空気も、彼女が出したのかと思えば薄気味悪かった。

王都への道程はまだ長い。ランドンは休憩のたびにフィオナへ話しかけた。

「フィオナ姫、襲撃を受けた後に、あなたに起こったことをお聞きしてもよろしいでしょうか」

「あら、あなた方の方が知っているのではなくて」

フィオナは怯えもせずに言ってのける。ランドンは唇を噛みしめて黙った。しかし、ここで襲撃を認めるわけにはいかないのだ。

「はて、なんのことでしょうか」

「……まあいいわ。私は事を荒立てるつもりはないの。盗賊なのかしらね。騎馬集団に襲われて、馬車が山道に入り込んでしまったのよ。私はドルフ……この犬に助けられて馬車から抜け出し、遭難しかけたところを、大きな狼に運んでもらったの」

ランドンには信じられない。野生の狼が人を助けるなど聞いたことがないのだ。

「野生の狼がそんなことをするでしょうか」

「信じなくてもいいけど、したのよ。……あなたたちにはわからないかもしれないけれど、ブライト王国の人間は自然と共に生きているの。山に生きるものたちが私に好意的なのは普通のことよ」

「はあ」

ランドンは釈然としないまま、彼女に話の続きを促す。

「ではその狼はどこに？」

「私を連れてきた後、山に帰ったんじゃないかしら」

「左様ですか」

話を聞いていても、ランドンには少しも納得できなかった。

＊＊＊

道中、何度も話を聞きに来るランドンに、フィオナは辟易していた。

「悪いけれど疲れました。しばらく話しかけないでくださる？」

「はっ」

ランドンの馬が離れると、フィオナは馬車の窓についていたカーテンを引いて、外界からの情報を遮断した。背もたれに上半身を預けると、ものすごく脱力する。

「はあ、緊張したぁ」

いかつい騎士団長相手に、はっきり話せた自分を褒めてやりたい。

そして落ち着いてくると、ふつふつと湧き上がってくるのは婚約者への怒りだ。

（オスニエル様も、私を殺したいとまで思っているなら、結婚なんて承諾しなければよかったじゃない）

わざわざ、攻め込む理由をこちらに負わせようとするところも気に入らない。

（絶対にオスニエル様なんて好きにならないから！）

固く決意し、隣で寝息を立てているドルフの背をなでる。

怒りによって心細さは消えていた。なにより、ドルフが伝説の聖獣だということが、フィオナの心を軽くする。

（ドルフがいてくれれば、きっと大丈夫。私はきっと生き延びてみせるわ）

大型の馬車の緩やかな揺れは、疲れきっていたフィオナをすぐに眠りの世界へといざなっていった。


オズボーン王国の城は山城で、城下町を見下ろせる高台にある。周囲は攻め込まれるのを防ぐために堀が巡らされていて、東西南の三方に橋がかけられていた。

城門をくぐり、さらに奥まった位置にある王城の前で、馬車は止まった。

いくつかの街で宿泊し、五日かけてようやくたどり着いたフィオナは、すでにぐったりしていた。

「姫、到着しました」

ゆっくりと扉が開き、ランドンがエスコートするように手を差し伸べて下で待っている。フィオナはドルフを抱いたまま、馬車を降りた。

正面には、眉間に皺《しわ》を寄せた男が立っていた。王太子オスニエルである。

身長は高く、見上げなければ顔が見えない。フィオナもそこまで低い方ではないが、三〇センチは高い位置に頭がある。

鼻筋が通った美形で、切れ長の目に、瞳は夏の青空のような青色。髪は黒く、前髪が少し長く瞳を隠すようにサイドに流されている。自ら戦場に出るだけあって、腕にも足にもしっかり筋肉がついているのが見て取れる。

（……懐かしい。この人にときめいたときもあったのよね）

見た目だけなら、オスニエルはフィオナの好みだ。逞《たくま》しい体つきも、精悍《せいかん》な顔つきも、見ているだけで胸がときめいてしまう。しかし、ループした人生の記憶が、それを押しとどめる。

彼はフィオナを好きにはならないし、これから娶る正妃と共に彼女をいじめる、とてつもなく性格の悪い男だ。フィオナだって願い下げである。

フィオナは一度ドルフを足もとに下ろし、彼の前で腰を落として、礼をする。

「ブライト王国第一王女、フィオナでございます」

「よく来た。今宵はゆっくり休むといい。部屋付きの侍女がいるから、困ったことや要望は侍女を通して言うように」

「はい。お心遣いありがとうございます」

この流れは、一度目の人生と同じだ。以前も侍女がひとりついたが、彼女はただの報告役で、困ったことを告げてもなにひとつ解決などしてくれなかった。

「オスニエル様、この子――ドルフを同行させる許可をくださり、ありがとうございます」

フィオナはドルフを抱き上げる。ずっと仏頂面だったオスニエルが、驚いたように表情を崩した。

「ああ。犬を連れていきたいと言っていたのだったな」

「ええ。侍女も護衛も置いていく代わりに」

「そうだったな。……まあ犬くらいならいいだろう。だが、寝所を汚すようなことはないようにしてくれ。粗相があれば、即刻追い出すからな」

「気をつけます」

オスニエルの尊大な物言いにドルフはやや不満げな顔をしたが、フィオナが力を込めて体を押さえているのを感じてか、ほえることはなかった。

「では私は忙しい。侍女長、彼女を部屋に」

「はい」

オスニエルは背を向けて行ってしまう。フィオナはホッと息をつき、控えていた侍女長の後についていった。

一夫多妻制のオズボーン王国には、王の妃や王太子の妃が住む後宮がある。国王の後宮には正妃も合わせて六人の妃がいて、妃同士が顔を合わすことのないよう、その動線は非常に細かく計算されている。最大六人の妃ができるだけ接触しないよう、内庭も分けられているのだ。

そこを横目に見ながら進むと、王太子用の後宮が現れる。その中で、最も東の端にあるのが、フィオナに与えられた部屋だ。王太子はほかに妃を娶っていないので、後宮は閑散としている。

歩きながら、侍女長は「実は……」と言いにくそうに口を開いた。

「フィオナ様はご自分の侍女を連れていらっしゃると思っていて、私どもの方では、侍女をひとりしか用意していないのです。これからの人選になりますので、時間がかかると思いますが、ほかに何名の侍女が必要でしょうか」

どうやら、フィオナの申し出はきちんと伝わっていなかったらしい。

「べつにひとりでいいわ。その方が大変だというならば増やしてほしいとは思うけれど。自分のことは自分でできるし、ドルフの世話をしてくれる人がいればいいの」

「では、不便があれば、侍女を通しておっしゃってください」

侍女長はホッとしたように息をつき、歩き続けた。

廊下の突き当たりの扉の前に、ひとりの侍女が待っていた。

侍女長は彼女の前で立ち止まり、フィオナに後宮のことを説明してくれた。

「ここから先の三部屋と内庭はフィオナ様のテリトリーでございます。現在はほかの妃がおられませんので、この建物自体には空き部屋が多いのですが、ここ以外はご使用にならないよう、お気をつけください。そして、彼女がフィオナ様付きとなる侍女、ポリー・サンダース男爵令嬢です」

「よろしくお願いいたします」

ポリーは、茶色の髪をうしろでひとつに三つ編みしている。赤茶の瞳がクルミのように丸く、頬に薄いソバカスがあるのが特徴だ。

彼女のバックグラウンドについては、前世である程度知っている。父親は商人で、金で爵位を買ったと言われている成金だ。そのため、ポリーは貴族令嬢として社交界デビューしたものの、生粋の令嬢たちからは白い目で見られていた。

彼女自身は悪い子ではなかったが、社交界で馴染むために、上級貴族からの命令には逆らわないようにしていたのだろう。フィオナの情報はたいていポリーからほかの令嬢に、そしてオスニエルにと渡っていった。

(気を引き締めないと……)

彼女には弱みとなるようなことを見せてはいけないのだ。

警戒心もあってじっと見ていると、ポリーは緊張しきった様子で顔を上げた。

「ふぃ、フィオナ様、ご案内します。えっと、こちらです」

「ありがとう。きゃっ」

突然、フィオナの腕の中でおとなしくしていたドルフが顔を上げ、ぴょんと地面に下り立った。

「こら、駄目よ。ドルフ」

「キャン」

「駄目。こっちにいらっしゃい」

ドルフは、物言いたげにじっとフィオナを見上げている。

「どうしたのよ」

しばらく睨み合いしていたが、ドルフが腕に戻ってくる気配はない。困ってポリーを見ると、彼女の目はドルフに釘づけになっていた。フィオナは慌てて弁明する。

「ポリー、犬は大丈夫？　これからも面倒を見てもらわなければいけないのだけど」

「……かわいらしいワンちゃんですね」

ポリーの頬が赤く染まり、口の端は自然に笑っていた。これまでの人生の中で、こんなにうれしそうなポリーの顔は見たことがない。

「もしかして、犬が好きなの？　ドルフというのよ。私のペットなの」

「キャン！」

ドルフが不満そうな声をあげる。

（わかっているわよ。私がペットなんでしょ？　でも今は合わせてちょうだい！）

必死に目で訴えると、ドルフは渋々といったふうにうなずいた。

「ではここに一緒に住むんですね！　私がお世話させていただけるんですか？　うれしい！　よろしくお願いします、ドルフ様！」

ポリーは恐る恐るドルフに手を伸ばす。嫌がるかと思ったが、ドルフは彼女になでられてもおとなしくしていた。

「かわいいっ。なんて愛らしいんでしょう」

(よかった。犬は好きみたい)

ドルフの方もまんざらでもなさそうだ。ふたりは相性がいいのかもしれない。

どうやら、ドルフのおかげでポリーの緊張は解けたようで、すっかりリラックスした様子で、笑顔を向けてくる。

「あ、お部屋をご案内しますね」

扉を抜けると廊下があり、両脇に侍女の控えの間があった。廊下の先に、手前から客をもてなすための応接室、食事をしたりくつろいだりする居間、そこと続き間になっている寝室がある。応接室から見える位置に内庭があり、低木に花が咲いていた。以前もそうだったが、室内の調度は簡素なものだった。あまり予算をあてられていないのだろう。

本来、いくら政略結婚だといっても、他国からの姫を迎え入れたのだから歓迎の宴くらい開くものだ。だが、ポリーに聞いても、夕食は運ばれてくるとのことで、もう今日はオスニエルと会うことさえなさそうだ。

（まあ、いいわ。かまわれない方がせいせいするもの）

ドルフも同じ考えのようで、与えられた室内を勝手に走り回ったかと思うと、ベッドの一角を自分の場所と決めたようで、ごろりと寝転がった。

ポリーはドルフをほほえましく見つめた後、フィオナに対しては少し怯えたように頭を下げた。

「お困りごと、ご用がありましたら、この鈴を鳴らしてくださいませ。控えの間にいるときはすぐにまいります」

「ありがとう。しばらく休むわ。あなたも下がってくれる？」

「はい。では失礼します」

パタパタとポリーが去っていく。

すると突然、ドルフが狼の姿に変身した。

「どうしたの急に大きくなって」

『小さいままだと話せなくて不便だ。……いや、お前には少し加護を与えたんだったな。小さいままでも通じるか』

小爆発のような風が起こったかと思うと、ドルフが子犬状態に戻っている。

『どうだ、聞こえるか』

狼の姿のときと同じように、頭に声が響いてくる。耳に直接入ってくる音は犬の鳴き声なのが不思議だ。

「わかるわ！　ドルフの言っていること」

『本当か？　だったらお前、そこで四つん這いになって三回回ってみろ』

「えっと……」

言われた通り、四つん這いになったところで、自分のはしたない格好に気づく。

「そんなことできるわけないでしょう！」

真っ赤になったフィオナに、ドルフはくっくっと肩を揺らしながら笑ってみせた。

『ああ、おもしろい。やはりお前はいいペットだ』

相変わらず自分の方がペット扱いされているのが、フィオナは不満だ。のそのそと膝の上にのり、身を預けてくるドルフを見ていると、行動はドルフの方がペットっぽいなと思うのに。

それでも、膝にのられると反射で彼の背中をなでてしまう。そして、気持ちよさそうに目を閉じるドルフの姿に、簡単にほだされてしまうのだ。

（かわいい。まあいっか。どっちがペットでも）

かわいいものは正義である。

フィオナが王城に来て、三日がたつ。

ポリーはとにかくドルフが気に入っているらしく、ドルフの好きなものをフィオナに聞いては、それらを準備して持ってきてくれる。

彼女の父親が商売をしているので、いろいろな伝手があるのだそうだ。

「ドルフ様が喜んでくれるなら、なんでも調達しますよ！」

「ふふ……ありがとう」

当初、ポリーに対しては警戒心を持っていたフィオナだが、ドルフを間に挟んだことで、すっかり気が緩んでしまった。一応、弱みになるようなことは言わないようにと心がけてはいるが、楽しくてついつい話が弾んでしまう。

あの後、フィオナの輿入れ道具は無事に見つかり、荷物を運び入れてもらった。たくさん持ってきた綺麗な紐を使って、フィオナは早速、紐編みを楽しんでいる。

「フィオナ様、お上手ですね」

ポリーの朗らかな声が聞こえてくる。

「もしかして、ドルフ様の紐の首輪も、フィオナ様が作ったんですか？」

「ええ。そうよ。意外と簡単なの。ポリーにも教えてあげましょうか」

そこから、フィオナによる紐編み指南が始まった。しかし、ポリーは侍女という職に就いていながら、存外に不器用だった。

「あれぇ、絡まってしまいました」

「おかしいわね。そんなに難しくはないんだけど」

「私には無理そうです。フィオナ様が作ったものは、売り物みたいに綺麗ですごいですねぇ」

そんなふうに褒められると、なんだかとてもこそばゆい。

(ふふ……楽しいな)

オスニエルとは、初日に顔を合わせたきりだが、いなくても全然気にならない。

このまま夫に愛されなくても、ポリーやドルフがそばにいてくれれば、寂しくなどないだろう。今はただ、生き延びることが望みだ。フィオナがここで生きてさえいれば、オズボーン王国とブライト王国の間の同盟は成り立つ。オスニエルだって無理にブライト王国に攻め込む理由がなくなるのだから。

「――フィオナ様。これ、髪飾りにして売ったら、人気が出る気がします」

フィオナが考えにふけっている間に、ポリーは紐飾りをしげしげと眺めていた。

「はい、ぜひ」

「私、子供の頃から父についていっていろんな商会に顔を出していますけど、こういった商品ってなかった気がします」

「そうかしら」

「そうですよ。ほら、こんなふうにドルフ様とお揃いとか最高じゃないですか。今、富裕層の間ではペットを飼うことがはやっているんです。そこにペットとお揃いのアクセサリーという触れ込みで売り出せば、ひと山あてられる気がします」

ポリーは目を輝かせている。たしかに、ペットとお揃いのものを持って楽しむという発想は、なかなかいいように思えた。

「でも、この技術自体は、私の国では庶民の手慰みだったのよ？」

「それは紐の素材が安価なものだからでしょう？　ドルフ様がつけているような高級な絹紐で作れば、貴族令嬢にもご満足いただける立派なアクセサリーになります！」

「だったら幾つか作ってみようかしら。ペット用と飼い主用よね？　でも持ってきたものだけで紐が足りるかしら」

そもそも、自分の手慰み用にと持ってきたのだ。自分の分だけを作るならば十分に足りるが、売り物にするなら足りないだろう。

ポリーは胸を張って、安心させるように微笑みかける。

「でしたら、私が入手します。その代わり、できたものを私に預けていただけませんか？　試しに、父の商会の本店で売ってみたいのです」

「売るって、そんなのあなたが勝手に決めていいの？」

「大丈夫です。本店ではよく、職人の品を試し売りしているんですよ。売り上げが上がるようなら、継続販売していくし、売れないようなら最初の品だけ買い切りにして、取引は中止となります。そうやって父は、才能ある職人の生活を守っているんです」

それは、なかなかいい方法のような気がする。

大国では、貧富の差が広がりがちだ。富める者は、社会的な信用があるため、どこに行ってもそれなりに成功するが、貧しい人間は、最初から門前払いされるためになかなか這い上がれない。収入源をつくってあげることは重要だ。下手な慈善事業よりも、貧民対策として効果がある。

「すごいのね、ポリーのお父様は」

「あっ、もちろんフィオナ様にも、賃金は発生しますよ。そうですね、売り上げから材料費と取り扱い手数料を差し引いた額をお渡しいたします」

「本当？　それなら……いいわね」

フィオナとしても、自分だけの財源ができるのは悪くない。

今のところは困っていないが、この先欲しいものができたとして、オスニエルにねだっても、きっと買ってはもらえないだろうし。

ただ、職人でもないフィオナの作品が本当に売り物になるのかは疑問だ。

「でも職人の品ではないし……それにあなた、勝手に商売なんてやって大丈夫？」

ポリーが解雇されるようなことになれば、フィオナだって責任を感じてしまう。今世ではよくわからないが、これまでのループ人生では、ポリーはほかの侍女たちからいじめられていたのだ。弱みでも握られたら大変だろうに。

しかし、ポリーには気にした様子はない。

「職人の品でなくても、品質やデザインがいいですし、なによりペットとお揃いという斬新さが売りになります。それと、商売についてもご心配なく。売るのは父ですし、私、もともと王城の仕事を志願していたわけじゃないんです。ただ、貴族との伝手を得るために送り込まれただけで。だから、バレて解雇されても困りません！」

「あら、そうなの。だったらあてが外れたわね。私付きになったのでは、この国の貴族たちとの伝手はつくれないと思うわ。人質の側妃ですもの」

「大丈夫です。代わりに儲《もう》かりそうなものも見つけられましたし。ほかの方につくよりも、フィオナ様についた方がおもしろそうです」

今世のポリーは生き生きしている。もともと商人気質なのだろう。この様子では、侍女など性に合うわけがない。

「まあ、趣味が役に立つのならいいわね」

フィオナが納得すると、ドルフがとてとてと歩いてきて、腕に顎をのせてきた。

『作ってもいい。が、俺のと同じものは作るなよ。これは俺だけのものだからな』

ドルフが紐編みの首輪を見せつけるように顎を上げた。

(……気に入ってはくれてるのね)

言い方はぶっきらぼうではあるが、ドルフなりに大事に思ってくれるのだろう。

フィオナは子供の頃はお転婆だったので、こんなふうに小物類を作ることなどどなかった。まして誰かにプレゼントすることなど皆無だったのだ。

だから、あげたものを大切にしてもらえるのが、無性にうれしかった。

「ようし、じゃあ私、がんばるわね。一緒にひと儲けしましょう、ポリー」

「はい！」

内職という秘密を共有することで、ポリーのことも信頼が置けるようになった。

こうして、フィオナの生活は、順調にすべりだしたのである。

傲慢王太子はツンデレ？

オスニエル・オズボーンは二十六歳。一九〇センチを超える身長に、逞しさを感じさせる筋肉のついた体つき。宝石のような青の瞳が、黒のやや長めの前髪の隙間から怪しく光る。戦場での彼を知っている人は、皆一様に彼を軍神と呼んだ。

「殿下、こちらが他国の情勢です」

「ふむ……」

側近のロジャー・タウンゼントが自ら精査した書類を渡すと、オスニエルは背もたれに背中を預け、右手を顎にあてながら考え込むような仕草をした。

「今のところ、周辺国はおとなしいな。ブライト王国との縁談が効いているのか」

「あの国はやや神がかっていますからね。攻め入っても自然が邪魔をする。誰だって怖いでしょう。そのブライト王国が初めて自国の姫を他国へ嫁がせるのですから、注目も浴びますよ」

「好きで結婚するわけじゃない。俺はそんなうさんくさい女などごめんだ」

オスニエルは不満だ。彼が信じるものは、自らの知識と武力である。オズボーン王国の人間は勤勉にして真面目だ。コツコツと自分たちの生活のために汗水を流し、経験と知識を積み上げていく。聖獣の加護をあてにして生きる人間など、軽蔑の対象にしかならない。

オスニエルは、ブライト王国を武力で属国とすることが正しいと信じていたのに。

「父上は臆病者だ。まさか本当に、攻め入りさえすれば勝てたものを、政略結婚で同盟をまとめようとするなど。聖獣の祟《たた》りがあると思っているのではないだろうな？」

「陛下のお考えはわかりませんが、この結婚は最善ではありませんか？　実際ブライト王国は侮れませんよ。あんな北部の僻地にありながら、温暖な地域でしか育たない作物を名産品として持ち、武力で攻めようにも嵐で阻まれる。陛下だけでなく、重臣の中には聖獣の存在を信じている者もいます。私だって、フィオナ様が狼に助けられたと聞いて、信じる気になってきています」

「実際にその狼を見た者はいないのだろう？　報告では、崖のある山道に馬車を追い込んだだけで、転落したところまでは見ていなかったそうじゃないか。運よく山越えできただけかもしれないだろう」

「ですが、御者は振り落とされてましたし、馬車も山道に捨て置かれていたと……」

「ええい。うるさい。とにかくフィオナは運がよかっただけだ。こちらが恐れる必要などない」

オスニエルとて、内心では不思議に思っている。ランドンからの報告では、フィオナは腕にペットを抱いたまま、単身国境に赴き、平然と『一匹の狼が救ってくれた』と言ったのだそうだ。その際に怯えた様子はなく、怒りをにじませた瞳は、まるでこちらが仕掛けたことに気づいていそうだった、とも。

加えて、これ以上手出しをすれば、聖獣がなにをするかわからないという脅しめいたことまで言ったそうだ。

（ただの箱入りの姫ではなかったのか）

見た目は華奢な少女だ。年は十七といったか。銀糸のような細くきらめく髪は腰まであり、肌の色は透けるように白い。整った顔立ちをしているが、美しいというよりはまだかわいらしいという印象だった。腕も腰も肩も、なにもかもが細く、力を込めて抱きしめたら折れてしまいそうだ。そんなか弱そうな女性を妻にするのも、オスニエルの望むところではない。

「その後、フィオナはどうしている？」

婚約者が三日も顔を出さないのだ。さぞかし落胆しているだろう。

そう思って聞けば、ロジャーは少しばかり言いにくそうに口を開いた。

「それが……、とくに不満はないようです。フィオナ様は侍女を連れていらっしゃらなかったので、そのぶんをこちらで増やす必要があったのですが、それも増やさなくてもいいとおっしゃられまして。今いる侍女のポリーからも、フィオナ様は元気にお過ごしですと報告を受けております」

「……元気」

オスニエルはなんだか釈然としない。閉じ込められれば落ち込むものではないのか。婚約者と会えないことは悲観することではないのだろうか。

侍女の数が足りないのも不便だろうに。それともなにか、つけた侍女がそこまで働き者だったとでもいうのだろうか？

「婚儀は明後日です。一度様子を見に行かれては？」

オスニエルとしては、婚儀の日まで顔を合わせるつもりはなかった。自分と結婚することに絶望していてほしいと思っていたのだ。彼は、フィオナとの間に子供をつくるつもりがないし、可能ならば、今からでも彼女の方から婚約破棄したいと言ってほしいくらいなのだから。

だが、上がってくる報告を見ると、フィオナは絶望どころか新しい生活をそれなりに楽しんでいるようだ。これでは計画と違う。

「……むしろ、怯えさせた方が効果的ということか？」

ぽつりとつぶやき、立ち上がる。

「わかった。様子を見に行こう」

大股で歩く主人の背中を見ながら、ロジャーはあきれたようなため息をついた。


王城の敷地は広い。執務室や謁見室など、政務のための場所は中央にそびえ立つ城にある。右手側には、騎士たちが訓練するための武道場と、彼らが住むための居住スペース。左手側には、国王の妻や王子の妻たちのための後宮がある。

後宮の建物は、それぞれの妃が鉢合わせしないよう複雑に間取りが構成されている。側妃をひとり増やすごとに増築された父王の後宮は、もはや迷路だ。

そこを横目にロジャーを従えて歩くオスニエルは、ため息をついた。

女好きの父は、それなりに全員に愛情をかけているようだ。王太子であるオスニエルは正妃の子だが、腹違いの兄弟はほかに四人いる。

（それも気に入らん）

幸い、長兄であるオスニエルは弟妹たちとは年が離れているし、早くから頭角を現している。一番年の近い異母弟は十六歳になるが、とくに秀でたところもないため、オスニエルの次期王としての立場は揺るがないものだと思われていた。

（なのに、父上が王位継承権を盾に結婚を強要してくるとは……）

そもそも、オスニエルに結婚願望がないのは父王のせいだ。

オスニエルは思春期に差しかかった頃から、母親にくどくどと、父の側妃に向けた恨み言を聞かされてきたため、どうしても自分が側妃を持つ気にはならないのである。妻はたったひとりでいいし、それは今ではなく、国土を広げ、国内が安定してからでもいいと思っている。

オスニエルは自分がのめり込むたちなのは自覚している。妻子ができれば、戦争に集中できなくなるのは目に見えているからだ。

そして妻に娶るのならば、昼も夜もオスニエルを飽きさせることのないような刺激的な女性がいいと思っていた。

（よりによってブライト王国の姫を娶らねばならないなど）

輿入れの途中で彼女を怯えさせる作戦は失敗した。かくなる上は、彼女にここでの生活に絶望してもらい、自らこの国を出たいと言わせなければならない。そのために、オスニエルは彼女を女として扱わないつもりだった。既成事実のない、いわゆる白い結婚であれば、国の情勢が落ち着いたところで離縁できるだろう。

《ドルフ、こっちよ！》

明るい声が、オスニエルの耳に届く。どうやら、茂みの向こう側がフィオナに与えられた内庭になるらしい。

《まったく、普段寝てばかりなのに、急に運動したいなんてどうしたの》

《キャン！》

《わかっているわよ。食べすぎでしょう。昨日のお夕飯、とてもおいしかったもの》

フィオナがペットの犬と話している。最近、上流階級の人間はペットを飼うのがステイタスとなっている。彼女がペットを連れてきたいというのもその一環なのだと思っていた。多くは、飼うことだけが目的で、世話は侍女がしていることが多いのだが、彼女は本当にペットをかわいがっているようだ。

オスニエルは、敷地を隔てる生垣に近づいて、立ち止まった。茂みの陰から、走ってくる犬を両手で抱き上げるフィオナが見える。初日にオスニエルに見せたのとはまったく違う、無警戒な微笑みだ。

軽やかな笑い声は、十七歳という年齢相応に思えた。瞳も生き生きと輝いている。

オスニエルは見とれていた自分に気づいてはっとした。咳ばらいをし、生あたたかい視線を向けるロジャーを促す。

「ぼうっと見ていないで行くぞ」

「はいはい」

ロジャーは笑いを噛み殺しながら、後についていく。

オスニエルは、フィオナを驚かせるために、わざと大きな音を立て、生垣を通った。

侵入者の存在に気づいた彼女の犬が、低く唸ってこちらを睨んでいる。

「こら、駄目よ、ドルフ」

フィオナはたしなめるように犬に言う。まるで言われた内容がわかっているかのように、犬が「キャン」と不満そうに鳴いた。

「やあ、フィオナ姫」

「これはオスニエル様。どうなさいました？」

フィオナは、先ほどまでの楽しそうな表情から一転、無表情となっていた。まるで、一瞬で感情を取り去ったかのようだ。オスニエルはなぜか不愉快な気分になる。

「婚約者の機嫌うかがいに来ただけだ。どうだ。不便はないか？ 国に帰りたいなどと思っているのではないだろうな」

「おかげさまで、楽しく過ごしております。ややこしい貴族同士の付き合いは少なく、侍女のポリーは素直で、話し相手としても最高ですわ」

挑戦的な声に、オスニエルの苛立ちは止まらない。予想と違いすぎる。粗末に扱われ、さめざめと泣いている姿を想像していたのに。

「婚儀は明後日だが、先に言っておくことがある」

「なんでしょう」

「俺はお前を妻として扱う気はない。いいか、お前は人質のようなものだ。この宮での自由は保障してやるが、俺からの寵《ちょう》は期待するな」

オスニエルは、フィオナの傷ついた顔が見たかった。たおやかな彼女が涙を浮かべると、それは芸術品のように美しいのではないかと思えたのだ。

だが予想に反し、フィオナはホッとしたように微笑んだ。

「それは大変結構でございます。私も、この結婚に愛など期待してはおりませんの。いっそ最初からそういった行為はなしにいたしましょう？　オスニエル様は、いずれ正妃を娶られるのでしょう？　であればお世継ぎは正妃様にお任せできますしね」

フィオナはそう言うと、「では」と頭を下げた。腕に抱かれたペットは機嫌よさそうに尻尾を振り、フィオナも名残惜しさなど少しもなさそうに、足早に戻っていった。

すっかり姿が見えなくなってから、オスニエルは呆然とつぶやいた。

「なんだ、あの女は」

「前評判とは違い、はっきり物を言う女性のようですね」

「そうだな」

フィオナの態度は予想外だ。もっと従順でおとなしい女だと思っていた。あのペットに向けるような無邪気な笑顔も、オスニエルに向けた毅然とした表情も、姿絵で見せられたか弱そうな姫がするとは、想像もしていなかったものだ。

「気に入らない」

胸がモヤモヤとし、落ち着かないオスニエルは、その感情に不快という名をつけた。

＊　＊　＊

フィオナはドルフを抱いたまま、応接室のソファに体を預けた。

「なんで、オスニエル様がここに来るのよ」

『さあな。様子を見に来たんじゃないのか』

尻尾をご機嫌に振りながら、ドルフはフィオナの膝の上にのっている。

「まあ、でも、あんな宣言したってことは、これからは私にかかわらないでいてくれるってことよね」

『さあな』

むくりと体を起こし、ドルフはフィオナの頬をぺろりと舐める。

『ほかの男のことばかり話すな。うるさい』

「だって。彼は私を殺すかもしれないのよ？」

『その前にお前の氷の力があいつを殺す。心配するな』

「それはそれで駄目よ。講和条約が破棄されちゃうじゃない」

ぎゃあぎゃあ言い合っていると、ポリーが元気よく部屋に入ってきた。

「フィオナ様！　いい報告があります！」

朝の支度が終わった後から出かけていたのだが、今、帰ってきたところらしい。ソバカスの散った頬を赤く染めている。

「そんなに興奮してどうしたの？　ポリー」

フィオナが苦笑すると、彼女は両手を小刻みに振りながらまくし立てる。

「すごいですよ、いい売れ行きです」

「落ち着いて、ポリー。なんの話？　それにね、後宮の侍女たるもの、いかなる時も気品を忘れてはならないわ」

「あっ、そうですね。すみません。……あのですね。フィオナ様から預かった紐編みのアクセサリー、売れ行き好調なんです！　ペットとお揃いというコンセプトがやっぱりいいようで！」

「そうなの？　すごいわね」

「ええ。とりあえずこれが、今回の売り上げの、フィオナ様の取り分です。材料代は抜いてありますので、あまりたくさんではないんですけど」

　布袋で渡されたお金は、結構な重さがあった。

「こんなに？」

「ええ。お姫様にお給金というのも変ですけど、作品への対価ですのでどうぞお納めください！」

　手のひらにのったお金の重さに、フィオナはこそばゆさを覚えた。一国の姫であるフィオナは、お金で困ったことはほとんどない。欲しいものは、侍女に伝えておけば、出入りを許可された商人の方から城にやって来たし、支払いは会計担当の者がおこなう。フィオナには自分で稼いで自分で払うという感覚がなかった。

「このお金で買ったものは、私のものよね」

「もちろんです。欲しいものがございますか？　フィオナ様には現在、外出が許されていませんが、私が代わりに買ってくることならできます」

自分だけのお金。そんなもの初めてだ。

ループ中に、平民に身を落としたことはあるが、一緒にいた幼馴染みはフィオナを姫として扱い、外での仕事はさせなかった。紐編みで麻袋は作っていても、売ってくるのは幼馴染みたちで、すぐに食料に変わっていったので、稼いだ実感もない。

「私でも、働けるのね」

『今の立場なら働く必要ないだろうけどな』

「そんなことないわ。オスニエル様になにかを買ってもらうことなんてないだろうし。自分で使えるお金があるのはありがたい……」

思わず普通に返事をしてしまったフィオナは、ポリーが目を丸くして凝視しているのに気づいて口を止めた。

「どうなさいましたか、フィオナ様。おひとりで……」

「ごめんなさい。独り言よ」

ポリーにはドルフの声は聞こえないのだ。うっかりしていた。

翌日、結婚式に出席するために、ブライト王国から弟のエリオットとその護衛たちがやって来た。

護衛の中に、ローランドの姿を見つけたフィオナは、うれしくて、すぐさま駆け寄った。国を出てきたのはほんの一週間前なのに、もう懐かしく感じてしまう。

「エリオット！　ローランド！　久しぶりね」

そんな姉の様子に気づいたエリオットは、心配そうに手を握る。

「姉上、ご無事でなによりです。輿入れの際、盗賊に襲われたと聞きましたが怪我《けが》などはなかったのですか？」

「私は大丈夫よ。それより、トラヴィスたちは無事に戻ったかしら」

輿入れ道具が届けられたときにポリーを通じて聞いてみたが、護衛たちの無事に関してはわからないということだった。ランドンとはあの日以来会うことはなく、オスニエルともほとんど話をしていない。詳細な情報があるならば教えてもらいたかった。

エリオットとローランドは困ったように顔を見合わせた。話そうか話すまいか迷っているような態度だ。やがてエリオットがうなずくと、ローランドが口を開く。

「実は、トラヴィスだけが行方不明なのです」

「え？」

「ほかの者たちは、インデスの警備隊が見つけ保護したそうです。治療を終えてから帰ってまいりました。だが、彼らもトラヴィスの行方は知らないそうです。いつの間にか姿を消していた……ということで。彼らを襲った盗賊も、残念ながら見つけることはできませんでした」

ローランドは品のいい顔に皺を刻んだ。ローランドとトラヴィスはブライト王国でも腕利きのふたりだ。ほかの者が無事なのに、トラヴィスだけがやられるのは、可能性としては低い。

「そう……心配ね」

「あいつのことです。姫がおられなくなった王城に仕官するのが嫌で出ていったということも考えられましょう。彼はもともと、姫様のために騎士になったのですし」

「まあ、そんなことを言ったら、トラヴィスのお父様が泣くわよ」

「でも事実です。俺によく語ってくれました」

ポソリとローランドがつぶやく。彼らはフィオナをとても大切にしてくれていた。

ローランドはいつだって誠実にフィオナに接してくれたし、トラヴィスは妹のように扱ってくれた。フィオナが十三歳のときに、聖獣の加護を得られなかったと知ると、では代わりに自分たちが守ってやるのだと護衛騎士を目指してくれたのだ。

「無事でいてくれたらいいのだけど」

「見つかったら手紙でご報告いたします」

ローランドは微笑み、懐かしそうにフィオナをじっと見つめた後、おもむろにひざまずき、フィオナの手の甲に口づけする。ブライト王国での忠誠の仕草である。

「我が姫。再びお顔を見られて、至極幸福でございます」

艶めいた瞳で見つめられ、フィオナはドキリとした。今世ではははっきりと告白されたことはないが、かつての人生では彼から恋心を告げられたこともある。フィオナに恋情を持っていても不思議はない。けれど、フィオナはそれには気づかないふりをする。今世では誰とも恋をする気はないからだ。

「まあ。ありがとう。私の護衛騎士さん」

フィオナが茶化し気味に言うと、ローランドは寂しそうに微笑み、立ち上がる。

「我が姫。どうかお幸せに」

両手で包み込むように手を取られ、その温かさに、フィオナは微笑んだ。

＊　＊　＊

フィオナとローランドのやり取りを、見ていた人影があった。

「……あの男は誰だ？」

オスニエルである。明日の結婚式を前に、客人であるエリオットに挨拶に来たところ、今の場面に出くわした。

「エリオット様の護衛騎士ですね」

ロジャーが、ブライト王国に関する調書をめくりながら言う。

「どうやらご姉弟とは幼馴染みのようですね。フィオナ様が輿入れする前までは、彼女の護衛騎士を務めていたようです」

「ほう」

オスニエルは鼻白む。

(まあ、母国の者とはこれが最後の対面になるかもしれないのだ。せいぜい楽しめばいい)

フィオナはペットに向けたような無邪気な笑みを、護衛騎士に向ける。

(それにしても、あんな優男風《やさおとこふう》ないでたちで、護衛騎士が務まるのか？　これだから聖獣の加護に頼るような国はいかん)

オスニエルは、なぜだか苛立ちが収まらない。

「もう行く」

「オスニエル様、お待ちください。エリオット様にご挨拶にまいられたのでしょう？

晩餐《ばんさん》の前に客人にちゃんとご挨拶なさらないと、夫としては失格では？」

「あいつは人質だ。俺の妻などではない」

「建前は妻でしょうが」

「うるさい。あいつの弟に礼を失してもなんの問題もない！」

ロジャーの声を背中に聞いたまま、オスニエルはその場を離れた。どうにも最近調子が悪い。

それもこれも、フィオナがあまりに薄気味悪いからだ。

(俺を前にして、怯えるどころか敵意をむき出しにするとはどういうことなんだ？ペットや侍女に対しては、あどけない少女のようなのに)

フィオナには不可解なところが多すぎる。なにかとんでもないことをたくらんでいるような気がして、油断ならない。

晩餐は静かに進んだ。オズボーン国王は、形ばかりは二国の同盟を喜んでいたが、エリオットには常に侮った目を向けていたし、オスニエルも挨拶以外積極的には話さなかった。

フィオナはエリオットにばかり話しかけ、完全にオスニエルのことは無視している。

フィオナは時々、ローランドとも目配せし、ほころんだ笑顔を見せる。わかり合った者同士の空気が三人の間でだけ流れていて、オスニエルは自分が蚊帳の外に置かれているような気がしておもしろくない。

「フィオナ！」

「は、はい？」

たまりかねてオスニエルが叫ぶと、フィオナは驚いたように丸い目を向けた。

「明日の支度は整っているのか」

「ええ。襲われて汚れた衣装も、綺麗にしていただきましたし。……まあ、私の花嫁姿など、ご興味ないでしょうけど」

オスニエルはムッとしたまま、口ごもる。

（おのれ。口の減らない娘だ）

「だが俺の隣に立つのだからな、恥ずかしい格好をしてもらっては困る」

「それはもちろんですが、私はこの国の常識には疎いもので。いただいた支度金でできるだけのことはしております。もし、不備があるとすれば支度金が足りないだけのことですわ。おのれの恥なのですから、甘んじて受ければよろしいのでは？」

「貴様……」

「あ、あのっ。この国の調度は素晴らしいですね。有名な建築家のアンガス様もこの国の出身でいらっしゃいますよね」

ハラハラした様子のエリオットが、たまりかねたように別の話題を出す。

オスニエルはハッとし、愛想笑いを浮かべてエリオットに向き直った。

「ほう。エリオット殿は建築には詳しいので？」

「ええ。美術品や骨とう品に興味があります。王子でなければ、研究者として学び続けたいと思っていたのですが」

「ならば王位を継ぐ前に留学されては？　我が国にもいい大学はたくさんありますよ」

エリオットとなごやかに会話しながらも、オスニエルはチラチラとフィオナに視線を向ける。

彼女は、不満げにこちらに視線を向けていたが、それ以上口を挟むことはなく、食事の時間は静かに終わっていった。

＊＊＊

夜が明ける。婚儀の朝である。

なぜか朝からポリー以外に十名もの侍女がフィオナのもとを訪れ、彼女を磨き上げていた。

「……どういうことなの、これは」

『どうせお前が、あの王子を煽るようなことでも言ったんだろう』

コルセットを締めつけられ、息切れしながらつぶやくフィオナに、ドルフが答える。

「お苦しいですか？」

「いいえ。大丈夫」

ドルフの声が聞こえない侍女たちは、フィオナの独り言にいちいち反応しては、びくついている。

（そんなつもりで言ったわけじゃなかったのに。自分の財力を見せびらかすため？）

朝からやって来た針子は、オスニエルから指示されたと言って、用意していたドレスを、さらに美しく見せるため、レースを縫い足している。こんなギリギリになってから始めても、全体のバランスが取れるとは思えなかったけれど、オスニエルが頼んだ一流の針子の腕は確かだった。

鏡の中の人物を見たフィオナは、それが自分の姿だというのに、見とれてしまった。

「……綺麗」

「ええ。フィオナ様は体のラインもお綺麗ですね」

肩の出たマーメイドラインのドレスが、細身のフィオナの体にぴたりと合っている。レースが加わったために、初期のものよりもずっと豪華で華やかになった。

そこへポリーがやって来て、針子にフィオナの紐編みのアクセサリーを見せ、耳打ちした。

針子は、飾りとフィオナを見比べ、「たしかに、お似合いになると思います」とポリーに向かってうなずいた。

「姫様、……もしよろしければ、これも縫いつけてもかまいませんか？」

「え？　いいけど。大丈夫？　これ、私が作ったものよ？」

「腰布の留め具のところに花が咲くように縫いつければ、いっそう華やかになると思うのです」

言いながら、針子は早速手を加えていく。ドルフが近づくと、彼の首輪を見て、頬を緩めた。

「かわいらしいワンちゃんですね。愛犬とお揃いというのもいいですわね」

ドルフはこの言葉に気をよくしたようで、尻尾をパタパタと揺らし始めた。

支度がすべて整うと、ドルフは机の上に飛びのり、フィオナを眺める。

『なかなか悪くないぞ。あとはその怯えた顔をやめることだな』

「そうはいっても」

腹を決めたとはいえ、いざ結婚式となれば緊張する。まして、相手は自分のことを疎ましく思っている人だ。

うつむいていると、ドルフが飛びついてきて、頬をぺろりと舐めた。

『お前は美しい。俺のペットなんだから胸を張ってろ』

「その理由で、胸を張れるとでも？」

思わず、声を出して笑ってしまう。すると緊張もほどけてきた。

『さすがに俺は式には行けないが、ちゃんと守ってやるから安心しろ』

「ありがとう、ドルフ」

ホッとしたのも束の間、ポリーが「オスニエル様がお越しです」と告げた。再び、フィオナの体に緊張が走る。

「準備はできたか」

オスニエルは騎士としての側面が強いらしく、正装は白の騎士服だった。

（やっぱり格好いい）

フィオナの目は彼の騎士服姿に釘づけになる。彼に恋などする気はないが、見た目が好みなのは変えられない。

一方、彼はじろりとフィオナを見ると、黙りこくってしまった。

「あの、オスニエル様？」

「はっ、いや、式場に向かうぞ。新郎新婦はそろって入場するよう決められている。それだけだ。他意はないからな」

「はい？」

聞こえないような小声でつぶやいているオスニエルの腕に、フィオナは手をかける。とりあえずは式をこなさなければならないのだ。逆に言えば、式さえ済ませてしまえば、夫婦という肩書にはなるが、オスニエルとはかかわらなくて済む。

「あ、オスニエル様が手配してくださった針子の腕は素晴らしいですね。こんなに華やかなドレスになるとは思いませんでした」

「ふん。お前が貧相にしていれば、俺の、ひいては王家の財力が疑われるからな」

よほど、昨夜の嫌みが気に障ったらしい。

昨日はケンカ腰であぁ言ったものの、フィオナの感覚では最初のドレスでも十分立派な部類だった。さらに手を加えてもらったので、おそらく誰と比べても引けを取らないドレスになっただろう。

礼拝堂の扉の前に着く。今、扉は閉められていて、両脇に従僕が控えていた。

「ではオスニエル様、フィオナ様、まっすぐお進みください」

両扉が開かれ、多くの拍手がふたりを迎え入れる。

（まるで、本当に祝福されているみたい）

フィオナは歩きながらぼんやりと思った。

こんな拍手に、自分はこの国に受け入れられたのだと思ったときもあった。

最初の人生でのことだ。政略結婚を嘆いたものの、この拍手に勇気づけられ、愛されるために努力しようと決意したものだ。

けれど、すべて幻だ。オズボーン王国の人間は、フィオナが敵国の人間だということを、一瞬たりとも忘れなかった。敵ばかりに囲まれたフィオナの気持ちなど考えもせず、冷たく扱った。一瞬の高揚も、それを思い出せば冷めていく。

（私は、ここで目立たず生きるの。愛なんて期待しない）

気がつけば、神父が誓いの言葉を求めている。内容などひとつも頭に入っていないのに、フィオナは「はい」と答えた。

やがてベールが上げられ、オスニエルの顔が近づいてくる。おそらくは最初で最後になるであろうオスニエルとの誓いのキス。

唇が触れる瞬間、ひやりとした冷気が唇の前ではじけ、フィオナは身を引いた。オスニエルも同じだったようで、驚いたような顔でフィオナを凝視している。神父にはキスを終えたと思われたのか、「ではこちらに向き直ってください」とそのまま進行される。

フィオナはそれに従い、オスニエルは彼女に怪訝な視線を向けながらも式を続けた。

その後は晩餐会が開かれる。

そこには、式には出席していなかったオズボーン王国の上流貴族も出席していて、フィオナは次々と挨拶を受けたが、名前までは覚えられなかった。

式中から感極まっていたエリオットは、涙ながらにフィオナの手を握った。

「姉上、どうかお幸せに」

「エリオット。泣かないで」

エリオットは優しすぎるのだ。頭がよく、森の知恵者であるフクロウの聖獣が、彼を好んで選んだのもよくわかる。平和な時代には賢王になっただろうが、戦乱の世には向かない。

彼には武力に秀でた頼りになる側近が必要だ。だからこそ、真面目で誠実なローランドは彼の助けになるだろう。

フィオナはローランドにすがるような目を向け、彼に握手を求めた。

「ローランド。あなたが頼りなの。どうかエリオットを支えて、ブライト王国を守ってちょうだい」

「肝に銘じます。フィオナ姫こそ、どうかお幸せに。私はどこにいても、あなたの幸せを心から願っています」

握り返された手は熱く、ローランドの熱っぽい視線が絡みついてくる。けれど、自分の分をわきまえている彼は、名残惜しそうに手を離し、苦笑してうしろに下がる。

「エリオット、道中気をつけて帰国してね。ローランド、どうかエリオットをよろしく頼みます」

今日は初夜だ。新郎新婦は宴を中座し、閨《ねや》に入るのが慣例とされている。

ふたりもそれに習い、晩餐の途中で退出の挨拶をし、そろって座を辞した。

「終わりましたね。お疲れさまでした」

フィオナは後宮の自分の部屋の前でそう言い、頭を下げた。そのまま立ち去るかと思ったのに、オスニエルは正面に立ったままだ。

「オスニエル様？」

「お前……今日がなんの日だかわかっているのか」

「？　ええ。結婚式の日ですね。ですが殿下は、私に触れるのも嫌なのでは？」

ループした人生の中で、誓いのキスさえしなかったのは今回が初めてだ。そんなに嫌なのかと、なにげにショックだったというのに。

「それはそうだが、なにもなく初夜が終わったと、周りに知られるわけにもいくまい。体裁上、部屋に入るだけだ」

そう言われると、追い返すわけにもいかない。けれど、オスニエルとふたりになることにも抵抗があった。

憮然《ぶぜん》として引かない様子のオスニエルにフィオナが困り果てていると、扉の隙間からドルフが出てきた。

「キャン」

（そうだわ。ドルフがいてくれる！）

足に擦り寄ってきたドルフを抱き上げて、フィオナはホッと息をつく。ようやく笑顔で「では、部屋にお入りになりますか？」と言えた。

「ああ」

「ではお茶を。ポリー、そこにいるかしら」

控えていたポリーにお湯を持ってきてもらい、フィオナは手ずからお茶を入れる。

通したのは居間だ。寝室と続き間になっているが、薄布によって隔てられている。

オスニエルはソファにどかりと座り、室内を観察するように見回していた。いつもは自分の指定席であるソファを奪われたドルフは不満そうに彼を睨んでいる。

「どうぞ」

テーブルに置いたティーカップを、オスニエルは咳ばらいと共に手に取る。

目を伏せた瞬間の顔は、とても格好いい。武人のわりには所作も優雅で、王太子としてしっかり教育されているのがわかる。

（観賞用として楽しめばいいんだろうなぁ。ああでも、この後彼は、ジェマ・リプトン侯爵令嬢との縁談が進むんだわ。そうなれば観賞する機会はぐっと減るわね。ちょっと残念）

夫との愛のない関係を受け入れるつもりはあるが、どこか虚しさはある。

（結局、私だけを愛してくれる人と添い遂げる人生は、私には用意されていないのね）

これまで、どの道を選んでも駄目だった。八度目になっても、恋愛面に関しては同じのようだ。

（落ち込んでいては駄目ね。恋愛はあきらめて趣味に生きようって決めたじゃない。今世を楽しく生きようって）

そして今のところ、それは成功している。

（このまま、終わりにできたらいいな。もうやり直しもたくさんだわ）

フィオナは無意識に唇を噛みしめていた。するとオスニエルが、不思議そうに問いかける。

「なぜ黙っているんだ」

「なぜって……お話しすることがないからです」

即答したフィオナに、オスニエルも困惑する。

「お前は俺に気に入られなければ、この王城で居場所がないはずだ。であれば、俺の機嫌を取ろうとするものではないのか？」

突然、思ってもいないことを言われ、目が点になった。ドルフが、おもしろそうだと思ったのか、フィオナの膝にのってくる。

「オスニエル様は、私のことを妻としては扱わないとおっしゃいましたよね。そんな宣言をしたのに、私に妻として媚びろと言うのは、おかしなことだと思いませんか？」

「思うはずなかろう。敗戦国の姫が勝戦国の夫にかしずくのは当然だ」

たしかにオズボーン王国の方が優勢ではあったが、一時は退けたのだから、ブライト王国は敗戦国なわけではない。互いに多くの被害を出す前に決着をつけようという意味合いの講和条約であり、婚姻だったはずだ。オスニエルの態度に、フィオナは怒りがふつふつと湧いてくる。

「私、知っているんですから！　オスニエル様は、私を殺したいほどお嫌いなのでしょう？」

思わず言ってしまうと、オスニエルはいぶかしげな表情をした。

「なにを根拠に」

「輿入れの馬車が襲われました。逃げながら聞いてしまったのです。これがオスニエル様の計画であることを」

「そうか。もしそれが事実ならばなおのこと、俺の機嫌を取った方がいいのではないか？　このままでは、お前はいつ寝首をかかれてもおかしくないだろう」

オスニエルが挑戦的に言うので、フィオナは努めて冷静に見えるよう静かに首を振った。

「いいえ。そこまで嫌われているならば、無理に愛してほしいなどとは思いません。むしろ、私が見えるところにいれば目障りでしょう。今日以降、私はできるだけあなたの目につかないように生活いたします。どうぞ安心して、あなたのお好きな方と幸せになってくださいませ」

フィオナの返答に、オスニエルはなぜか不満そうだ。

「お前は婚儀の夜になんてことを言うのだ！」

激高されてもフィオナも困る。いったいオスニエルはどうしてほしいというのか。媚を売られるのも、同情を得ようとされるのも好きではないくせに、しなければ怒る。つまり、フィオナがなにをしても気に入らないということではないか。

フィオナの苛立ちは、最高潮に達していた。疲れてもいるので、感情の抑えがきかない。

バン！と机をたたき、立ち上がる。フィオナの反抗的な態度に、オスニエルも不満げな表情を隠さず、睨み返してくる。

「私はあなたの言う通りにしているはずです。もう黙っていただけます？……今日はここで過ごすというなら、ベッドをお使いください。私はソファで寝ますから」

「女をソファでなど寝かせられるか」

「平気です。私にはドルフがいるので温かいですし。オスニエル様では足がはみ出ますでしょう？　私ならばサイズもちょうどですわ」

フィオナは足早に居間を歩き回り、苛立ちを鎮めようと努力した。

けれどもうまくいかない。輿入れ道中で殺されそうになったことや、これまでの人生でされた心ない仕打ちまで思い出し、心が暴れだしそうだ。

「フィオナ」

差し出されたオスニエルの手を、フィオナはぎろりと睨んではたき落とす。

「あなたは！　私がなにをしたって気に入らないのでしょう。でしたら放っておいてくださいませ！」

フィオナはポリーを呼びつけ、お茶道具を片づけさせる。そして、毛布を持ち出そうと寝室へ入った。

いつの間にかうしろに来ていたオスニエルが、彼女の手から毛布を奪った。不覚にも、彼の体の大きさを感じてドキリとする。それを悟られたくなくて、フィオナは彼の方を向かずに、じっと立ちすくんでいた。

「お前がベッドで寝ろ」

オスニエルはそう言うと、居間に戻り、ソファに横になって毛布にくるまる。

フィオナはつかつかと近寄り、その体を毛布の上から軽くたたいた。

「狭いでしょう！　意地を張らずにあなたがベッドをお使いください！」

「うるさい！　もう寝るんだ。かまうな！」

「……もうっ」

無性に悔しいフィオナは、ベッドに突っ伏した。なにか言ったら泣きだしてしまいそうな、危うい心地だったのだ。

『なあ、フィオナ。ドレスは脱がなくていいのか』

ドルフがそう問いかける。ドレスは脱がなくていいのかとフィオナも思ったが、背中にボタンが多く、ひとりでは脱げない形だ。オスニエルがそこで寝ている以上、ポリーを呼びつけるわけにもいかない。

「ひとりじゃ脱げないのよ、これ」

『じゃあ、手伝ってやる』

「できるの？」

『俺にできないことなどない』

ずいぶん強気の発言だが、オスニエルがいるところで下着姿になるのも嫌だった。

「じゃあ、オスニエル様が寝てからにしましょう」

『……寝るかな、あの男が』

明かりを消し、互いに息を殺して黙り込む。呼吸の音さえ聞こえるほどの沈黙に、気まずいことこの上ない。

ドレスはマーメイドラインなので横になれないわけではないが、豪華な飾りがついていて、当然寝づらい。美しさをきわ立たせたレースも、こうなると肌にチクチクと痛かった。

何度か寝返りを打っていると、居間の方で動きがあった。

オスニエルが上半身を起こし、ため息をついているのだ。

(ため息をつきたいのはこっちよ)

やがて、彼がこちらに向かってくる気配がする。フィオナは慌てて寝たふりをした。嫌がらせで自分を抱くことも、彼ならばあるかもしれない。その時はドルフをけしかけて、なんとかして逃げよう。フィオナは心の中でそう決めた。

だが、すぐ近くに彼の気配があるのに、彼の手がフィオナに触れることはなかった。ささやきが空気を揺らし、フィオナの前髪の上を通る。

「綺麗だな」

(えっ？)

彼の口からポロリと漏れたのは、まさかの褒め言葉だ。フィオナはドキドキしながら続く言葉を待った。寝たふりはしているものの、まぶたが震えてしまう。

「……なんの気の迷いだ」

ポソリとつぶやき、彼はそのまま踵を返した。足音が遠ざかり、やがて扉の閉まる音がする。

『フィオナ、起きてるんだろ？　あいつ、いなくなったぞ』

ドルフに言われ、恐る恐る目を開ける。ドルフは布団の上で丸まったまま、あきれたような声を出した。

『なに真っ赤になってるんだ、浮気者』

「真っ赤になんて……」

慌てて顔を押さえると、触れる手に熱が伝わる。

（だって、あんなこと言われるなんて思わなかったんだもの）

寝ている間に言われたのなら、あれはオスニエルの本心だと思っていいのだろうか。

ひとり、身もだえているとドルフの尻尾がフィオナの頬をたたく。

『お前、簡単にほだされるなよ。あいつがなにをしたか、忘れたわけじゃないんだろ』

ドルフが言っているのは、入国する前に殺されそうになったことだ。思い出せば、フィオナも熱で浮かれてしまいそうだった頭が冷えていくのを感じる。

「……そうだったわね。私とオスニエル様の間にそんな感情が生まれるわけないんだったわ」

『そうそう。それより、あいつがいなくなったのなら、そのドレス、脱がしてやろう』

「うん。お願い」

フィオナは半身を起こし、ドルフに背中を向ける。どうやってするのだろうと思っていると、ドルフは狼の姿になり、フィオナの背中のボタンを器用に唇でくわえ、外していった。

『できたぞ』

「驚いた。器用なのね、ドルフ」

『ふん』

そのまま、フィオナはドレスを脱ぎ捨て、下着姿になる。フィオナは体を締めつけるものすべてを外し、用意されていた夜着に袖を通した。

「これでよし、と」

『お前は俺に対して羞恥心はないんだな』

ドルフがあきれた声を出す。だが、フィオナにとってドルフはペットだ。家族も同然であり、裸を見せても恥じらう対象ではない。

「なに言ってるの、ドルフ」

『……着替えたならさっさと寝ろよ。クマをつくったら、ますます不細工になるぞ』

「失礼ね」

フィオナは頬を膨らませたまま、髪をとめていたピンを外し、楽な姿になってベッドに転がる。ドルフはもぞもぞとその中に入り、ふて腐れたように眠った。

彼の機嫌が悪い理由は、フィオナには思いつかなかった。

＊　＊　＊

招待客が次々と帰路につく中、女性陣は少しばかり盛り上がっていた。

「ねぇ、フィオナ様のドレス、素敵でしたわね」

「そうね、見たことのない飾りがついていたわ」

上流貴族のご婦人方は、新しいものに目がない。すると年齢の若い伯爵《はくしゃく》夫人が、扇で口もとを隠しながら「ふふふ」と微笑んだ。

「ご存じ？　あれ、サンダース商会で扱っていますのよ。髪飾りが売られていたわ。ペットの首輪とお揃いにできるのですって」

「まあ、ペットと？」

「それは、いいかもしれませんわね」

中には、「犬猫と一緒のもの？」と怪訝な顔をする者もいたが、かわいいペットとお揃いにすることについては、好意的な声が多数だ。

「でも、サンダース商会では髪飾りと首輪飾りしか扱っておりませんでしたのに。ドレスに使うなんて斬新な発想ですわね。フィオナ様が考えられたのかしら」

夫人たちは顔を見合わせる。フィオナのドレスについていたのは、販売していたものよりもずっと大きなものだった。

「特注されたのだとしたら、もっとずっと前から飾りに目をつけていたということでしょう？　フィオナ様って流行の最先端を行っているんだわ」

「そうね。いつかお話ししてみたいわね」

話の尽きない夫人たちを、冷ややかな目で眺めるひとりの令嬢がいた。赤色のドレスに、光を集めたような艶やかな金髪。現在、最も有力な王太子の正妃候補といわれている、ジェマ・リプトン侯爵令嬢だ。

今日、ジェマは主賓席に座るオスニエルに果敢に話しかけに行った。

昔から、正妃になるのは自分だと自負してきた彼女は、側妃の目の前で、オスニエルとの仲睦まじさを見せつけようと思っていたのだ。

しかし、オスニエルの態度は淡々としたものだった。

もともと、彼は女嫌いなのかと思うほど、どんな女性にもそっけない。ジェマも、侯爵家の家門に対しての礼はとられるが、それ以上の好意を示されたことはなかった。それはどんな女性に対してもそうだから、ジェマは気にしていなかったのだ――あの時までは。

フィオナ妃を熱っぽく見つめる母国の護衛騎士。それを見ていたオスニエルが、唇を噛みしめたのをジェマは見た。

（オスニエル様があんな女に心を奪われるはずはないけれど、私の方でも、きちんと彼の心を掴まなければ……）

「ジェマ、帰るぞ」

「ええ、お父様」

リプトン侯爵は国の重臣だ。権力の点からいっても、誰もが、正妃の座にはジェマがつくと思っている。

「人質同然の側妃なんかに負けるものですか」

ジェマはつぶやき、挑むように後宮を睨んだ。

側妃、初めてのお願い

結婚式からひと月が過ぎる。

「すごいですよ、フィオナ様。紐編みアクセサリーは大人気です！」

髪飾りだけでなく、ブローチに仕立てたり、イヤリングにしたりと、サンダース商会が独自のアレンジを加えて販売しているため、リピーターも多くいるらしい。

ポリーが手にした布袋を掲げてみせると、硬貨のこすれる音が鳴る。お金に困っているわけでもないのに、フィオナもこの音を聞くと心が浮き立つようになってきた。

「ありがとう。そっちの紐は？」

袋を受け取ったフィオナは、ポリーが持っている新たな紐に視線を向ける。

「できれば、商品がもっと欲しいのです。これは材料で……」

「私ひとりで作れる量なんてたかが知れてるわ。これ以上の量が欲しいのなら、量産する態勢を整えないといけないわね」

人材さえ確保できれば、工房はすぐつくれるだろう。作業場所は机のある広い部屋があればいいだけだし、材料は定期的にサンダース商会が持ってきてくれる。

人材を育てるのも、そう難しいことじゃない。ポリーはできなかったが、紐編みの技術自体は平民でもやれる簡単なものだ。

(問題は誰にやってもらうかだけど……)

思い出すのは、王都の商店に職人の制作物を商品として試し置きするという、サンダース男爵の試みだ。経済的弱者に自立するためのチャンスを与えるのは、貧民対策としてとてもいいと思ったのだ。

(経済的に苦労している人たちに紐編みの技術を習得してもらえれば、国の貧民対策としても役立ち、一石二鳥だわ)

だが、誰が経済的弱者に該当するのか、フィオナが見分けるのは難しい。

「ねぇ、ポリー。この国の平民の生活について教えてもらえるかしら。学校は何歳まで通うの？　お仕事はどんなことをする？」

「平民ですか？　ええと、平民学校は十五歳まで通えるのですが、十歳くらいからは家業を手伝うとか、工房に弟子入りするという名目でやめる子供が多いです。卒業まで通う子は、上級試験を受け、文官になることが多いですね」

意外と就職先はしっかりあるようだ。フィオナが感心して聞いていると、「でも……」とポリーが顔を曇らせる。

「この国では、孤児は路上生活者になりがちですね。学校に通えないうえに家業がないので、仕事に対する経験値が足りないのです。孤児院には十五歳までいられますが、出てからは使い走り程度の仕事しか与えられません」

「学校に行けないの？　どうして？」

「孤児院ではシスターが勉強を教えるんですよ。だから、基本的な読み書きくらいしか覚えられないんです」

親がいないということが、学習機会を奪い、様々なハンデを生むらしい。

（孤児院は王家の支援対象のはずよ。どうして放っておくのかしら。それとも、現状を把握できていないということ？）

「だったら、孤児に紐編みを覚えさせるのはどうかしら」

「孤児にですか？」

「ええ。紐編みならば特別な知識がなくても習えばできるわ。家業の手伝いをするような感覚で、孤児たちに紐編みを教えるの。上手にできたものを販売すれば、孤児院運営にも役立つでしょうし」

フィオナがかつて平民生活をしている間にそうだったように、紐編みで雑貨を作ること自体が、彼らの楽しみになる可能性もある。彼らに、少しでも充足感を覚えてもらいたいという気持ちもあった。

「子供たちが楽しんで、お金も稼ぐことができれば、万々歳じゃない？」

フィオナは意気揚々と言ったが、ポリーは半信半疑だ。

「でも、今フィオナ様が作ってくださるくらいの品質がなければ、サンダース商会で引き取ることはできません。高貴な方向けの商品は、とくにです。それに今は需要があるのです。孤児たちが技術を習得するまで待っていたら、商機を逃してしまいます。仕立て師の見習いに声をかけて一気に量産したほうが、よくはありませんか？」

「儲けだけを考えればそうだけど……」

商人の観点から見れば、ポリーの言うことは正解だ。フィオナ自身もポリーに、一緒にひと儲けしようと意気込んで見せたこともあった。でも、フィオナは商人ではない。王族の立場で考えれば、この思いつきを捨てたくなかった。

「ポリーは商品を広げたいのよね？　多くの人に手に取ってもらって、まずは品物自体を広めてもらいたいのでしょう？」

職人が少ない今の時点で、多くの人に手に取ってもらうにはどうすればいいか。

しばらく考え、フィオナはいい考えを思いついた。

「では、高貴な方をお呼びして、飾りを作ることを目的とした講習会を開いてはどうかしら。刺繍《ししゅう》と同じように、ご婦人方の手慰みのひとつとしてはやらせるの」

「講習会……ですか？」

「そう。この際、職人が少ないことを逆手に取りましょう。サンダース商会で扱う商品は希少だからと理由をつけて、販売価格を上げるといいわ。代わりに作り方を教えて、材料の販売で儲けを得るのよ。自分で上手に作れる方は、趣味のひとつとして定期的に材料を購入するでしょうし、できなかった方は、少々高くても製品を買うわ。手作りが盛り上がっているうちに職人を育てられれば、製品の方の量産態勢も整うでしょう」

ポリーは呆気にとられたような顔をしている。

「どうしても孤児に教えるのですか？」

「ええ。うまくすれば路上生活者となる孤児を減らすことができるもの。国民を救う方法を思いついたのに、試さないなんてあり得ないわ」

強いまなざしで断言したフィオナに、ポリーは観念したようにうなずいた。

「わかりました。では私も協力いたします。父とも相談してみましょう。講習会の方はフィオナ様にお任せしても……？」

「ええ。まだ正妃がおられるわけじゃないし、側妃が細々と社交すること自体はかまわないはずよ。上流階級にお声がけするのも、立場的には問題ないでしょう」

フィオナは片目をつぶってみせた。そして、招待状を書くため、上質の便せんと封筒をポリーに頼んだ。

フィオナ妃が主なる貴族令嬢にお茶会の招待状を出したという噂は、あっという間に広まった。

ブライト王国からの人質同然の側妃の社交的な行動に、彼女らの父親や夫にあたる貴族たちは、動向を決めかねている。

そんな中、一回目のお茶会は開かれた。参加者はそう多くはない。やがて正妃になるであろうジェマ侯爵令嬢の怒りを買わないようにと、静観している者がほとんどだったからだ。

そのため、主な参加者はポリーの友人である男爵令嬢や子爵《ししゃく》令嬢たちだった。

彼女たちの父親はリプトン侯爵家とのつながりが薄く、あわよくば側妃を中心とした派閥をつくろうと、積極的に娘たちを送り出したのだ。

(意図したわけじゃなかったけれど、味方になりうる家門の判別がついたわね)

今日は、顔つなぎと髪飾りの紹介だけだ。これで興味を示したら、定期的な講習会という形に持っていきたいと思っている。

「フィオナ様の髪飾り、素敵ですわね。お式のときのドレスにもこんな飾りがついていたと参加された方から聞きました。いったいどの仕立て師の作品なんですの？」

「あら、お褒めいただき光栄ですわ。恥ずかしながら、自分で作ったんですのよ」

フィオナが扇で口もとを隠しつつ微笑むと、ほかの令嬢たちが歓声をあげた。

「ご自分で作れるのですか？」

「フィオナ様はとても器用なんですのね」

「実は簡単にできるのです。よかったら、皆様にもお教えしますわね。次のお茶会のときにでもぜひ」

「まあ、うれしい」

この返答が社交辞令か本気か判断がつかず、フィオナが曖昧に笑っていると、ドルフが膝にのってくる。子犬姿のドルフは、あざとくあくびを見せて、体を丸めた。

途端に、令嬢たちの視線がドルフに集中する。

「なんてかわいらしい！　皆様ご覧になって？　フィオナ様の髪飾りとお揃いの首輪をつけていますわ」

「ええ、そうなの。自分で作ると、ペットとのお揃いも楽しめるし、色も自分で好きに決められるんですのよ」

「サンダース商会で扱っていると聞きました。そちらで買ったのではなくて？」

市井《しせい》をよく知る令嬢が口を挟むと、ポリーが割って入った。

「実は、私がフィオナ様の作られた飾りを見て、髪飾りにさせていただけないかと提案したのです。ですから発案はフィオナ様なんです」

「まあ」

またもや、わっと歓声があがる。

フィオナは、丸い目を少し伏せ、頬を染めて恥じらうふりをする。

「つたない出来で恥ずかしくはありますし、細工師の作る精巧で素晴らしいものにはかなわないのもわかっていますが、かわいいペットを自分の手で作ったもので着飾らせてあげるのも素敵だと思いませんか」

令嬢たちは顔を見合わせ、さらに盛り上がる。先ほどとは目の色が変わってきた。

「飾りの作り方はいつ教えていただけますの？」

「楽しみでしかたがありませんわ」

手応えを感じて、フィオナは二週間後にまた茶会を開く約束をした。

ここまでできれば、今日の成果としては上々だろう。あとは普通に楽しもうと、フィオナは聞き役に回る。令嬢たちは街に出ることも多いらしく、たくさんの情報を持っていた。とりわけ街ではやっているスイーツの話はフィオナの心を躍らせた。

「とっても不思議なんですのよ。ふわふわとしていて甘いんです。色もカラフルで綺麗なんですの」

「わあ。素敵ですね」

レインボーキャンディというものが、市場ではやっているらしい。おいしいものはできるだけ自分の舌で味わってみたい。

『行きたいのか』

こっそりとドルフが聞いてくる。大きくうなずいた後、でも、自分には外出の自由がないことを思い出し、肩を落として首を振る。

『馬鹿だな。この俺が、オスニエルごときを出し抜けないわけがないだろう？』

「……内緒で行ける？」

『無論。かわいいペットのわがままくらい、聞いてやる』

マイペースで不遜な聖獣ではあるが、意外と面倒見はいいらしい。

三日後、フィオナはこっそりと後宮を抜け出すことにした。

街に出るなら、ついでに、髪飾りと首輪を販売してくれているポリーの父親にも挨拶をしておきたい。

フィオナは悩んだが、ポリーにドルフの正体を明かすことにした。

今後のことも考えれば、秘密を共有して協力してくれる人間は必要だ。

最初の人生とは違い、今のポリーは全面的にフィオナとドルフに心酔しているから大丈夫だろうと思ったのだ。

「なんと、聖獣……？　どおりで、並みのかわいさではないと思ったんですよ」

結果、ポリーは机の上にお座りしているドルフを拝みだしてしまった。

『フィオナ。こいつをなんとかしろ』

「いや、なんとかって言われても」

「フィオナ様独り言多いなって思ってましたけど、それもドルフ様とお話しなさっていたのですね！」

あり得ないほどあっさりと、ポリーはそれを信じてしまった。

「ドルフ、ポリーにも本当の姿を見せられる？」

『かまわんが……』

ドルフは面倒くさそうに言いながら、机を蹴って飛び立った。床に着地するときには、銀色の狼の姿となる。

ポリーは目を輝かせてそれを見ていたかと思うと、「ははー」と再び拝みだした。

「神々しいっ。さすが神の使いですね」

「……聖獣ってべつに神の使いじゃないわよね」

『そうだな。俺は誰にも仕えていないぞ』

だがポリーの中ではそういう理解になるらしい。誤解を解こうか迷ったが、とくに困るような感じでもなかったので、そのままにしておいた。

「というわけでね。ドルフに頼めば、一瞬で外に出られるのよ」

「そんなことが可能なのですか。すごい。かわいいだけじゃなくて格好いいのですね。ドルフ様は」

「だから、ポリーはお使いとして先に出てくれるかしら。私は後からこっそり、ドルフと行くから」

自分の不在は眠っていると言えばごまかせるが、ポリーの不在はそうはいかない。

「わかりました。どうせ今日、髪飾りを納品しに行く予定でしたので」

「頼むわね」

先にお使いとしてポリーを出発させ、侍女長にはしばらく休むから後宮には近寄らないようにと言いつけておく。

ポリーが出ていってから三十分後、いそいそと準備を整えたフィオナは、ローブを上から羽織り、高価な衣装が目につかないようにした。

『では行くぞ』

ドルフは狼の姿に戻り、フィオナを背に乗せた。彼がゆっくり目を閉じ、再び開くと紫の瞳が淡く光った。力を使うときは、彼がまとう空気も変わる気がする。フィオナには産毛が立つような感覚として伝わってきた。

気づけば、ドルフとフィオナ以外の人間の動きが止まっている。

『行くぞ』

フィオナは、彼の首に手を回してしがみついた。

彼が駆けると、一瞬で場所が移り変わる。あっという間に、フィオナは見たこともない路地裏にいた。人々の動きは止まっていて、音もない。不思議な感覚だ。

『動かすぞ』

ドルフが子犬の姿に戻ると、途端に、止まっていた人々が動きだした。

フィオナも、なに食わぬ顔でドルフをかかえて歩きだす。

「あ、フィオナ様！」

大きな通りに出た途端、商会前で待ち合わせしていたポリーが駆けてくる。

「ほんとにいらっしゃった！」

「ポリー、静かにして」

「あ、すみません。なんだかまだ信じられなくて」

ポリーはそう言い、フィオナを中へと案内してくれた。

まずは、ポリーの父親と面会だ。正式な販売契約と増産のための計画を練るのだ。あまり時間がないことも伝えてあるため、契約書類なども事前に作ってくれている。

「いやはや、髪飾りと首輪は、無名作家の作品としては異例の売れ行きです。ペットと共にというのが受けたのでしょうな」

ポリーの父親であるサンダース男爵は、目を細めてドルフを見る。

ドルフが甘えたような声を出すと、おやつが渡された。抜け目なくあざとい。

「でも私だけでは、世に売り出したりできませんから、評判になったのはサンダース男爵のおかげです。それでね、増産計画ですけれど、私としては、孤児院の子供たちに手に職を持たせたいと考えているんです」

「ええ。ポリーから聞きました。そこで私も考えたのですが、紐編みアクセサリーの販売を王太子妃の慈善事業として公表することはできませんか？」

思いがけない提案に、フィオナは目を見張る。彼は真剣な表情で話を続けた。

「そもそも職人の作品ですら貴族に売るのは大変です。フィオナ様の作品が売れたのは、それまでにないまったく新しい商品だったからでしょう。……正直なところ、孤児院で作られたものが、上流貴族に売れるとは思えません。ですが、王太子様公認の慈善事業という名がつけば別です。上流貴族は、慈善事業に協力するという名目で購入するようになる」

たしかに、製作者を見て購入を敬遠する貴族はいるだろう。だが、慈善事業となれば買ってもらいやすくなるし、紐編みに興味のない人間も取り込むこともできる。

問題は、オスニエルから慈善事業を行う許可を取らなければならないということだ。

「夫の……許可がいるというわけですね」

「そうですね。孤児院の子供を雇用するというならば、そこは譲れない条件です。こちらも商売ですから」

フィオナは膝の上にのせた手でドレスをギュッと握る。サンダース男爵の言っていることは正しい。ただ、オスニエルに話して、許可をもらえる自信がなかった。

穏便に暮らすには、ここであきらめた方がいいのだろうとは思う。けれど、せっかく思いついた孤児救済のアイデアを、成功させたいという思いも捨てられなかった。

「……検討してみます」

(オスニエル様に話すのは怖いけど。でもやるしかないわ)

フィオナは決意し、サンダース商会を後にした。


帰りは寄り道だ。ポリーに頼んで、先日のお茶会で聞いた人気スイーツの販売場所を教えてもらう。

「レインボーキャンディのことですか？　であれば、こちらです！」

ポリーが連れてきてくれたのは広場だ。屋台が多く立ち並んでいて、かけ声が至るところから響いていて、活気がある。

店を構えるほどの資金がない平民は、ここで屋台を開いて生計を立てているらしい。

「にぎやかね」

呼び込みの声が行き交い、腕を組んで歩く男女や、親子でごった返している。

フィオナはワクワクしてきた。かつて平民暮らしをしたときは自国だったので、正体がバレないように家に閉じこもりがちな生活をしていたから、にぎやかな市場に来ることなどなかったのだ。

ひときわ長い行列ができている屋台が、どうやらお目あての店のようだ。

「私が買ってきましょう」

「いいえ、私も並びたいの。一緒に行きましょう」

町娘のように友人とこんなところに来るのは、フィオナがこれまでの人生で体験しなかったことだ。ポリーと肩を並べて、フィオナは列に続いた。

買い終えた人たちが手に持っているのは、ふわふわとした雲のようなものだ。ポリーいわく、これは着色した砂糖を糸状にしたものらしい。それを棒で巻き取っているのだそうだ。

「まるで雲に虹を写し取ったみたいね。食べるのが楽しみだわ」

「本当ですね」

きゃっきゃっと歓談していると、小さな女の子の声がした。

「レモネードはいかがですか？　おいしいですよ」

まだ十歳にもなっていないように見えるが、呼び込みとして働いているようだ。待ちくたびれた人を狙っているのか、行列の一人ひとりに声をかけている。

だが、レインボーキャンディ狙いの人々は見向きもしない。

「うるさいぞ！」

突然、男性のふたり組が、その少女を突き飛ばした。

小さな悲鳴を上げ、少女は尻もちをつく。持っていたレモネードがこぼれ、彼女の腕やスカートにかかってしまった。

フィオナは眉を寄せる。待ち時間も長く、嫌になる気持ちはわかる。が、子供にあたるのはあまりに大人げない。

「ちょっと、小さい子に向かって、その態度はないんじゃない？」

「ああ？　小さいっていっても売り子だぜ？　しかも、こいつはほかの店から客を取ろうとしていたんだ。悪い子にお仕置きしてなにがいけないんだよ」

「呼びかけていただけでしょう。買う気がないなら動かなければいいだけだわ。――大丈夫？」

フィオナは列から抜けて、少女を抱き起こそうとした。そのタイミングで、男たちがフィオナの腕を掴む。

「威勢のいいお姉さん、ずいぶん美人だな」

「無礼よ、離しなさいっ」

不愉快だと思った瞬間に、額がカッと熱くなった。彼の腕を払った指先から、男たちに向かって、氷の粒が飛んでいく。

「うわっ、なんだ？」

フィオナ自身もびっくりしている。いったいなにが起こったというのか。

『氷の魔法だ。お前の不快な感情に反応して発動したんだろう』

ドルフが言う。彼がくれた加護の一部だ。

「……そうか、私には氷の魔法があったのだったわ」

だが、ここは人前だ。魔法を大っぴらに使って目立つわけにはいかない。

（でも氷なら残らないはずよ。石ころくらいの大きさなら目立たないし）

フィオナの望んだ大きさの氷粒が手のひらにできあがる。

そして、突然自分に降りかかった氷の粒に驚いて顔を見合わせている男たちに近寄り、襟ぐりからこっそりと氷を忍ばせた。

「うわっ、冷てぇっ。お前、なにしやがった」

「なにもしていないわ。突然騒ぎだして、あなたたちこそなんなんです。私はこの子を助けたいだけです。もうあっちに行ってください」

とりあえず、溜飲は下がったので、フィオナは少女を起こし、離れたところにあるベンチまで連れていった。ポリーにハンカチを濡らしてきてもらい、スカートについたレモネードのシミを拭き取る。

「大丈夫？」

「うん。でも、こぼれちゃった」

レモネードの器は割れてはいなかったが、中身が半分くらいになっている。

「これは品物にはならないわね」

フィオナが苦笑して言うと、少女は顔をぐしゃりとゆがませた。

「……怒られちゃう」

「仕方ないわ。あなたにも悪いところはあるのよ。ほかの目的があって並んでいるのだもの、別のものを売りつけられそうになれば、怒る人もいるでしょう」

「今、レモネードなんてはやらないですもんね」

ポリーによると、レモネードのブームは一年前らしい。王都の流行の移り変わりは激しく、田舎から夢を見て都会に出て露店商となる人間は多いが、たいていはその変化の速さに追いつけずにつぶれていくのだそうだ。

「はやりねぇ。いいわ。これは私が買い取るわね」

少女の手のひらに銅貨を一枚のせ、レモネードを受け取る。レモンそのものの酸味を残しつつ、甘さにはコクがある。おいしいが、ぬるい。フィオナはこっそりと氷を作り出して入れてみた。冷たい方が断然おいしい。

「氷を入れて売ったらどう?」

少女は首を振る。

「フィオナ様、氷は高額なんですよ。保管が大変ですからね」

「まあ、そうなの」

ブライト王国では、ルングレン山が近く、氷や雪は簡単に手に入れられた。そもそも、結界が張られ温暖となっている地域以外は、常に池が凍るくらいには寒い地方だ。

ふわふわの雪は、フィオナにとってはおやつのようなものだった。溶ければただの水だけれど、雪はその食感が楽しく、不思議とおいしいような気分になったものだ。

「雪を……そう、雪よ」

氷の粒子をできうる限り細かくし、一気に器の中に投入する。すると下に沈んでいたレモネードの液体が、ジワリとしみ出してくる。

「こうしたらおいしいんじゃないかしら」

「……フィオナ様、この雪はどこから?」

「まあまあ、それは置いておいて」

ポリーの疑問はもっともだが、フィオナは無視することにした。

「おいしい!」

少女がぽつりと口にする。

「シャリシャリして、口の中で溶けてくの」

「気に入ってもらえたならよかったわ」

フィオナはにっこりと微笑む。すると、商人魂が刺激されたのか、ポリーが「私にも味見させてください！」と身を乗り出してくる。

「なにこれ、おいしい。材料は単純なのに」

「おいしいよね、お姉ちゃん！」

ポリーは大興奮である。

「フィオナ様、いったいどうやって……はっ、まさか、これもドルフ様の？」

フィオナは片目をつぶり、ふたりに内緒話をするようにこっそりとささやいた。

「内緒よ。ほんの少しだけ魔法が使えるの」

「魔法？」

「ええ。私には、聖獣の加護があるのよ」

微笑むと、ポリーと少女はごくりと生唾を飲み込み、うなずいた。

笑顔に戻った少女を店まで送り、ポリーとフィオナも帰ることにする。

「結局、レインボーキャンディは買えませんでしたね」

「そうね。でもいいわ。氷レモネードはおいしかったもの」

「そうですね。私もこれなら新しいはやりをつくれる気がします。あとは氷をどうやって安価に調達するかですね……」

すでに材料調達のための構想を練っている様子だ。どう見ても、ポリーは侍女などをしているより商人向きだ。

来たときと同じように、先にポリーを行かせ、フィオナはドルフに時間を止めてもらって戻る。

そこから三十分ほどして戻ってきたポリーは、すでに部屋に戻っているフィオナとドルフを見て、驚きと興奮を隠さなかった。

「すごいわ。これが聖獣の力……！　そして聖獣を操る聖女！」

盛られた肩書をポリーがつぶやく。どうにも勘違いされていそうだが、面倒くさいのでそのままにすることにした。

その夜、フィオナはドルフと作戦会議だ。

孤児院での紐編み製作の事業をフィオナ主導でやるために、オスニエルから許可をもらわなければならない。

「正直に言ったって、オスニエル様が了承するわけがないわ。私が困るのを楽しんでいるんだもの」

『そうはいっても、言わなければ始まらないだろう。お前の駄目なところはそこだ。勇気を出せば済むことを、ああだこうだと理由をつけてあきらめようとする』

ドルフに断言されて、たしかにそうだと納得する。姫にしては冒険心も探求心もあるフィオナだが、それを人に伝えるのは苦手だ。幻滅されるのが怖い。聖獣の加護が得られなかったときの父の幻滅したような顔が思い出され、自分の気持ちを伝えるのが怖くなってしまうのだ。

「……要は、許可を得られさえすればいいのよね」

『そうだな』

「酔わせてうんと言わせるのはどうかしら。言質さえ取れれば、押し通すのは簡単じゃない？」

『……やれると思うならやってみろ』

あきれたようにドルフがそっぽを向く。馬鹿にされているのをひしひしと感じるけれど、今のフィオナにはほかの手は思いつかなかった。

フィオナは、おいしいと評判のお酒をポリー経由で注文し、届くまでの間、どうやってオスニエルを呼び出そうかと頭を悩ませていた。

＊＊＊

オスニエルは主に軍部関係の仕事を請け負っている。

現在は結婚したばかりなので遠征の予定はないが、落ち着いたら、さらなる領土拡大のために、西の土地へと赴くつもりだ。とはいえ、ブライト王国との関係が確固たるものとなっていないうちに、領土だけを広げるのは危険だという国内の反対意見も少なくなく、今は王都で調整の日々を送っている。

彼が王都にいる今を狙って、ジェマも毎日のように城を訪れていた。

「殿下」

「やあ、ジェマ嬢、また来たのか」

ジェマは当然のように彼の隣を歩こうとする。オスニエルは少し不快に感じながらも、彼女の父親である侯爵との関係を考え、笑顔で対応した。

「どうしたのだ？　侯爵に用事でも？」

「いいえ。殿下とお話がしたいと思いまして。側妃を迎えられたことで、宮中の規律が整わないと父に聞きました。ほかの貴族令嬢よりも、あの方の方が、立場が上になりますものね？　でも誰も、敵国の姫を歓迎はしていらっしゃらないでしょう？　そろそろ正妃を迎えられてはという声があると聞きましたわ」

オスニエルに正妃をと求める声は前からある。本来ならば、側妃を迎える前に正妃を娶っておかなくてはならないのだ。しかし、結婚に興味のなかったオスニエルは、すべての縁談を断ってきた。

「ああ。まあな」

「ご存じでしょう？　国王陛下も、私を殿下のお相手にと思っていらっしゃいます。私も、そう思って自分を磨いてまいりましたわ」

「その話は、父親同士でおこなわれるものだ。王子の結婚に自分の意志は関係ない」

「では、もう決まったようなものですわね。はっきり言いますわ。私、ブライト王国の女狐に後宮を荒らされるのが嫌なのです」

気の強そうな目をぎらつかせ、ジェマが不敵に笑う。

美しい娘だとは思うし、扇情的な体つきをしている。血筋も正しく、正妃にするのに申し分のない身分だ。それでも、なぜかオスニエルは不愉快な気分になった。

「あくまで後宮の主人は自分だと？」

「ええ。ですから、速やかに婚儀の話を進めていただきたく存じます」

オスニエルはジェマを見つめた。さも当然というように腕を組もうとしたので、振り払うように少し先を行く。

ジェマは高慢なところがあるが、王妃となるには必要な資質だろう。うしろ盾となる父親も、野心の強い男ではあるが才はある。そう思うのに、なぜか気分は乗らない。

人質の姫はいったいなにをしているだろうかと、頭の中にフィオナの影がよぎる。

たおやかな外見とは裏腹に、強盗に襲われても平気な顔で騎士団の前に現れたり、この自分に向かって言い返してきたりする。

「……おもしろい女だ」

「え？　なんですの？」

知らず、口に出してしまっていたらしい。オスニエルは口もとを押さえ、ジェマを振り返った。

「あいにく、フィオナと結婚してまだひと月しかたたない。悪いがしばらくはほかの女を娶るつもりはない。待てないというのならば、ほかの男に嫁ぐといい。ではな」

「ちょ、オスニエル様？」

ジェマを振り切るように、オスニエルは駆けだした。ジェマはフィオナを女狐と言ったが、どちらかといえば、彼女こその呼称が似合う。

(フィオナは女狐というよりは、媚びてこない猫みたいなもんだ。こちらの機嫌をうかがうこともなく、近づくとむしろ怒る。俺がいないときの方が楽しそうだ)

それがオスニエルは不愉快で、つい気になって見てしまうのだが。

(側妃、他国の姫、それはただの肩書だ。清楚《せいそ》というには気が強いし、可憐というのとも違う。ただ気になる……なんと言えばいいのか)

フィオナにぴたりと合う呼称をオスニエルは見つけられない。

「オスニエル様！」

不意に、背中に声をかけられた。それが、今頭の中を占めていたフィオナからだったから、オスニエルは自分でも驚くほど動転してしまった。

「……フィオナ？」

「あの、お話があるのです」

彼女は腕に犬を抱いていた。よほどのお気に入りなのか、いつも一緒にいる。その上、揃いの飾りなどつけているのだから、イライラしてしまう。

「なんだ？」

「ここでは、……あの。夜に部屋に来ていただけますか」

「……部屋？」

（フィオナが、俺を誘うだと？）

驚きすぎて一瞬固まったオスニエルは、たっぷりの沈黙の後、うなずいた。

＊　＊　＊

オスニエルをうまく後宮に誘い込む方法が思いつかず、結局自分から後宮を出ていって、オスニエルに直接約束を取りつけた。はしたないと言われるかと思ったが、意外にも怒られなかった。

部屋に戻ってきたフィオナは、緊張から解放され、居間のソファに体を預けてくつろいでいた。脇から、にぎやかな声がする。

「よーしよし、ドルフ様！　よしというまで待つんですよ」

「キャン！」

「よし！」

「キャン！」

ドルフがポリーからおやつをもらっている。何年も生きている聖獣のくせに、そしてもう正体もバレているのに、子犬らしい仕草をするところがあざとい。

「ポリー、そろそろ準備してくれる？」

「はい。オスニエル様がお越しになるのですよね。お酒とおつまみはちゃんと用意してありますから、ご安心ください！」

「ありがとう」

酔わせて、「うん」と言わせる作戦である。

「あと、フィオナ様の衣裳も用意いたしました」

「衣裳？」

「失礼ながら、お持ちになった夜着はあまりに落ち着いたものばかりでしたので。よければお使いください。素敵な髪飾りを作っていただいているお礼です！」

ポリーが差し出したのは、透け感のある生地でできた夜着だった。思わず顔を引きつらせていると、ポリーは善良そうな微笑みでこう言い放った。

「オスニエル様の久しぶりのお渡りですし。男女間には色仕掛けも大事ですよ！」

「ほほ……はい」

フィオナはぎこちなく笑いつつも脱力した。

オスニエルがやって来たのは、その一時間後である。

ポリーはお酒やおつまみを出すと、早々に退散する。強引に夜着を着せられたフィオナは、恥ずかしいのでガウンを羽織っていた。

その姿を見たオスニエルは、面食らったようだった。

「……待たせたか？」

たっぷり取られた沈黙に、あらぬ勘違いをされたのではと、フィオナは焦る。

「いえっ、全然っ、すみません遅くにお呼び立てして。相談があるだけなのです」

「相談？」

ソファに座ったオスニエルに、まずはお酒をつぐ。

「お前も飲むか？」

杯を向けられたが、フィオナは首を横に振った。母国は寒い地方なので、体を温めるものとして十六歳から飲酒が許可されていた。当然フィオナも飲む習慣はあるのだが、判断力が鈍るので今はやめておくことにした。

「遅くまでお疲れさまです」

「ああ。お前はどうだ？　毎日なにをしている？」

「私は……」

ドルフの首輪を触りながら、オスニエルのために作った剣の鞘《さや》飾りを差し出す。

「こういったものを作っています」

「最近よく見るな。お前のドレスにもついていた。あれは仕立て師が作ったものではないのか？」

「私が、手慰みで作っているものです。こちらは、よろしければ殿下に。鞘飾りです」

「……俺に？」

またも長い間が取られる。こんなものと言われるのかとげんなりして言葉を待ったが、いつまでたっても続きが来ないので、顔を上げて彼の様子をうかがった。

オスニエルはそっぽを向いていた。だが、その頬が赤い。

(照れてる……？　いや、お酒飲んでいるからか)

あり得ない想像に苦笑していると、ぼそりと「いただこう」と告げられた。

「もらってくださるんですか」

「仕方なくだぞ？　側妃の初めての贈り物を断るほど、俺は心の狭い男ではない」

「そうですか。では、側妃の初めてのお願いも聞いてはいただけませんか？」

フィオナはずいと前に出る。オスニエルがさらに顔を赤くした。意外とお酒に弱いのかもしれない。『押すなら今だ』と頭の奥から声がする。

「願いとはなんだ」

「実はこの髪飾りや首輪を、侍女のポリーがとてもいいと言ってくれて、実家のサンダース商会で販売してくれたのです。そうしたらなかなかの売れ行きで。その……それをもっと作りたいと言ってくださってですね」

「販売……?」

「ええ。人気があるのなら、作り方を人に教えて事業にすればいいのではないかと思うのです。幸い、作り方が難しいわけではないので」

「しかし、王家の者が商売をするなど……」

オスニエルが難色を示す。フィオナはひるまず、一気に言った。

「ええ。王家に連なるものが私利私欲を求めてはなりません。ですから慈善事業に近しい手法を取りたいと考えています。まずは孤児院の子供たちにこの技術を教え込むのです。そして売って得たお金の半分を孤児院の運営資金とし、もう半分を子供たちが巣立つときのために貯蓄します。どうでしょう。国庫から出ている孤児院運営のための予算も、少し減らすことができると思いますが」

オスニエルは瞬《まばた》きをした。予想外に、フィオナの提案が有用なものだったからだ。

「待て、貯蓄とはどういうことだ?」

「孤児院は十五歳までしかいられないと聞きました。その後、仕事を探しても、安い賃金で雇われる下働きになるしかないとも。手に職をつければ、もっといい賃金で働くことができますし、最初の数ヵ月間だけでも補助があれば、生活を整えることだってできます。そのための資金にしたいんです。そうして独り立ちできた孤児は、ほかの孤児を支えることを惜しまないでしょうし。支える人が多ければ、ひとりあたりが支援する額は少なくても支え合えるはずです」

驚きで、オスニエルは言葉が出せない。フィオナは畳みかけるように続けた。

「そもそも、孤児院運営は女性に割りあてられた仕事です。私は正妃ではないので、本来なら出しゃばった行為になるのかもしれませんが、今は正妃もいらっしゃいません。であれば、私にその役をやらせていただけないでしょうか」

じっと見つめていると、オスニエルがゆっくりと目をそらした。彼は耳まで赤くなっている。酒が強すぎたのかもしれない。

「……わかった」

「本当ですか！」

「悪くはない案だ。国庫から出ている予算は減らさずともいい。余剰分はすべて、孤児のための貯蓄に回してやればいいではないか」

オスニエルの返事に、フィオナの顔が晴れ渡る。すると彼は不機嫌そうに唇を結び、

「ただし、その事業がうまくいかなかったときの責任もお前が取るのだ。それでいいか」と付け加えた。

「もちろんです！」

フィオナが弾んだ声で答え、満面の笑みになる。と、不意に肩を掴まれた。そのまま力が込められ、フィオナは彼が座っていたソファに押し倒される。

「え……？」

心臓が飛び出すかと思うほど驚いた。自分の顔に影がかかり、見下ろしてくるオスニエルの顔が目の前にある。熱っぽい呼吸が額にかかる。

「なに……」

「フィオナ……」

近づいてくるのは彼の端整な顔だ。やはり見目がいい……と見とれていると、鈍い音と共に、彼が倒れ込んできた。

「きゃっ」

肩に頭をうずめられて、彼の体重が容赦なくのしかかる。

（く、苦しい……！）

すぐに彼の背中からドルフが顔を出し、大きくなって彼の服をくわえて持ち上げた。

どうやらオスニエルは意識を失っているらしく、だらんと腕を伸ばしていた。

「なにが起きたの……！」

『お前がぼーっとしているから、俺がこいつの頭を蹴ってやったんだ』

オスニエルの下から抜け出し、そのままソファに彼を寝かせる。触ってみると、たしかに後頭部にたんこぶができている。

「ありがとう。ドルフ」

『ふん。嫌がってもいなかったのだろうがな』

「そんなことないわ」

フィオナは真っ赤になって首を振ったが、ドルフは冷たい目を向けるだけだ。

『ごまかしても無駄だ。加護の力が発動しなかったということは、お前は嫌じゃなかったんだろ』

たしかに、街で男に触られたときは、氷魔法が発動した。あの時も、フィオナが出そうと意識したわけではなかった。

「でも、それは」

『ふん。お前はすぐほだされる』

ぷいっとそっぽを向き、ドルフは寝室へと行ってしまった。残されたフィオナは途方に暮れる。

「ほだされてなんかないわよ」

ソファに倒れ込んだままのオスニエルに毛布をかける。簡単にテーブルの上を片づけ、彼の飲みかけのお酒を口にする。

「おいしいじゃない」

飲み口のいいお酒だった。

オスニエルが飲んだのは二杯くらいで、まだ瓶にも残っている。強そうに見えるが、彼は意外とお酒に弱いのかもしれない。

「とりあえず言質は取ったし、明日は令嬢たちとのお茶会もあるし、堂々と稼ごう！」

決意を固め、景気づけとばかりに、フィオナは再びグラスを傾けた。残っていたおつまみを食べ、さらにもうひと口……と、結局はボトルが空になるまで飲み続ける。

気がつけば、フィオナは本当に酔ってしまっていた。視界がクルクル回るし、頭はぼーっとするし、なにより気が大きくなっていた。

ソファに横になっているオスニエルを見つめる。力は強いのに、どこか繊細さを思わせる通った鼻筋、薄い唇、意志の強そうな瞳。

どうせ起きないと思い、フィオナは彼の鼻筋を指でなぞる。

「ふふ……」

勝手に頬が緩み、ニヤニヤしてしまう。

あのオスニエルが無防備に眠っているという状況が、おかしくてたまらない。いつだって、一方的にフィオナをなじり、怒ってばかりいるのに。

(でも、今日は事業の話をちゃんと聞いてくれた)

利があると判断し、許可までくれた。なんでも頭ごなしに反対するわけではなく、冷静に精査するような、思慮深いところもあるということだ。軍神と言われ、武術に秀でたところばかりが取り上げられるが、彼には、強さだけではない、繊細な分析力や優しい面もあるのではないだろうか。

「本当のあなたはどんな人なの？」

(どうして前世ではあんなに冷たかったの？　私はどうすればよかったの？)

愛されたいと願っていた頃の思いまでもがこみ上げてきて、フィオナの胸は切なく軋《きし》んだ。

オスニエルが、くすぐったそうに頬を緩ませた。

「寝ているオスニエル様は、かわいいのに……」

彼の顔をなでているうちに、フィオナも眠気に襲われる。そのまま突っ伏したら、すぐに意識を失ってしまった。

＊＊＊

グラスを動かす物音で、オスニエルは覚醒した。後頭部が異常に痛い。けれど顔の表面をなでる手は妙に優しくて、くすぐったく感じながら薄目を開けた。

するとフィオナがすぐそばにいるではないか。しかもニヤニヤ笑いながらこちらを見ている。

（今、目を開けるわけにはいかないじゃないか！）

仕方なく、彼は寝たふりを続行することにした。

「ごくん」となにかを飲み込む音がする。どうやらフィオナが酒を飲んでいるようだ。

（飲めないんじゃなかったのか。おのれ、俺を謀《たばか》ったな）

「本当のあなたはどんな人なの？」

普段とは違う甘えた声で、そんなつぶやきを漏らされて、オスニエルはますます目が開けられなくなる。しかも、フィオナは指で、オスニエルの鼻筋をなでているのだ。

オスニエルはもう長らく、女性の手に触れられることがなかった。人の体温とは、こんなにも温かく、感触はやわらかだったかと考える。

(……なんなんだ。この変な気分は)

あまりのくすぐったさに、オスニエルは頬を緩めてしまった。するとフィオナの空気も、ほぐれた感じがする。

「寝ているオスニエル様は、かわいいのに……」

ドキリとするようなことを言ったかと思うと、彼女は崩れるように体を預けてきた。これにはオスニエルも驚き、鼓動が速くなる。

(なんだ、これは。まさかフィオナは……俺のことが好きなのか?)

恐る恐る目を開けると、フィオナの後頭部が見えた。床に座り込み、オスニエルの肩に頭を預けるようにして寝ていたのだ。

(こ、この女……)

オスニエルは動揺してしまった自分が恥ずかしかった。紛らわしいことをするなとフィオナをなじりたい気持ちにもなる。しかし、続くフィオナの寝言を聞いた途端、力が抜けた。

「……おいしい」

（夢でなにを食ってるんだ！　まったく、のんきなもんだ。人質だという自覚があるのか）

彼女の頭を肩にのせたままの体勢で、まっすぐな銀色の髪を触る。指の間を細い銀の髪がさらりと流れていく。

オスニエルはしばらく、そのままでいた。誰かとただ寄り添って時間を過ごすのは初めてだ。夫婦とは、こんな時間を共有するものなのだろうか。

彼女にとって、ここでの生活はなんなのだろうと、不意に思う。

殺されかけたこともわかっていて、どうして平気な顔でここにいられるのだろう。華奢な体に、妙に肝の据わった性格。そのギャップにどうしても目がいってしまう。

オスニエルは起き上がり、フィオナを抱き上げた。彼女の眠りは深く、小さく呻《うめ》いただけで眠り続けている。

寝室へ連れていくと、彼女の飼い犬がベッドを占領していた。

「どけ。寝かす」

「キャン」

ドルフは小さく不満の声をあげながらもベッドに場所を空けた。オスニエルは、そこにフィオナをそっと下ろす。ガウンの隙間から見える薄い夜着に、オスニエルは目のやり場に困る。少し酔っていることもあり、どうにもムラムラしてくる。
（妻は妻だ。べつに手を出しても……）
本能に従って彼女の頬に手をあてれば、「ギャン」と犬に鳴かれてしまう。
我に返ったオスニエルは、「なんでもない！」と誰に言うともなく言い訳をすると、
フィオナに布団をかけ、足早に部屋を出ていった。

＊＊＊

オスニエルの気配が遠ざかったことを確認して、ドルフは狼の姿に戻る。「ふん」と鼻息を荒くし、のんきな顔で寝ているフィオナを眺める。

『まったく、無防備でうかつで、子供の頃から変わらんな』

聖獣にとって、ブライト王国の王家の子供は特別だ。

〝王家の子供が十三歳になれば、加護を求めにやって来る〟

それはルングレン山に住む聖獣に言い継がれてきたことだ。いつの間にか慣例となっていて、聖獣たちは山に入ってきた子が気に入れば、手をあげる。その中で、一番力の強い聖獣が加護を与えるのだ。

ドルフはそれに納得がいかなかった。どうしてちょっと見ただけの人間を信用し、加護を与えようと思うのかがわからない。

初代国王はたしかに聖獣と友達だったのだろうが、今の王家の人間は、加護を得るためだけに自分たちを求めているのではないか。

だからドルフは、どの子供にも加護など与えるつもりはなかった。一方的に利用されるなどごめんだ。

ある日、フィオナが幼馴染みたちとはぐれ、山の中をさまよっていたときがあった。

仕方なく道案内をしてやるために、怖がらせないように子犬の姿になって近づくと、フィオナは涙に濡れた顔で、『あなたも迷子？』と言ってのけた。

ふざけた娘だと思った。迷子はお前だ、とも。

『怖くないわよ、ほら』

体は冷たくなっていて震えていたが、フィオナは気丈に笑ってみせ、ドルフを両手で抱きしめた。ドルフはあきれるのと同時に、この状況でフィオナが自分より小さいものに対して、優しさを見せたことに、素直に感心した。

『キャン』

『あ、待って』

ドルフは彼女の腕を飛び出し、森の出口を目指して、フィオナがついてこられる速度で走った。

『あ、あそこに護衛がいる！』

ホッとしたように笑ったフィオナは、とてもかわいらしかった。

さて帰ろうと踵を返そうとしたとき、彼女はドルフを抱き上げたのだ。

『ありがとう、ワンちゃん。一緒においで、ペットになってよ』

なんとフィオナは、ドルフをペットとして飼うことにしたらしい。

(冗談じゃない。こっちは天下の聖獣だ。人間なんぞの庇護《ひご》など受けるものか)

けれども、彼女はドルフをかかえ、ご機嫌に歩きだした。今その腕を振り払って、森に戻ったなら、せっかく笑うようになったのに、彼女はまた泣いてしまうかもしれない。そう思うと、ドルフもあまり強気には出られなかった。

(まあいい。数年くらいなら、こいつに付き合ってやってもよかろう。そう、俺のペットにしてやるのだ)

こうして、ドルフはフィオナと一緒に暮らすようになった。

彼女が十三になった年、フィオナが加護を得るために山に入ったとき、誰からも加護を得られなかったのは、ドルフのにおいがついていたからだ。現在ルングレン山で最も能力が高い聖獣は、フィオナの祖父を守っていたドルフの父だが、彼はもうほかの誰の守護もしないと決めている。次に強いのがドルフだ。彼を押しのけてまで、フィオナの加護を申し出られる聖獣はいない。

(だが俺は加護を与えたわけじゃない。フィオナは俺が一番じゃないからな)

フィオナは、ドルフをペットとしてかわいがっていたが、それだけだ。最初の人生では、結婚が決まり、彼女はあっさりとドルフを手放した。フィオナが連れていこうとしなければ、一緒に行く義理はない。

フィオナの失敗した人生を眺めながら、ドルフは何度も時を巻き戻した。

(いったいいつになったら、こいつは俺を求めるのか)

なかば、やけになって時を巻き戻し続けた結果、ようやく八度目で、フィオナはドルフを選んだ。ドルフは胸のつかえが少し落ちた気がした。なんのことはない。ドルフはずっと、フィオナに選んでほしかったのである。

(国を守る気はない。だが、お前は守ってやってもいい)

ドルフは眠るフィオナの額をぺろりと舐めた。

人質花嫁は街中で大人気

フィオナ主催の二度目のお茶会は、主に髪飾りを作るのが目的だったが、参加者には大好評を博した。

「おかげで、紐単体でもめちゃくちゃ売れてますから－！」

ポリーはご機嫌だ。お茶会で作り方を覚えた令嬢たちが、こぞって材料用の紐を注文しているらしい。髪だけではなく服に飾りをつけている令嬢も多くなってきた。

次はいつお茶会を開くのか。次こそは自分も行きたい……。そういった空気が令嬢間では広まっていた。

おもしろくないのは、ジェマである。令嬢たちの流行を、人質同然の側妃がつくり出すなど、冗談じゃない。ジェマはいきり立って父親に詰め寄った。

「お父様、どうにかして早く私とオスニエル殿下の縁談をまとめてくださいませ！」

「ジェマ、落ち着け。陛下からも殿下からも、側妃を迎えた建前上、一年は待てと言われているのだ」

「そんなに時間をかけていたら、世の中の女性人気を奪われてしまいますわよ！」

女性は、はやりに弱い。流行をつくれる人間をあがめる傾向にあるのだ。それに、言いたくはないがフィオナには楚々とした美しさがある。輝く銀色の髪もこの国では珍しく、神々しく見えるところもいただけない。

「とにかく、あの女の欠点を探らなくては」

ジェマはフィオナの侍女がひとりだけというところに目をつけ、自分の息のかかった侍女を送り込もうとした。けれど、フィオナからは、人は足りていると言われ、追い返されてしまう。仕方なく、彼女の唯一の侍女であるポリーを呼び出す。

「なんのご用でしょう。ジェマ様」

ポリーが社交界デビューしたとき、ジェマは成金男爵の娘への洗礼として、ポリーの教養のなさを人前で暴露したことがある。それ以来、ポリーはジェマには怯えていて、近寄ろうとしない。

「あなた。今フィオナ様の侍女をなさっているでしょう？　あの方の苦手なものとかを教えていただけないかしら」

扇で口もとを隠しながら、ポリーに耳打ちする。

てっきり怯えてすぐ従うと思ったのに、ポリーはきょとんとしている。

「どうしてですか？」

「どうしてって……。私の頼みを聞いてくださるのなら、あなたが上流階級とお付き合いするときに便宜を図ってあげられるわ？　あなたも結婚適齢期ですし、高位の男性には興味があるでしょう？」

ジェマは思いっく最大限の餌をまく。しかし、ポリーは眉根を寄せただけで首を振った。

「あいにくですが、私はお仕えしているフィオナ様を裏切る気はありません」

「は？　あなた。敵国からの側妃についてもメリットなんてないわよ？」

「メリットっていうか。私、今ものすごく楽しいですし。敵国だというのも過去の話じゃありませんか。フィオナ様は友好のために嫁いでこられたんでしょう？」

それはそうだ。しかし、あの戦争馬鹿のオスニエルが、結婚による講和に満足しているはずはない。いずれは、戦争を仕掛けるとジェマは踏んでいる。

「あなたね。大局が全然見えていないわ。これだから成金男爵家は……」

「ほら。ジェマ様は私のことがお嫌いなのでしょう？　だったら、私もジェマ様に協力するメリットなんてありません。従ったとしても、すぐ裏切られる予感しかありませんもの」

「なっ、あなた失礼すぎるわ」

「申し訳ありません！　失礼します！」

晴れやかに頭を下げて、ポリーは戻っていってしまった。

あてが外れたジェマは、途方に暮れたまま、ポリーを見送ってしまったが、はっと我に返ると、気合を入れるように頬をたたいた。

「ほうけている場合ではないわ。とにかく、私は私で人々を集めないと」

ジェマは、わざとフィオナのお茶会に重なる日程で伯爵令嬢以上の身分の高い女性たちに招待状を出し、地盤固めにいそしんだ。

＊　＊　＊

一方、フィオナはオスニエルから言質が取れたので、王家の管理下にある孤児院のひとつを、王妃から紹介してもらっていた。現陛下の妃は六人いるが、正妃はオスニエルの母親である。

「孤児院の支援は女性の仕事といわれていますが、王家でやっていることは基本、慰問と金銭の援助なのよ。なのに仕事をさせようなんて……王家の支援金が少ないからだと言われてしまうのではなくて？」

王妃はフィオナの案に懐疑的だ。しかしここで折れてはいられない。フィオナは前のめりになって説得にかかる。

「王妃様、孤児たちが手に職をつけることが悪いとは私には思えません。やがてひとりで生活していくときの力になるでしょう?」

フィオナは平民暮らしの大変さを、身に染みて知っている。王妃様の説得には熱が入った。結局、彼女はフィオナの熱意に負け、「まあいいわ」と了承する。

「本来は正妃の仕事でしょうけど。まだいませんものね。あの子が正妃を迎えたあかつきには、その事業を譲渡することになるけれどいい?」

「それは……」

途中で取りつぶされるようなことがあっては困る。けれど、側妃であるフィオナがこれ以上の権利を得ることは無理だろう。オスニエルが正妃を迎えるまでに、ちゃんと軌道に乗せて、孤児院側の人間が運営できるようにさえなればいいのだ。

「わかりました。それで結構です」

うなずくと、王妃は少し驚いたような顔をした。

「あら、もっとごねるかと思ったけど、意外に自分の立場は理解しているのね。まあ、なにをしてもいいけれど、オスニエルの許可だけは取りなさい。あなたの行動は、ひいてはオスニエルの評価につながるのだから」

「はい」

最後のセリフには、息子を思う母の気持ちが込められていた。親子関係の良好さを垣間見られて、フィオナは少しだけほっこりとした。


王妃と別れた後は、ポリーと作戦会議だ。

「まずは孤児院訪問の日程を決めましょう。その前に院長先生にお手紙を書くわね。こちらの都合だけ押しつけるわけにはいかないもの。普段の生活を教えてもらいましょう。その上で、紐編みを覚える時間を取れるといいわね」

「ええ。でも、父はできるだけ早く量産する態勢を整えたいと言っています。手作りの流行がどのくらい続くかわかりませんからね」

ポリーの言うことももっともだ。

フィオナの計画を遂行するためには、できるだけすべてを早く進めなければならないだろう。サンダース男爵も商人としてはやり手だ。遅々として進まないと感じれば、自ら女工を手配して商品開発に乗り出すかもしれない。

「とにかく今は材料の紐を欠品なく入手できるように整えてほしいと伝えて。貴族女性たちの間で手作りが盛り上がっているから、しばらくは、商品そのものよりも注文が入ると思うわ」

「わかりました！　お任せください」

フィオナは、できるだけ急ぎで面会したいと孤児院への手紙をつづった。

一週間後、フィオナはサリファン孤児院を訪れていた。サンダース商会にも近い位置にある孤児院である。

院長とはすでに手紙で交渉してあるので、フィオナはさっそく、紐編みを子供たちに教えた。小さい子の作るものは、とても商品にはならないが、十歳くらいの子供は器用に作る。中には、フィオナよりも上手な子もいた。

「これは素敵ね。売り物になると思うわ。ね、ポリー」

「そうですね。こちらは買い取ります。材料費を抜いて……このくらいでしょうか」

机の上に置かれた銀貨を見て、子供たちがわっと騒ぐ。

六歳くらいの少女が、フィオナのそばに来て、自分の作品を見せた。

「……私のも、売れる？」

「これは駄目ね。つくりが粗いもの。いい、みんな。物を売ってお金を稼ぐときには、一定の品質を保たなければならないの。これを見て。編み目が均一でしょう？　こうでないと、お店に置ける商品にはならないのよ」

少女は残念そうに眉尻を下げた。フィオナは優しく頭をなで、彼女に微笑んだ。

「だから、できるように練習しましょう。経験は力になるのよ。間違えてしまったら、もう一度やり直してみればいいの。挑戦することを恐れなければ、きっといつか、できるようになるわ」

（……そうか）

自分の言葉に、自分で気づかされる。

これまでのフィオナに足りなかったのは、きっと立ち向かっていく勇気だ。

最初の人生でオスニエルに殺されたことに怯えて、それ以降は、殺されないためにはどうするかだけを考え、動いてきた。守ってくれる人にすがり、身に降りかかる不幸を嘆くだけだったのだ。

今世では、ドルフが加護をくれた。おかげで、フィオナは恐怖に怯えることもなく、オスニエルにも言いたいことが言えるようになった。

（私に、勇気をくれたのはドルフね）

誰かがそばにいてくれる。力を貸してくれる。それだけで、ひとりでは委縮してしまう自分でも、変わることができる。

（私も、この子たちのそんな存在になりたい……）

フィオナは微笑んで、少女の手を握った。

「あなたもきっとできるようになる。応援しているわ」

「……はい！」

少女が満面の笑みを返す。フィオナは心が満たされたような気がした。

人はつながっていくものだ。ドルフからもらった勇気を、フィオナも孤児たちに渡していきたい。やりたいことを実現することも、自分自身を大切にすることも、不可能じゃないと子供たちにも知ってほしい。

そのために、フィオナ自身が見本にならなくてはならない。自分らしく、望むように生きねばならないのだ。

「私もがんばるから、見ててね」

万感の思いを胸に、フィオナは孤児たちに微笑んだ。

孤児院訪問を週に二回ほど続けていくと、傾向が見えてくる。

子供にも個性はある。紐編みが上手な子がいれば、まったく向いていない子もいるのだ。

「あなたは、できたものの検品係をしましょうか。目がそろっているか、汚れがないかを見るのよ」

フィオナは、彼らをグループ分けすることにした。作るグループと、小さな子に教えるグループ。そしてできたものを検品し、綺麗に箱詰めするグループ。

男の子たちは、数のチェックや、できあがった花飾りに金具をつける作業の方が向いているようだった。できるだけ一人ひとりの特性が合うように配置していく。

ひと月もすると、子供たちはすっかりフィオナに慣れていた。

「フィオナ様が来た！」

姿を見せると、子供たちが寄ってくる。フィオナはいつも通り、できあがった商品を確認し、見習いグループの子供たちを叱咤激励した。

今日はサンダース商会へと納品する日でもあるので、フィオナは配達役の子供たちと一緒に歩いて向かうことにした。

孤児院への慰問が正式に認められてからは、移動には馬車が用意されるようになり、外出時の専属護衛騎士もつけられた。

名前はカイ・コープランド。焦げ茶の髪と瞳を持つ、お調子者の騎士である。

もともとはオスニエルが、騎士団からひとりフィオナの護衛騎士を出すようにと指示を出してくれたのだが、その時に志願してくれたのが彼である。

どうやら彼はポリーと馴染みがあるようで、時々ふたりで話しているのを見かける。

孤児院にいる間、外で待っていたカイは、孤児たちとそろって出てきたフィオナを見て姿勢を正した。

「フィオナ様、サンダース商会に行くのですか？」

「ええ。カイ、悪いわね。歩いていこうと思うのだけど」

「かまいませんよ。でも俺が守るのはフィオナ様だけですが」

彼をつけられた当初は、監視の意味もあるのではないかと警戒したフィオナだったが、すぐに杞憂だと感じた。よくも悪くもカイは単純で、裏表が感じられないのだ。

孤児たちも彼にはすぐに懐き、年上の男の子たちはまとわりつくように歩いている。

「お兄ちゃんみたいに強くなるにはどうすればいい？」

「血反吐《ちへど》を吐くほど練習するんだよ。才能で強くなれる奴なんてひと握りだ。負けたくなきゃ鍛えるしかないだろ」

「できるかなぁ」

「そう言っているうちは無理だよ。できなくてもやるんだ。とくにお前たちは親がいないってだけで不利な立場にいるんだからな。迷っていたなら置いていかれるぞ」

厳しいようだが、正しい意見だとフィオナは思う。腕に抱いているドルフは『では俺はひと握りに入るな』などと自画自賛していた。

サンダース商会で検品と納品をしている間、カイはポリーから小さな紙袋をもらっていた。お金の袋を預かり、帰宅の途につくとポリーが説明してくれる。

「カイさんは昔、うちの店で手伝いをしてくれたことがあるんですよ。王宮侍女になってからフィオナ様付きになるまで、私、結構大変だったんですけど、カイさんがなにかと助けてくれて。お礼に店のあまりものとか試供品とかをあげているんです」

「試供品って？」

「お試し品って感じですね。ほら、紐編みの髪飾りもそうですけど、実際につけているのを見たからとか、信用する人がいいって言っていたから買うっていう、判断を他人に委ねる人って、案外多いんです。だからいろんな人に試してもらって、よかったら買ってくださいって形をサンダース商会ではとってるんです」

サンダース男爵はやはり一代で財を成しただけはある。ただ漠然と売っているのではなく、ちゃんと計算されているのだ。

広場に差しかかると、以前もにぎわっていた露店に行列ができている。そして相変わらず、レモネード屋の少女が困っていた。

「あなたは……」

「氷のお姉ちゃん！」

少女はフィオナを見つけると、一目散に駆けてきた。が、カイがフィオナを守るように前に立ったので、少女は怯えたように立ち止まる。

「大丈夫よ、カイ。知り合いなの」

「ですが」

「助けてほしいときは呼ぶわ」

カイは一歩横にずれ、フィオナに引っついてくる少女を監視するように眺めた。少女はカイの動きを気にしつつも、フィオナにすがりついた。

「お姉ちゃん！　この間のシャリシャリしたレモネード、また作って！　お母さんにおいしかったって言っても信じてもらえないの」

フィオナはドルフと顔を見合わせる。

「どうしよう、ドルフ」

『さあ、作ってやればいいんじゃないか氷くらい』

「作る過程を見られるのがまずいのよ。こんなに人がいるんだもの」

ぼそぼそとフィオナがドルフと相談していると、少女の親がやって来た。

「これ、イブ。よその人に迷惑をかけてはいけません」

「このお姉ちゃんだもん。作ってくれたの」

イブはフィオナのスカートにしがみついてしまった。困っていると、空気がキンと固まる。気づけば、周りの人間の動きが止まっていた。ドルフが時を止めたようだ。

『面倒くさいから、氷くらい早く出してしまえ』

「ありがとう！」

フィオナはイブの持っていたカップに細かな氷を入れる。

すぐにドルフが止めていた時を動かし、イブは突然目の前にできあがっていた氷レモネードにびっくりする。

「これ！　これだよ。お姉ちゃんすごい！　魔法使いみたい」

「あ、あはは。似たようなものかしら」

「ほら、お母さんコレ！」

レモネード液は底の方にある。混ぜてから食べるように言うと、イブの母親は半信半疑な様子でそれを口にした。

「おいしいわ」

それを見たカイは、真顔になりフィオナに直角の礼をする。

「フィオナ様、俺も食べたいです」

カイの目がいつになく真剣だ。

「カイさんは、おいしいものに目がないんです」とポリーが耳打ちする。

「イブちゃん。レモネード液と器、もうひとついただけるかしら」

「うん。待ってて！」

イブが持ってきた器を受け取り、ドルフに時を止めてもらって、もうひとつ氷レモネードを作る。すぐさま食べたカイは、「美味。食感がいいですね」と一気に空にしてしまう。

すると今度は、孤児院の子供たちがウズウズとしだす。

「僕も食べたい」

「私も」

「いいよ。味見！」

イブのひと言で、イブが持っていた氷レモネードが皆に回される。

どの子もおいしいおいしいと言い、その声を聞いた広場の人々がいつの間にか列をなしていた。

「俺にも食わせてよ」

「いくら？　買うよ」

「え、えっと」

フィオナはたじろいだが、イブの母親は目を輝かせた。

「お嬢さん、同じものは作れるかい？」

「ええ、まあ。レモネード液があるなら」

「もちろん。たくさんあるよ。どうすればいい？」

「でしたら……、ボウルか金属製の鍋を貸していただけませんか？」

フィオナはレモネード屋の露店の内側に入る。レモネード液とそれを割るための水がそれぞれ寸胴鍋の中にどっさりとあった。フィオナは水の方に氷魔法をかける。

キンと空気が冷え、サラサラの氷ができあがった。

「できました。これをカップに入れてレモネード液を濃い目にかけてください」

「さあ、いらっしゃい、氷レモネードだよ。今日だけの特別販売だ！」

商魂逞しいイブの母親は、掴んだ客は逃さないとばかりに大声で宣伝する。

「俺も手伝う」

「私も！」

気がつけば、孤児院の子供たちも巻き込んで、氷レモネードの販売が始まる。

この日は熱く、冷たい氷レモネードは好評を博した。

一時間もすると完売し、イブの母親はフィオナの両手を握って感謝をあらわにした。

「本当にどうもありがとう！　おかげで借金が払えるよ」

「いいえ。私はこの子に頼まれただけですから――」

恐縮して下がろうとしたフィオナの代わりに、ポリーが前に出る。

「今回は契約前ですから、このくらいになりますね」

手早く計算し、金額を提示する。

「ポリー」

「フィオナ様、駄目ですよ、ただ働きは」

「でも」

フィオナは戸惑うが、ポリーは頑として譲らない。カイも静かにうなずき、彼女を後押しするように言う。

「労働力がただで手に入るなんて思わせちゃいけませんよ」

ポリーは味方を得たとばかりに瞳を輝かせ、孤児たちの方を向く。

「手伝ったこの子たちの賃金だって発生します。なにより、楽に儲けるのは商人本人にとってもよくありません。この方たちだって、一瞬のほどこしで楽になるのは今日だけです。この先、同じことが続くわけではないんですから」

たしかに孤児院の子たちには賃金をあげたい。フィオナならばほどこしを与える立場だが、彼らは違うのだ。

『この娘はお前よりしっかりしているな』

ドルフにまでそう言われ、フィオナはうなずいた。

「……そうね。ポリーの言う通りだわ。勝手なことをしてしまったけれど、この子たちの労働の対価はいただかなくては」

「もちろんです。お支払いします。それと、……もしよければ、また氷を作ってほしいのですが」

氷があれば、また氷レモネードを売ることができる。だが、フィオナは側妃とはいえ王太子妃だ。平民のようにここで働くわけにはいかない。

「私が手伝うのは、これ以上は無理よ。でも、氷を安価で入手する方法がないか考えてみるわね。塊の氷を手に入れて、販売する前に細かく削ればいいと思うの。氷を削る機械は、たぶん金属加工の業者に頼めばできると思うわ。……私がいなくても、続けられる方法を考えないとね」

イブの母親は残念そうな顔をしたが、やがて「機械の設計はこちらで考えます」と言った。

「そうね。今度また相談しましょう。ポリー、悪いのだけど、サンダース商会を窓口にしてもいいかしら」

「もちろんです。父に言っておきますね」

「お姉ちゃん、もう行っちゃうの？」

「ええ」

イブが見上げてくる。フィオナは微笑んで彼女の頭をなでた。

「ありがとう。お姉ちゃん。今日は楽しかった」

最初はあんなに困り顔だったイブが、笑ってくれたことが今日一番うれしい。

（そうよね。仕事があるからと言って、いいことばかりじゃないんだわ）

一人ひとりと知り合えば、愛着が生まれる。幼くして働かなければ生活が成り立たないイブのような子供たちも、幸せに笑える世の中になればいいと思う。

数人なら、ほどこしで救うこともできるだろう。しかし、フィオナが持つ財源にも限りがあるし、王族としては、手の届くところだけを見つめていては駄目だ。

平民が、自分たちで生活をしていけるように、稼ぐための手段、そのための学力を身につけさせることが大事なのだ。

フィオナが……王家の者がやるべきことは、きっとそういうことなのだ。ほどこしではなく、彼らの自立を支援することが重要なのだろう。

独り言のようにそう言うと、「そうですね」とポリーが微笑む。「孤児院事業はそのための一歩じゃないですか。がんばりましょう」

「そうですよ。平民が元気だと、街が元気になりますよ。そして市場もにぎわうってもんでしょう。俺、氷レモネードだけじゃなく、新しいものをたくさん食べたいので、ぜひ街の商人たちにはがんばっていただきたいです」

元気なポリーと食い気いっぱいのカイに勇気づけられ、フィオナは足取りも軽く、孤児院へと戻った。

＊＊＊

時を同じくして、広場での一部始終を見ていた人物がいる。

本日のオスニエルの公務は、新しくできた劇場の視察だ。訪れた劇場にはなぜかジェマがおり、オスニエルは、図らずもエスコートする羽目になった。彼女は、観劇中も横から話しかけてきて、オスニエルは精神的にとても疲れてしまった。

そのため、気晴らしがしたくなり、まっすぐ帰るのをやめ、ロジャーとふたり、遠乗りを楽しもうと、街の外に出ようとしていたところだ。

広場での人の集まりに目がとまり、ふたりは遠巻きにそれを見ていた。

「あれは、フィオナ？」

「おや、本当だ。……すみません。あの人だかりはなんですか？」

ロジャーが人だかりから出てきた男をつかまえて聞くと、彼は身なりのいいふたりをいぶかしげに見た後、「氷レモネードって言ってましたよ。限定販売みたいです」と答えた。

「氷？」

「……平民が氷とはずいぶん贅沢だな」

氷は冬の寒い時期に作られ、氷室で保管される。今のような温かい季節には貴重品だ。どうやってフィオナが氷を手配したのか知らないが、物珍しさも加わって大にぎわいにはなるだろう。

「フィオナはなにをしてるんだ？」

「さあ。手伝いでもしているように見えますが。フィオナ様は商売がお好きなんですかね。髪飾りと首輪も、とても人気のようですよ。うちの母も喜んで買っていました」

オスニエルは黙っていた。

たしかに孤児院を支援することは許可したが、氷についてはなにも聞いていない。

(孤児院に紐編みの技術を教えるだけではなかったのか？　なぜこんなところで商売をしているんだ？)

ロジャーは満足げに帰っていく人々を見ながら、うなずいた。

「やがて、フィオナ様の名前は全土にとどろくかもしれませんね」

「馬鹿を言うな」

悔しさに反発したものの、オスニエルもわずかにそう思う。だってここにいる平民たちは彼女が誰かも知らないのに、彼女のもたらすものに夢中になっているのだ。

オスニエルが脇に刺している剣にもフィオナがくれた飾りがついているが、重臣の何人かに、これはどこで売っているのかと尋ねられた。

彼女が作り出すものが、人の心を動かしているのは間違いない。だが、それを素直に認めるのはなんだか悔しかった。

しばらく、目立たないよう、路地裏から彼女たちを眺める。

「今日は完売でーす」

露天商がそう言うと、人々は「次はいつ売ってくれるんだ?」などと問いかけながら、頭を下げる露天商を問いつめている。

やがて、人けがなくなると、フィオナは頭を下げる店主たちに微笑み、ポリーや孤児院の者と思われる少年少女を伴って、そそくさと立ち去った。

「……なにを考えているんだ?」

「さあ。あとで聞いてみたらどうですか?」

あっさり言うロジャーをぎろりと睨み、オスニエルは踵を返した。

「殿下、どちらへ。遠乗りに行くのでは?」

「やめだ。城に戻る。フィオナに話を聞かなくては」

そう言うと、オスニエルは馬に飛び乗り、勢いよく駆けた。

次期正妃の嫉妬

フィオナがカイやポリーと共に王城に戻ると、後宮の入り口でオスニエルが待ち構えていた。

「どうなさいました。オスニエル様」

彼が自分から後宮にくるのは珍しく、フィオナは内心焦った。

「入ってもいいか」

「……はあ。あ！　ちょうどいいです。私もオスニエル様に相談があったのです」

急いで部屋に彼を招き入れる。

ポリーが慌ててお茶の準備に入り、カイは「ご用の際はお呼びください」と騎士団へと戻っていった。後宮の警備はまた別の者の担当となる。

「お前の侍女は、いまだにあの娘ひとりなのか？」

「ええ」

「なにかと不便だろう。もう数人つけたらどうだ」

お茶が出てくるのが遅いことが気になるのか、オスニエルは不機嫌そうに言う。

だが、ここで侍女を増やされると面倒だ。フィオナとしては、なにもかも知ってい
て協力してくれるポリーと、食べ物さえ与えていれば、細かいことは気にしないカイ
がいるだけで十分である。
「気の合わない方に来られるよりは、多少不便でもポリーがいてくれれば十分ですわ。
ポリーはドルフのことも好いてくれてますから、安心して任せられますもの。身支度
などは自分でできますし」
オスニエルは眉根を寄せる。
「お前は王太子妃だぞ？」
「ええ。ですが側妃です。公の行事に出ることはほとんどありませんから、身支度に
手がかかることもそこまでありません。これまでも自分のことはある程度自分でして
いましたし、そこまで優遇していただかなくても結構です」
フィオナが笑顔で返すと、オスニエルは不機嫌そうに黙りこくる。
「あの……」
「あのな」
しばらくの沈黙ののち、ふたりは同時に話しだした。フィオナが「どうぞ」と引け
ば、オスニエルも「お前から言え」と譲らない。

「では。実は、氷を輸入したいと考えているのです。オズボーン王国は温暖ですから、今の時期、氷は保管したものしかないでしょう。ですが、ブライト王国はいつでも氷を入手することができます。輸送にかかる費用を考えても、この時期は、輸入した方が安価で氷を手に入れられるのではないでしょうか」

「それはそうだろうが、氷などなにに使う」

「とりあえずは氷を使ったスイーツでしょうか。でもほかにも用途はいろいろありますでしょう?」

「やはり昼間のはお前か」

オスニエルに突然手を掴まれ、フィオナは動揺する。

「なっ、手っ」

「今日、お前が広場で露天商の真似ごとをしているのを見たぞ」

「あれはっ」

「王太子妃がなにをしている」

先ほどから、オスニエルが王太子妃と連呼するのに、フィオナはムッとする。妃として扱わないと最初に言ったのはそちらではないか。

「あれはっ、身分は明かしていません」

「そういう問題じゃない！」

「ちょっとお手伝いをしていただけです。商売として成り立ちそうだし、これからは自分たちでできるよう、援助ができればいいなと」

「なぜお前がそこまでしなきゃならないんだ」

「国民だからですよ！」

フィオナはオスニエルの手をはじいた。

「この国はもう、私の祖国も同然です。国民が幸せになるように考えてなにが悪いのですか」

予想外の返答に、オスニエルは言葉がない。フィオナは人質のようなものだ。傷つけて泣かせて、国に逃げ帰らせようとたくらんでいた。

だが彼女は、彼女なりに、この国で自分の道を見つけようとしている。

「……もういいです。氷に関しては個人的に手配します」

「おい！」

「商人に交易は認められているのでしょう？　であれば、私が援助した商人にもその自由は認められるはずです」

決意を宿す、まっすぐな瞳。オスニエルはのみ込まれそうな気がする。

国民の幸せを考えるのはオスニエルの使命だ。今まではずっと、領土を広げることが国を豊かにし、国民の幸せにつながるのだと信じて疑わなかった。新しい領土から搾取すれば、この国は潤い続けるからだ。

（この国が自分の国だと……？）

フィオナは迷わずそう言った。彼女がこの国を受け入れたのだ。それはつまり、自分の妻として生きることを受け入れたということだ。

オスニエルは顔が熱くなった気がして、口もとを押さえて呻いた。

「どうされました？」

「なんでもない」

彼女が自分の妻として生きようとしている。そんなあたり前のことに、なぜこんなに動揺するのか。オスニエルには自分の気持ちがわからない。

「俺は帰る」

「待ってください！　オスニエル様のご用はなんだったんですか」

不満げなフィオナを見下ろしながら、オスニエルは威厳を取り戻すように一度咳ばらいをすると、抑揚なく告げた。

「お前の次の孤児院視察に同行する」

「はぁ？」

「異論は認めない。いいな」

「ちょっと！」

オスニエルは足音高く出ていってしまう。

「……なんなの」

『あいつ、子供みたいだな』

ドルフが膝に顎をのせてきて、そう言う。

「子供みたい？　そうかしら」

『フィオナはもう少し、男心がわかるようになった方がいいんじゃないか』

馬鹿にしたように言われ、フィオナはドルフの頭を軽くたたく。彼は不満そうに「クウン」と呻き、ポリーにおやつをもらいに行ってしまった。


数日後、オスニエルは、城の応接室でお茶をすすっていた。リプトン侯爵から呼び出され、なにかと思って応接室に向かうと、そこにいたのはなぜかジェマだった。

「オスニエル様、今度の国王様の生誕祭にはぜひ私と」

ジェマはたしかに正妃候補の筆頭だが、こうして結婚する前から何度も仕事の邪魔をしに来られると、さすがに辟易してくる。

「生誕祭には妻を同行させる」

「フィオナ妃は側妃ですわ。こういった公式行事には出席なさらないでしょう？」

「だが現在、俺の妻はフィオナひとりだ。妻ではない女性をエスコートする方がおかしいだろう？」

「では婚約者であればどうです？　婚儀は一年後まで待ちます。早めに婚約だけでも済ま――」

ダン！と、激しい音が空気を割った。オスニエルが机をたたいたのだ。

ジェマは驚いて身を引き、彼をじっと眺める。苛立っている彼の横顔は、まるで戦場にいるときのように険しい。

「オスニエル様？」

「君が気にすることはそれだけなのか？　国王の生誕祭など、ただの年中行事だ。しかもふた月も先のな」

「ですが、新しいドレスを仕立てようと思えば遅いくらいで……」

「生誕祭はフィオナを連れていく。この話はこれで終わりだ。侯爵に、執務中の俺に娘の相手をさせるなと強く言っておけ！」

ぴしゃりと言い放ち、オスニエルは部屋を出る。うしろで控えていたロジャーは苦笑しながら後に続く。

「フィオナ様にドレスをプレゼントしてはいかがですか」

「なんで俺が！」

「生誕祭にエスコートなさるのでしょう？」

「あれは言葉の綾だ」

とはいえ、オスニエルの頭の中には、フィオナの婚儀のときの姿が思い浮かぶ。

（あれは、美しかったな）

気がつくと、ニヤニヤと笑ったロジャーの顔がすぐ近くにある。

「うわっ、なんだ、ロジャー！」

「オスニエル様がにやけておられるから」

「そんなことはない！」

そのまま、オスニエルは肩をいからせていってしまう。

「あーあ。素直になればいいのに」

ロジャーは微笑んだまま、彼の後を追った。

＊＊＊

孤児院視察の日がやって来る。

「本当に一緒に行かれるのですか？」

「行くと言ったら行く」

馬車の前で、フィオナはやや辟易としている。オスニエルがいるからか、用意された馬車はいつものものよりも格段に大きい。これでは目立って仕方がない。

「オスニエル様。可能ならばもっと小さな馬車でまいりませんか？　これでは、来られた方も委縮してしまいます」

「む、そうか」

「いつもの馬車に戻してちょうだい」

フィオナがそう言うと、御者は困ったようにオスニエルを見る。命令系統としては、オスニエルの方が上だ。

「いいだろう。わかった」

彼の返答を聞き、御者はホッとしたように馬をつけ替える。

馬車の座席は対面式になっており、進行方向を向いてオスニエルが座り、その向かい側にフィオナと膝の上にドルフをのせたポリーがいる。オスニエルの護衛としてロジャーが、フィオナの護衛としてカイが、馬でついてきている。

狭い馬車に変更したので、膝がくっつきそうなほど近く、ポリーは恐縮しすぎて青くなっていた。

「その犬はいつでも連れて歩いているのか」

「ええ。大事なペットですもの」

「だが、孤児院に獣を連れ込むなど」

「ドルフはしつけの行き届いた犬です。孤児院の中ではいつもおとなしいし、小さな子供と遊んでもくれます」

「犬がか？」

オスニエルは半信半疑だ。フィオナはため息をついて、彼を見つめる。

「……オスニエル様は私に興味がないんじゃなかったんですか」

「もちろんだ」

「ではなぜ、ついてくるなどとおっしゃるのですか？　私はオスニエル様に迷惑をかけるようなことはしていないつもりです」

「そんなことはわかっている。俺が行っては駄目なのか？」

「そうじゃありませんけど。……子供たちだって委縮します。来るならちゃんと笑ってあげてくださいませ」

オスニエルは自分の眉間を触る。

「俺は怒ってなどいない」

「いつも不機嫌そうな顔をしています」

「これが素だ」

「だからそれが怖がられる元凶だって言ってるんです！」

『まるで痴話げんかだな』

あきれたようなドルフのツッコミに、内容がわかるフィオナだけが顔を赤くする。

「キャウ」としか聞こえないオスニエルは、急に顔を赤らめたフィオナを不思議に思いながら、「とにかく」と言ってまとめに入る。

「俺は、お前がやっていることを把握しておきたいだけだ」

監視したいだけか、とフィオナはため息をつく。オスニエルが見ている前で子供たちに指示をするのは、ただただやりにくい。

ポリーは、新婚夫婦のやり取りに、なんと言っていいかわからず黙っていた。

「ようこそおいでくださいました。まさか王太子様にまで視察していただけるとは」

恐縮する孤児院長に、フィオナは「オスニエル様は置物だと思ってください」と言い、オスニエルから睨まれる。

彼はなにを考えているのだろう？とフィオナは思う。

これまでの人生で、オスニエルがフィオナに干渉してきたのは、意地悪をするときだけだ。だから、今回も邪魔されるのではないかと勘繰ってしまう。

事業を始めてから、孤児院の雰囲気が変わったように思う。最初は半信半疑で、言われたことをただこなそうとしていただけの子供たちが、上手に作れれば売れるとわかってからは、とても真剣に取り組むようになった。自分たちでお金を稼げたと思うと自信がついたのか、オドオドした様子もなくなり、日がたつごとに、彼らの笑顔は晴れやかになっていった。

自分の手助けが、誰かを幸せにする。その事実は、フィオナにも自信をもたらした。

「このように、皆で分業しておこなっているんです。孤児院のスケジュールの中のほんの二時間ですが、一日二十個は製作することができます。売って得たお金は以前お伝えした通り、半分は孤児院の運営資金。もう半分は、やがてここを出る子供たちの支援金としています」

「ああ。なかなか順調のようだな。やるじゃないか」

オスニエルは収支を記録した報告書にも目を通し、そんな感想をくれた。

「彼らは紐編みを広めるのを手伝ってくれた人たちです。だから私も、彼らを支えたいのです」

こうした活動の一つひとつが、フィオナの芯をつくっていく。『誰かのために』はひいては自分のためになるのだ。

＊＊＊

孤児たちは、すっかりフィオナに懐いていた。

完成品を見せに来ては、彼女から言葉をもらい、うれしそうに輪の中に戻っていく。

まるで大きな家庭だ、とオスニエルは思った。

それは、権謀術数《けんぼうじゅっすう》に長《た》けた貴族がうじゃうじゃいる王城にはない温かさだった。

協力し合い、共に暮らす。そしてその暮らしをくれたフィオナをみんなが愛している。

まるで、ここはフィオナの王国だ。

オスニエルは、不思議に優しい気持ちになる。孤児は怯えたようにオスニエルを見るが、ぎこちなくでも笑ってみせれば、ホッとしたような笑顔を返してくる。

フィオナがつくり上げた王国は、温かくオスニエルをも迎え入れるのだ。

それだけじゃない。フィオナの作る飾りは貴族たちにも受け入れられているし、氷のスイーツは平民にも受け入れられていた。

貴族の多くはフィオナの顔も知らない。平民たちは露天商の手伝いをした女が王太子妃だとは思ってもいない。それなのに、彼女のつくり出したものがみんなから愛されている。

「……まいったな」

「え？」

オスニエルは、動いている自分の気持ちを自覚せざるを得なかった。

次になにをしでかしてくれるのか、ワクワクしている自分がいる。彼女の一挙手一投足が気になって仕方がない。彼女と一緒になら、国のためにいろいろなことを成し遂げられるのではないかと思ってしまう。

「……フィオナ」

「はい？」

（まったく大した女だ。この俺に、隣にいたいと思わせてしまうなんて）

「帰りは俺と馬で帰ろう」

「は?」

「いいから。犬は侍女に預けろ」

「ちょ、オスニエル様!」

オスニエルはカイの馬を奪うと、前にフィオナを乗せて走りだした。カイは呆気にとられたようにポリーと顔を見合わせている。うしろから慌ててロジャーが追いかけてくるが、オスニエルは彼をひと睨みし、速度を上げて置き去りにした。

今はただ、ふたりきりになりたかった。

フィオナは落ち着かない様子で何度も振り返るが、馬上ではどうにもならないのか、腰に回したオスニエルの手に、こわごわとしがみついてきた。

「いいんですか、護衛を置いていって」

「俺が誰に負けるって言うんだ?」

「実際そうなのかもしれませんが、うぬぼれがすぎると怪我をしますよ」

厳しい指摘に、笑ってしまう。媚びてくる連中がほとんどの中、フィオナだけは怒りも平気でぶつけてくる。そしてそれが、オスニエルはなぜだかうれしかった。

「そういえば、氷はどうなったんだ?」

「輸入ルートを確保しました。商売に関することはよくわからないので、サンダース商会に仲介をお願いしてあります。今は広場で店を開いている露天商が氷レモネードとして販売しています。結構人気のようですよ。そこから商売を軌道に乗せられるかどうかは、本人たち次第でしょうけど」

通り過ぎた広場には、人だかりができていた。今はおそらく、物珍しさで売れるだろう。変化を加えるのは、フィオナの仕事ではない。その職についている人々が切磋琢磨していくものだ。

「私にやれることは、きっかけを与えることだけです」

「……そうだな」

オスニエルは彼女のお腹をしっかりと押さえる。そのきっかけが勝手に育ち、失えないと思うほど、大きくなっていた。少なくとも、オスニエルの中では。

「フィオナ、二ヵ月後、父上の生誕祭がある」

「はい」

「お前を連れて出席する。ドレスはこちらで用意するが、希望があれば言ってくれ」

「……は？」

間の抜けた声に、オスニエルは笑いだした。

「せ、生誕祭出席は正妃のお仕事では？」

「ああ。だが正妃はいないからな。いいだろう？　孤児院運営だって正妃の仕事をお前が代わりにやったんだ。今回も同じことだ」

「同じじゃないです」

「とにかくもう決めた。反論は受けつけないからな」

認めてしまえば、気が軽くなっていた。

（俺は、フィオナが好きなんだな）

たとえ、血筋が確かであろうと、愛せなければ意味はない。ジェマを正妃に迎えても、放っておくだけになるし、おそらく国の金も浪費されるだろう。それならば、妃は一生フィオナだけでいい。彼女ならば、国民たちからも認められるはずだ。子ができたら、愛情をかけてくれるだろうし、自分と共に国を育ててくれるだろう。

今まで、考えたこともなかった将来へのビジョンが、オスニエルの脳内に鮮やかに生まれてきた。

まだ首をかしげているフィオナをよそに、オスニエルは迷いも晴れ、清々しい気分になった。

＊＊＊

後宮に、オスニエルが手配した仕立て師が出入りするようになる。

「最高級の品を作るよう、仰せつかっております」

「……はあ」

デザインは、すでにオスニエルが三パターンにまで絞っているらしい。フィオナに求められるのは、質問に答えることと、採寸中おとなしくしていることだ。

「仮縫いができましたら、またご試着をお願いいたします」

仕立て師は機嫌よく帰っていき、反してフィオナはどっと疲れていた。

「いったいなんなの……」

先日の孤児院訪問から、オスニエルの態度が一変した。

週に二度ほど後宮を訪れて、お茶の時間を取るのだ。

その際に国事についても相談されるので、「個人の意見ですが」と前置きし自分の考えを伝えると、オスニエルは満足して後宮を後にする。

先日、彼の側近であるロジャーに会ったときも、「フィオナ様のおかげで、王子は国政に前向きになっておられます」となぜか褒められた。

「私がなにをしたって言うの」

『お前は本当に鈍感だな』

顔を押さえてつぶやけば、あきれたような声が聞こえてくる。ドルフだ。

「鈍感ってどういうこと？」

『態度が変わった理由なんて、考えればわかるはずなんだがな』

ドルフは無理やり膝の上にのってきて、くるりと丸くなる。

「くっ、かわいい……」

(子犬姿でそんな仕草をするなんてずるい。ときめいてしまうじゃないの)

これがきっかけで、頭を占めていたオスニエルのことはどこかへ飛んでいってしまった。

フィオナがドルフをなでていると、彼は彼で少し機嫌を直した様子だ。

『まあ、俺が教えてやる義理もない』

ポソリとつぶやき、そのまま寝たふりをした。

ある日、フィオナのもとへオスニエルからの荷物と手紙が届けられた。

「手紙なんて珍しいわね」

不思議に思いながらも、荷物を確認すると、入っていたのは平民服だ。手紙を読むと、『街の視察をしたいので、目立たない服装で来てほしい。午後に街で待ち合わせよう』と書いてあった。

(至れり尽くせりね。オスニエル様にしては珍しいこと)

後宮にやって来て『今から出かけるぞ』と言われるならば納得できるが、わざわざ待ち合わせなんて面倒なことをするのは意外だ。

念のため、ポリーにオスニエルが城にいるかどうかを確認してもらったが、公務で出かけているという返事だった。

「どうしよう」

『行かなくてもいいんじゃないか。急な話だし』

「でも、街でなにかあって、急に呼び出したってことも考えられるし」

氷の流通にはフィオナもひと役買っている。もしそれでなにかトラブルが起きたのなら、フィオナを呼びつけることもあるかもしれない。

悩んだ結果、フィオナは出かけることにした。

「カイを呼んでくれる?」

ポリーに連絡を頼み、フィオナは平民服へと着替える。お忍びのようだと思えば、これはこれで楽しかった。

そして、待ち合わせの時間より少し早く、フィオナは手紙に書いてあった場所へと来ていた。

広場からは少し離れている、集合住宅がひしめく通りだ。

ここからまっすぐ北に歩くと広場に出る。さらに東に向かうと国立図書館や、貴族学校などの文化施設があり、西に向かうと劇場や遊興場などの娯楽施設がある。

(でもどうしてこんなところで待ち合わせなのかしら)

ここはいうなればただの通り道だ。とりわけ目立つ建物があるわけでもない。強いて特徴をあげるならば、街を横断する川が流れているため、一本道になっていて迷いにくいことくらいだろうか。

(露店を見たいならば、広場で待ち合わせればいいのだと思うけど)

あまり大人数でいると道をふさいでしまうので、フィオナはドルフだけを連れている。カイとポリーには少し離れたところから、見張ってもらうことにしていた。

(遅いわね、オスニエル様)

約束の時間を十分ほど過ぎていた。オスニエルは時間を守る方なので、意外だ。

さらに十分ほど待っても彼は来ない。フィオナの脳裏を、かつての人生がよぎる。

(私、騙されたのかしら。以前は蛮族の娘とののしられたり、剣を向けられたりと、ひどいことをされたものね。呼び出しておいて来ないくらいなら、かわいらしい嫌がらせかしら)

それでも、どこか違和感はぬぐえなかった。

『おい、フィオナ、あれ』

ドルフの声に、フィオナは顔を上げた。

広場の方から、オスニエルがジェマを連れて歩いてくるのが見えた。うしろにはロジャーも控えている。

(呼び出しておいて、ジェマ様といたの？……ああ。そういうこと？ジェマ様との仲のよさを見せつけようとしたのかしら)

オスニエルは騎士服姿で、ジェマはまばゆいばかりの黄色のドレスをまとっている。まるで、舞踏会から戻ってきたような、そんな姿だ。

フィオナは、自分の着ている平民服をじっと見る。変装のためによこされたのかと思っていたけれど、生まれの違いを見せつけるような意味もあったのかもしれない。

(ふたりでお出かけだったのかしら。……勝手にやっていてくれればいいのに。どうしてわざわざ見せつけるようなことをするの？）

期待なんかしていないつもりだったが、失望している自分がいる。オスニエルに裏切られたような気がして、悲しい。こんなふうに思いたくないから、オスニエルにはかかわり合いたくなかったのに。

平民たちは彼らに気づき、道を空ける。ふたりはフィオナのいる方に向かってきていたが、まったく気づいていないようだ。

（傷つけようとしておいて、その顔さえ、あなたは見ないつもりなの）

虚しさがフィオナを襲う。意地悪をされるのは今世が初めてではないのに、それでもやはり傷ついてしまう自分が悲しかった。

「……帰りましょう、ドルフ」

『ああ』

ポリーたちの方を見れば、彼らもオロオロとフィオナを見ている。

（同情されるのは、嫌だわ。平気よ。私はオスニエル様なんて好きじゃないもの）

フィオナは笑顔を作る。過去を、未練を振り切りたかった。

（今世を楽しく生きるって決めたの。オスニエル様に、振り回されるものですか）

背中を向けたその瞬間、「フィオナ？」と呼ぶ声がした。

振り向くと、まるで、今初めて存在に気づいたとでもいうような顔で、オスニエルがこちらを見ている。

（しらじらしい、自分で呼びつけておいて）

「フィオナ様、危ないっ」

突然、離れたところにいるカイが叫んで、走ってくる。腕の中のドルフがもがいて、『上だ！』と叫んだ。

「え？」

表情を整えることに注力していたからだろうか、反応が遅れた。

見えたのは、植木鉢の底。フィオナの手に冷気が集まる。……が、発動する前に、誰かに肩を引っ張られ、頭を守るように抱きしめられた。

その瞬間に、地面に植木鉢が落ちる。陶器の割れる音があたりに響いた。

フィオナは助けてくれた人に寄りかかるように倒れた。強く抱きしめられていたドルフは緩んだ腕から飛び出して、上を見上げる。

「あ、ありがとうございま――」

「なぜここにいるんだ、フィオナ」

助けてくれたのはオスニエルだった。肩越しに、取り残されたジェマが、わなわなと体を震わせているのが見える。

「フィオナ様、ご無事ですか」

カイとポリーが駆け寄ってくる。

「護衛騎士がなにをやっているんだ」

「すみません」

オスニエルはいきなりカイを叱りだしたが、もともと呼び出したのはそっちだ。

「待ってください。もとはといえばオスニエル様がこんなところに呼び出すから」

「は？　今日は公務だ。俺は呼んでなどいない」

どうにも話が噛み合わない。フィオナはポリーを見た。

「私は、オスニエル様からの伝言だと言われて、手紙と荷物を渡されました。持ってきたのは、城の侍女です」

ポリーが嘘をつくはずはない。フィオナは持ってきていた手紙を見せると、オスニエルは眉根を寄せた。

「これは俺の字ではないぞ」

「そうなのですか？」

「名前も書いていない」

たしかに。言われてみればそうだった。オスニエルからだと思い込んでしまったのは、ただ口頭でそう言われたからだ。

「とにかく、俺も城に戻るところだ。一緒に帰ろう」

「でも、ジェマ様が」

「ジェマ嬢は先ほどそこでばったり会い、馬車が離れたところにあるというので、戻るついでに送っていただけだ」

そう言ってオスニエルが振り返ると、ジェマは真っ赤になって、「下がりなさい、平民たち！」と周囲に集まっていた平民たちに毒づいていた。

「後宮にいるはずのフィオナ様が、なぜこんなところへ？　しかもそんな変装までして。まさか誰かと逢《あ》い引《び》きですか？」

声高にそう言い、軽蔑したような視線を向けてくる。

「ジェマ様、これは……」

「ジェマ嬢。俺の妻を侮辱するつもりなら、俺も黙ってはいられないが」

「なっ。ですが、オスニエル様」

「フィオナはちゃんと侍女と護衛騎士を連れている。図書館にひとりで訪れていた君よりも、よっぽどちゃんとしているだろうに」

「なっ、失礼だわ！　私は侍女とはぐれただけです！　もうっ、帰るわ」

ジェマが歩きだすと、人波から護衛と思《おぼ》しき男たちが、わらわらと出てくる。

「やっぱりひとりで迷ったなど、大嘘ではないか」

オスニエルがぼそりとつぶやく。

「……ジェマ様とお出かけしていたのではなかったのですか」

「今日は貴族学校の武術大会に来賓として呼ばれて、参加していただけだ」

オスニエルは、不機嫌そうに体を起こし、フィオナのことも立たせてくれた。

「とにかく、その手紙は怪しいな。調べた方がいいだろう」

オスニエルはフィオナから手紙を受け取り、ロジャーに渡す。

「あの、俺……私たち、離れたところにいたので全体が見えていたのですが、植木鉢はこの建物の上階から落とされたものです。意図的に」

おずおずと言いだしたのはカイだ。

「なんだと？」

「今日のフィオナ様は平民服ですから、彼女を狙ったとは言いきれませんが、事件性はあるかと」

「ふむ。……調べた方がよさそうだな。ロジャー、お前に任せる。手紙ともども調べておいてくれ」

「はっ」

ロジャーはオスニエルの無茶振りにも動じず、穏やかに返事をする。

「俺はフィオナを連れて帰る」

突然抱き上げられ、フィオナは焦る。ドルフも不満そうにキャンキャンほえていた。

「オスニエル様、私、歩けます」

「怪我がなくとも、驚いたことに間違いはないんだろう？」

結局、フィオナはオスニエルの馬に同乗する形で連れ帰られ、ポリーがドルフと共にフィオナが乗ってきた馬車を使った。

ロジャーから依頼された守備隊が現地を調べたが、植木鉢を落とした人物の特定までには至らず、フィオナへの手紙も何人かの侍女を通じて渡されたため、最初の人物を特定することはできなかった。

それ以降、オスニエルは公務の立て込んだ日以外は、毎日後宮を訪れ、不審なことはないかと確認してくれるようになった。

オスニエルを装った手紙もそれ以降は来ず、ひと月もたつ頃には、フィオナも忘れ始めていた。

令嬢たちとのお茶会も定期的におこなわれ、できあがった花飾りを見せ合う趣味の会合のようになっているし、孤児院の事業も順調に進んでいる。

やがて秋の気配が漂い、氷レモネードの季節は終わっていった。

ある日、フィオナは、いつもの護衛とは違う男が後宮の前にいるのを見つけた。栗色の髪に琥珀の瞳。見覚えのあるその男は、一兵卒のような格好をしていた。

「よう」

側妃に向けたとは思えない軽々しい挨拶に顔をまじまじと見て、フィオナは心底驚いた。

「トラヴィス？」

「久しぶりだな」

驚きのまま、フィオナは内庭に彼を招き入れる。ここならば、あまり人に見られることもない。

「どうしてここに？ 行方不明だって聞いて心配していたのよ」

「オズボーン国に渡って、兵士に志願したんだ。しばらくは外周勤務だったが、ようやく城内警備に回れた。まあ俺は優秀だからな」

たしかに、彼の剣の腕はすごかった。多勢にはかなわなくとも、一対一で対峙すれば、ほとんどの兵士を打ち負かすだろう。

だが、自分たちを襲ったオズボーンの騎士団に入るなどなにを考えているのだろう。

「とにかく、無事でよかったわ」

「フィオナ」

彼は神妙な顔でフィオナの肩を掴んだ。

「迎えに来たんだ、俺と逃げよう」

「は？」

「殺害を企てるような国に、お前をやれるか」

輿入れのときのことを言っているのだろう。フィオナも、たしかに腹を立てていたが、この国で生きがいを見つけることができた。今となっては終わったことだ。

「落ち着いて、トラヴィス。たしかに輿入れのときはそうだったけれど、私はこうして生きているわ」

「お前が輿入れして四ヵ月ほどたつが、いまだに懐妊の話も出ないじゃないか。結局はお前が大事にされていないってことじゃないのか」

フィオナは瞬きをする。懐妊などするはずがない。いまだ、そういったことはおこなわれていないのだから。

「だって私との間に子をもうける必要はないもの。オスニエル様はいずれ正妃を迎えて、世継ぎはそちらとの間にもうけるのだから」

「お前はそれでいいのかよ！」

トラヴィスの瞳は真剣だ。フィオナは一瞬たじろぐ。

恋がしたい。誰かに一番に愛されたいという昔からの願いは、封印したとはいえ心の奥底に眠っている。

だが、決めたのだ。恋に生きるのはもうやめる。幸せになるために生きるのだと。

「……いいの。私はここで、側妃として生きるの。夫から愛されなくても、国民を愛し国民に愛されれば、幸せになれる。それが王族よ」

「フィオナ……」

トラヴィスは何度も何度も、フィオナを思って手を伸ばしてくれる。ありがたいとは思うけれど、フィオナは決然とそれを断った。

「私はここにいる。両国のために。だからトラヴィスも自分のために生きて。早くこんなところはやめて、母国に戻って？」

「……俺は、あきらめないからな」

そう言い残し、彼は姿を消した。ドルフが近寄ってきて「くう」と鳴く。

『あの男、まだお前のことをあきらめてないんだな』

「トラヴィスは兄みたいなものだもの」

『思い込みの激しい奴だから、気をつけた方がいいぞ』

「そうね」

けれど、ただの一兵卒のトラヴィスにできることなどないだろう。

フィオナと話ができるようになるだけでも、四ヵ月もかかっているのだ。

こんなところで無駄に時間を使うよりも、自国に帰って、国を守ってほしい。

フィオナは一抹の不安を感じながらも、自室へと戻った。

＊＊＊

トラヴィスが持ち場に戻ると、先輩兵士が不満げな顔で待っていた。

「遅いぞ！　小用になに時間をかけてるんだ」

「すみません。腹が痛くなって」

悪びれずに謝り、トラヴィスは城門警備に戻る。

フィオナの乗った馬車が襲われたあの日。トラヴィスは襲撃者の統率の取れた動きが気になっていた。ブライト王国一といわれた実力者のトラヴィスをもやり込める剣さばきを見ても、ただの盗賊などではない。

腕に深手を負った彼は、森の中に隠れ、盗賊団が引いていくのを待った。

『だいたいやったか？』

『ああ。たいしたことないものだな。ブライト王国の護衛も』

『これなら、婚儀など結ばなくても、この国を得るのはたやすいのではないか。殿下の言う通りだったな』

この会話を聞いて、トラヴィスは襲撃者がオズボーン王国の者だと気づいたのだ。

そこから、トラヴィスはすぐに行動に移した。

まずはオズボーン王国に向かい、出自を詐称して傭兵《ようへい》として志願した。

同じ兵たちと親しくなれば情報も入ってくる。トラヴィスは、フィオナが無事、オズボーンの騎士団に保護され、王都で婚儀を済ませ、とりあえずは生きていると知り、胸をなで下ろした。

その後、トラヴィスは、オズボーンの騎士団に入団することを決めた。

幸い実力はある。入団試験を突破するのはたやすかった。フィオナと連絡の取れる立場を手に入れるまで、彼は努力を惜しまなかった。

そして、ようやく城内の警備に入り込めたのに。

「……冗談だろ？　ここに残るとか」

ギリッと奥歯を噛みしめる。

その時、女性の声が、トラヴィスをとらえた。

「そこの兵士、ちょっとこちらにいらっしゃい」

「どなたですか？」

金髪の美しい令嬢だ。つり目のせいか、やや気が強そうに見える。

「私はジェマ・リプトン。リプトン侯爵家の娘よ」

「これは、失礼いたしました。ジェマ様」

侯爵令嬢が、なぜたかが門番風情に話しかけるのかと思いながら、トラヴィスはゆっくり頭を下げる。

「話があるのよ、そこの警備、少し抜けられないの？」

トラヴィスはもうひとりの門番と顔を見合わせた。仕事を優先すべきだが、侯爵令嬢は命令口調なので、それを断ってはいけないような空気もある。

「……いいですか？」

「ああ。行ってこい」

許可をもらい、トラヴィスは彼女の後についていった。

「見てたわ。さっき、あなた、あの側妃と話していたでしょう？　知り合いなの？」

ごまかすことは許さないと言わんばかりの強い視線だ。トラヴィスは少し考え、無難な過去を捏造した。

「実は、昔馴染みなのです。私は十歳までブライト王国におりまして。フィオナ姫がこちらに輿入れされたことを知り、ご挨拶させていただいたのです」

「あら、そうなの。もう少しただならぬ関係に見えたけれど」

ジェマの瞳はぎらついている。根掘り葉掘り聞き出そうとするところを見るに、フィオナを蹴落とすための材料を探しているようだ。

トラヴィスは「こいつが正妃候補か」とアタリをつけた。フィオナが側妃止まりである以上、王太子は必ずいつかは正妃を娶る。侯爵令嬢という立場からも、おそらく彼女が適任なのだろう。

「どういう意味でしょう？」

「あなた、彼女が好きなんじゃないの？」

「ええ。ですが叶わぬ思いです。初恋の君に再会し、舞い上がってしまいました」

トラヴィスは、切なげに顔をゆがめた。もちろん演技だが、心情的にはまるきり嘘というわけでもない。

ジェマはにやりと口の端をゆがめ、「私、協力してあげてもよくてよ」と悪い笑みを浮かべた。

「協力とは？」

トラヴィスはすがるような表情を取り繕い、ジェマを見つめる。恋に溺れた愚かな男に見えるように。

ジェマはますますうれしそうに、前のめりになった。

「あなたがあの子に会えるように取り計らってあげるわ。門番じゃ、彼女に会うことすらできないでしょう」

どうやら交渉を持ちかけてきたようだ。高慢ちきな女の目的がなんなのか、トラヴィスはじっくりと観察する。

「でも、私のような者が姫のそばをウロチョロすれば、ご迷惑になります」

「それでいいのよ。どうせ、オスニエル様はあんな娘に興味はないのだもの。国のために仕方なく迎え入れただけよ。オスニエル様のためにも、彼女はここから出ていくべきなのよ」

とりあえず、この女性がフィオナの敵であることは認識できた。これをどう利用しようか、トラヴィスは笑顔の裏で考えを巡らせた。

「つまり、侯爵令嬢はフィオナ様を追い出したいのですね?」

「そういうことよ。なにか失態をさせて追い出そうかと思ったけれど、なかなか難しくてね。でもあなたとのスキャンダルが勃発すれば簡単だわ。ね。彼女を誘惑してちょうだい」

簡単に言いやがる、と内心でトラヴィスは思う。

「フィオナ様は、国のために王太子様に嫁いたのだとはっきりおっしゃっております。彼女の意志は固く、私などの思いにはうなずいていただけないでしょう」

実際、フィオナには断られたばかりだ。

「まったく弱気ね。そんなことで一国の王女が手に入るわけがないでしょう」

ジェマはドレスの隠しから小瓶をふたつ取り出した。一本が白い瓶、もう一本が茶色の瓶だ。

「いいものがあるの。これがあれば、あなたたちの駆け落ちを手助けすることができるわ。こっちの白い瓶が仮死状態をつくり出す薬。まる一日発熱したのち、仮死状態になる。それから三日目までにこの解毒剤を飲ませれば、意識が戻るそうよ。人が最も集まるとき、そうね、陛下の生誕祭の日に彼女にこれを飲ませるから、あなた、仮死状態のうちに彼女をさらってお行きなさい」

「こんな物騒な薬……どこから?」

「世の中正しいことだけじゃないわ。国土を広げていけば、怪しげな国も吸収することになる。物事の表だけ見ているオスニエル様は気づいていないかもしれないけれど、人道に反するようなものを売っている闇市は、国土の広がりと共に発達しているの」

空恐ろしいことを平気な顔で言う女だ。トラヴィスはぞっとする。女ひとりでそんな場所には行けないだろうから、おそらく彼女の父親も絡んでいるのだろう。

トラヴィスはしばし考えた。

フィオナの意志を尊重してここに残したとしたら、彼女はやがて、正妃となったジェマより、下の立場になるのだ。なにかしらの嫌がらせをされる可能性は高い。下手をすれば、殺されてしまうかもしれない。

(だったら、本人の意志とは違っても、さらった方がなんぼかマシだ)

トラヴィスの中で、結論が出る。

「わかりました。やります」

ジェマはにんまりと微笑む。

「交渉成立ね。解毒剤は……そうね。生誕祭の翌朝にまたここで渡すわ。あなたが裏切らないって保証もないもの。この計画を誰かに漏らしたら、すぐさまこの解毒剤は破棄するわ」

「わかりました」

「陛下の生誕祭の前後は人の出入りが多く、側妃が倒れたところで、後宮に追いやられるだけよ。使用人も慌ただしく動いているから、警備の一員であるあなたなら隙をついて忍び込むこともできるはずだわ」

「……侯爵令嬢の仰せのままに」

トラヴィスは恭しく頭を下げた。

傲慢王太子のご乱心

　生誕祭まであとひと月と近づいてきた。

　フィオナはいつも通り孤児院を慰問したり、広場の露天商たちの相談に乗ったりと、毎日忙しい。オスニエルが、交易のための交通路を整備する計画を進めようとしてくれているので、その報告もすると露天商たちはにわかに盛り上がった。

　加えて、生誕祭のドレスについて、オスニエルが細かく要望を出してくるので、それの時間も取られる。

（オスニエル様はなんなのかしら）

　夜に訪問してくることも多くなった。とはいえ、お茶を飲んで帰っていくだけで、睦言が交わされたことはない。

　漠然と「今日はなにをしていた」と聞かれるので、その日あったことを伝えると、オスニエルが気になったところを質問してくる。フィオナの行動が商売に直結していることもあって、経済の話になることが多いが、時々は話題が発展し、最終的に国事にかかわることにまで及ぶこともある。

フィオナはループ時代に知った平民の不満をそれとなく彼に伝える。すると、オスニエルは翌日に改善案を示してくるのだ。

日が過ぎるごとに、フィオナはこの時間が楽しみになっていた。フィオナの提案を形にしてくれる彼が頼もしく思え、彼女自身もよりよいものを生み出そうと、ますます勉強にも身が入る。

これまでの人生では、フィオナが意見を求められることはほとんどなかった。誰かの庇護のもと、もしくは支配のもと、彼女の自我は抑えつけられてきた。

でも今のオスニエルは、フィオナの話に耳を傾け、討論し、改善策を示してくれる。

「より強い国を目指すならば、軍事強化にばかり重きを置かず、農村の民たちの声を聞き、彼らの課題の解決に注力するべきです」

「たとえば？」

「土壌の改良などでしょうか。小麦は湿害を受けやすいと聞いたことがあります。水はけをよくするために、国費を費やすことはできませんか？」

オスニエルは顎に手をあて、少し考えてから答えた。

「できないことはないが、予算を確保するには各大臣を説得しなければならんな」

「国を下支えするのは食物です。我がブライト王国が小国ながらこれまで他国の侵略から身を守れたのは、安定した食物供給がされていたからです。武力だけがあっても、飢えれば国は内部から崩壊していきますよ」

「……ふむ。内部からの反乱の可能性か。考えたくはないが、絶対にないと言いきれるものではないな」

ひとしきり話をし、お茶をいただいていると、あくびが出てしまった。

「眠いのか」

「いいえ。失礼しました」

「気にするな。今日は昼間に孤児院にも行っていただろう。疲れていて当然だ。もう寝るといい」

オスニエルが立ち上がる。見送るためにフィオナも立ち上がると、オスニエルは急に屈み、フィオナの膝の裏と肩に手を回して抱き上げた。

「きゃっ」

「いいから、お前は休んでいろ」

そのままベッドに運ばれる。

アワアワしながら見上げると、彼と目が合う。なんだか妙な雰囲気だ。だってベッドで、彼はフィオナを上から見下ろしているのだから。

(ああもう、鼓動が速い。落ち着かないから早く離れてほしい)

だが、オスニエルは動かない。渇きを訴えるような彼のまなざしにとらえられ、フィオナは身動きが取れなくなる。彼の喉がごくりと鳴る音が聞こえた。

「フィオ……」

「キャン！」

割って入るように、声をあげたのはドルフだ。

オスニエルは我に返ったように、フィオナから離れると、「これで失礼する！」と叫ぶように言って、背中を向けた。

大きな足音を立てて出ていくオスニエルを、ポリーも驚いたように見送る。

「……フィオナ様、よろしかったのですか？」

しばらくしてポリーが顔を見に来てくれたが、熱が引かないフィオナは、恥ずかしくて顔を上げられなかった。

＊　＊　＊

(なにをする気だった、俺は！)

オスニエルは大股で廊下を足早に歩く。何事かと目を見張る使用人たちの視線など、今はどうでもいい。

彼女をベッドに寝かせ、無防備な瞳で見上げられたとき、全身の血がざわりとさざめくのを感じた。喉の渇きを感じて、ただそれを潤してほしいと、目の前のフィオナに願った。

毎日フィオナと話をしているが、時間があっという間に過ぎてしまう。彼女は武力重視のオスニエルには思いつかない方法で、彼の悩みを解決しようとするのだ。

オスニエルは平和とは縁がない。オズボーン王国は、ずっと戦争で領土を広げることを国策として掲げていた。幼い頃からそうだったので、オスニエルは、戦争で国土を広げていくことは国のためになるのだと信じて疑わず、十七になる頃から自身も戦場に出るようになった。

だが、彼女となら、戦いに身を投じなくとも、内側から強い国をつくれるのではないかと、思い始めてきた。

「おかえりなさいませ。……帰ってきちゃったんですね」

もう夜だというのに、執務室にはロジャーがいた。

「お前はなぜ帰らないんだ」

「殿下の恋路を見守ろうとしているんですよ、これでも」

「恋路とはなんだ」

ツンとそっぽを向きながら言うと、ロジャーは信じられないものを見るように、目を細める。

「まさか、自覚していないとかではないですよね」

「なにをだ」

「フィオナ様のことですよ。お好きなんでしょう?」

「なにを馬鹿な」

意外に鋭い側近に焦りつつ、オスニエルは冷静を装って答える。

「……どうしてそう思う?」

「だって、オスニエル様、毎日かいがいしいくらいフィオナ様のもとに通いつめておられるじゃないですか。私はあなたの長年の側近ですよ。態度でわかります。まあ、フィオナ様は気づいておられないようですが」

ロジャーのからかい交じりの視線に、オスニエルは一気に不愉快になる。

「いいじゃありませんか。フィオナ様はオスニエル様の奥方です。夫婦円満、なによりじゃないですか」

「円満なんかじゃない！」

オスニエルは声を荒《あら》らげた。そして自分が、どうして素直になれないのか。どこに引っかかっている部分があるのかに気づいた。

「……俺はフィオナを殺すところだったんだ」

ブライト王国の姫と結婚するなど、ごめんだと思った。だから生死を問わず、彼女を怯えさせるよう襲撃させた。

彼女のことを知りもしないで、よくそんなことができたものだ。今となれば恥ずかしくさえ思うが、当時のオスニエルは本気だった。本気で、ブライト王国の人間など虫けら同然と思っていたのだ。

「でも、今のフィオナ様は、それをとがめてはおられないじゃありませんか」

「言わないだけだ。俺を信用はしていない。いつだって、俺のことを警戒している」

「であれば、オスニエル様が謝罪をなされればいいのでは？　悪かったと思っていらっしゃるのならば」

ロジャーの言っていることは正論だ。

フィオナが欲しいのならば、まずは許しを請わなければならない。しかし、これまで人に頭を下げたことのないオスニエルには、それはなかなかに難しい。

「謝る……など」

「したくないならしなくてもいいかと思います。殿下はそれだけの立場におられますし。ただ、人の心は権力で解かすことはできないかと」

オスニエルは不満そうにロジャーを睨む。

「お前の指図は受けない。もう下がれ」

「では失礼いたします」

ロジャーは微笑んで部屋を出ていく。彼は忠実な側近だが、たまにお節介だ。

「フィオナに謝罪？　しかし、俺が謝罪などしては、国の立場が」

オスニエルは頭を冷やすため、窓を開けた。夜の冷たい空気が、室内を満たしていく。そうしてそこから何時間も悩み続けた。

＊＊＊

フィオナが朝食を終えて後宮から出ると、ロジャーが待ち構えていた。

「発熱？」

「ええ。ですから今日はフィオナ様だけで行っていらしてください」

今日はオスニエルと一緒に孤児院を訪問する予定になっていたのだ。彼は、およそ病気とは縁遠そうなので、フィオナは意外に思う。

「大丈夫なのですか？　オスニエル様は」

「知恵熱……いえ、夜風にあたりすぎたことが原因のようです。体は強いお方ですから、一日しっかり休めば治りますとも。ご心配には及びません」

ロジャーはにっこりと微笑み、気にしないようにと念押ししてフィオナを送り出す。

しかし、フィオナの心はなかなか晴れなかった。


馬車に乗っている間も、孤児院で子供たちと触れ合っていても、フィオナはどこか落ち着かない。

「今日は王子様来ないの？　フィオナ様」

「ええ。……ねぇ。孤児院で誰かが病気になったときは、どうしているの？」

フィオナは、紐編みの一番得意な少女に尋ねた。この中で年長にあたる彼女は、子供たちの面倒を多く見ているだろうと思ったのだ。

彼女は一瞬きょとんとし、「そうですね」と話しだす。

「ここではあまり薬が手に入らないので、ほかの子供たちにうつらないように個室に移して、私やビートのような年長者が看病をします。頭のタオルを定期的に替えに行くのですけど、寂しいのでしょうね、『行かないで』とよく服の裾を掴まれます」

「そうよね。病気のときは心細いもの」

「ずっとついていてあげたいですけど。私たちにはほかにもやらなければならないことがありますから、結局、時々様子を見に行くだけになります」

「そうなのね。お医者様は、往診はしてくれないの？」

「往診はお金がかかります。動けるようなら町の診療所に行きますが、たいていは寝ていれば治るので……」

少女は気まずそうに言う。たしかに風邪なら自然にも治るが、もし違う病気だった場合に、発見が遅れるのではないだろうか。それに、病気の期間が長ければ長いほど、ほかの人間にうつす可能性も上がっていく。

「誰でも簡単にお医者様にかかれるようにならないと駄目ね」

フィオナは新たな課題を頭にたたき込み、このあたりの診療所の情報を聞き、この話を終えた。

城に戻ってから、フィオナはロジャーに広場で買ってきた花を渡した。

「これは？」

「オスニエル様にお見舞いです。どうか生けて差し上げてください」

「それでしたら、ぜひ、フィオナ様から直接お渡しください」

フィオナは遠慮したが、ロジャーは強引に彼女をオスニエルの私室へと連れていく。

彼の部屋は城の上階にあった。フィオナが初めて訪れる区画であり、今回はドルフも部屋に置いてきているので、まったくのひとりだ。

「こちらです。オスニエル様、フィオナ様がお越しです」

返事はない。しかし、ロジャーは無遠慮に扉を開けてしまった。

「……眠っておられるようですね」

「あ、でしたら、これを枕もとに置くだけで」

「いえいえ、顔くらい見ていってください」

ロジャーに背中を押されてベッドに近づくと、オスニエルはまだ熱が下がっていないのか、頬が赤く、息も荒かった。予想していたよりもずっとつらそうだ。

「熱が下がっていないのですね。薬は飲まれたのですよね」

「ええ。医師の見立てでは休めば治るとのことですよ」

「苦しそうですが、大丈夫でしょうか」

「そうですね。フィオナ様、よろしければ額の汗を拭いてくださいますか。私は新しい水をくんでまいりますので」

「えっ、あのっ」

ロジャーはすたすたと部屋を出ていってしまう。侍女もついておらず、今はふたりきりだ。なんだかとても落ち着かない。

「ひどい汗」

フィオナは固く絞ったタオルで汗を拭いたが、水がだいぶぬるくなっていた。

誰もいないのをもう一度確認し、フィオナはタオルに細かな氷を降らせた。ぬるくなったタオルがあっという間に冷えていく。そうして額を拭いてあげると、冷たさが気になったのか、オスニエルが薄目を開けた。

「……フィオナ?」

「大丈夫ですか? オスニエル様」

「俺は夢を見ているのか? 重症だな。フィオナがここにいるはずがないのに」

どうやら、頭が朦朧《もうろう》としているらしい。夢だと思われているなら気が楽だ。フィオナは肩の力が抜け、微笑んで彼に告げた。

「ええ。夢ですわ。どうぞゆっくり眠って、早く元気になってくださいませ」

「夢の中だとお前は優しいのだな」

オスニエルはケンカを売っているのだろうか。フィオナはムッとして、反論した。

「いつもは優しくないみたいじゃありませんか」

「優しくなどないだろう。犬にばかりかまって、俺のことなどいないもののように扱うではないか」

「そんなことありませんわ。……なによ、心配して見に来たのに」

フィオナは自分のことをわかってくれないオスニエルにがっかりした。まさか見舞いに来て日頃の文句を聞かされようとは思わない。

熱を出したと聞いて、フィオナは今日、一日中彼のことが頭から離れなかった。心配だったから、帰りに見つけた綺麗なお花を買ってきたのだ。体調が悪いときは、誰かの優しさがうれしいものだと、フィオナだって知っているから。

ジワリと目の縁に涙が浮かぶ。気持ちが伝わらないことが、こんなにも悔しい。泣きたくなった自分が信じられなくて、フィオナは立ち上がった。

「帰ります」

「ちょ、待てっ」

オスニエルは病人とは思えぬ瞬発力で上半身を起き上がらせ、フィオナの腕を掴んで引き留めた。

そして二度、腕を握り直し、二度瞬きをする。

「……フィオナ？」

「はい」

「夢ではないのか？」

オスニエルは、手を離すと再びベッドに横たわった。熱が上がったのか、先ほどより頬が染まっている。

「オスニエル様が、あんまりかわいいからそう言ったんです」

さっきまでフィオナには悔しさと苛立ちしかなかった。けれど、照れたようなオスニエルの顔を見たら、安堵に似た感情が湧き上がってきた。

「ふん、男に『かわいい』など、褒め言葉ではないぞ」

「それは、申し訳ありません」

フィオナが素直に謝ると、オスニエルは少しバツが悪そうに頭をかいた。

「……今日は、孤児院に同行する約束を破ってしまった」

「病気なら仕方ありませんわ」

フィオナは意外に思った。自身の体調が悪いのに、孤児院のことを思い出してくれるとは思わなかった。案外、責任感は強いのだろうか。

「どうだった。孤児院の様子は」

「いつも通りです。みんな元気で、オスニエル様が来ないことを心配していました。孤児院で病人が出たときの対応なんかも教えてもらって……」

オスニエルが視線をフィオナに向ける。フィオナは微笑んで、汗で額に張りついた彼の前髪を、指先で梳《す》いた。

「病気のときは心細くて誰かにそばにいてほしいものなのだと、聞いたのです。それで、お見舞いをしたいと思ったのですわ。オスニエル様に市井の食べ物をお渡しするわけにまいりませんので、広場で買ってきたお花しかありませんが」

「花……」

オスニエルは、サイドテーブルに置いた花に視線を向け、目を見開く。その一瞬に顔がほころんだのを、フィオナは見てしまった。

(……喜んでる？)

フィオナの胸が、ドキリと跳ねる。オスニエルが、花を目にして心を和ませたことがなんだかうれしい。

(本当は、優しいところもあるんじゃないかしら)

和やかな気分になり、フィオナも自然と優しい声が出た。

「早く元気になってくださいませね」

「あ、待てっ」

立ち去ろうとすると、今度は服を掴まれる。

「なぜ帰る」

「私がいては、ゆっくり眠れなそうですもの」

「もう平気だ」

「平気じゃありません。熱が下がっていませんよ」

額を触って、体温を確認しようとしたら、オスニエルが上から手を押さえてきた。

「お前の手は冷たいな」

それは先ほど氷を出したからだが、フィオナは黙っていた。鼓動が高鳴り、心が落ち着かない。

「オスニエル様の頭が熱いのですよ」

「熱を出すなど、十年以上ぶりだ」

「まあ。健康なのですね。では私が教えて差し上げます。こういうときはおとなしくしているのが一番なんですのよ。どうかゆっくり休んで早くよくなってくださいませ」

だが、オスニエルはまだ手を離してくれない。

「ここにいろ」

「ですが」

「邪魔ではない」

「では、ロジャー様が戻ってくるまで」

そう言ったものの、あれから結構な時間がたっているのに、ロジャーが戻ってこない。困り果てていると、オスニエルは熱っぽい顔で、フィオナの手をギュッと握った。

「……悪かった」

「え？」

いきなり謝られて、フィオナは面食らった。じっと顔を見つめると、ふいと目をそらされる。けれど、手を掴んでくる力は先ほどより強い。

オスニエルはひと言ひと言を絞り出すように、ゆっくりと話す。

「輿入れのとき、お前を襲うよう指示を出したのは俺だ。他国の女を妻に迎えるなど、ごめんだと思ったんだ。父上と交渉して、相手から断られた場合にのみ婚約破棄を許すと言われて……。いや、これは言い訳だな。弱い者にあたるという最低なことをしたのは俺だ。すまなかった」

「オスニエル様」

彼は本気で謝っている。そう思ったら、フィオナの胸は震えた。

「お前は俺の国の民を、自分の国民だと言ってくれた。だから俺は……」

次の瞬間、フィオナはオスニエルにぐいと腕を引っ張られた。そして、信じられないことが起きる。

「……ふぁ？」

唇がふさがれた。熱いくらいのオスニエルの唇が、彼のそれよりも小さなフィオナの唇と形を合わせようとする。

一瞬ぼうっと受け入れていたフィオナだったが、我に返り、抵抗するように彼の胸を押した。同時に、フィオナの手から氷が飛び出してくる。

「うわっ」

オスニエルは、呆然と目を見開く。夜着の胸のあたりがびしゃびしゃだ。

「も、申し訳ありません！」

「冷たい……なんだ？　今のは」

フィオナは慌てて彼の胸を拭こうとしたが、濡れた夜着が彼の肌に張りついて、体のラインがくっきり見えたことに、頭が真っ白になる。

「は、早く、着替えてくださいっ」

そう言い、慌てて部屋から逃げ出した。

「おい、フィオナ」

オスニエルの声が聞こえたが、びしょ濡れで熱がある状態では追ってこないだろう。

来た道を戻っていくと、ジェマとロジャーが言い合っているのが聞こえてきた。

「だから、お見舞いに行こうとしているだけよ」

「こちらで預かります。今オスニエル様は休んでおられますので……あ、フィオナ様」

「ロジャー様。いろいろお手数をおかけしました」

慌てて駆け出してきたフィオナは、顔が火照っていて、やや涙目で、息も荒かった。

それが妙に扇情的に見えて、ロジャーはごくりと喉を鳴らす。

「オスニエル様となにか……？」

「いえ、べつに」

その会話を聞くなり、ジェマがいきり立つ。

「なぜあなたがオスニエル様の見舞いを許されているの？　私が駄目なのに？」

「フィオナ様はオスニエル様のお妃様ですから」

「私だって正妃候補よ？」

再び、ジェマとロジャーの攻防が始まる。フィオナは、彼女を見てようやく落ち着いてきた。頭に集まっていた熱が、引いていくのがわかる。

(そうよ。オスニエル様の正妃となるのはジェマ様だわ。さっきのキスは……オスニエル様の気の迷いよ。きっと高熱で朦朧としていたんだわ)

自分がすべきことは、ただ側妃としておとなしくすることだ。

フィオナは、気を取り直して、ジェマに笑顔を向ける。

「ジェマ様。オスニエル様はまだ熱が下がっていないご様子でしたわ。今は休ませて差し上げた方がいいかもしれません」

「じゃあなんであなたは面会してきたのよ」

「報告があったのです。今日の孤児院での出来事を伝えなければと思いまして」

あたり障りのない理由を捏造したが、ジェマは納得していない。ロジャーは不満げなジェマにほとほと困り果てている様子だ。

フィオナはふと、ジェマの持っているものが気になった。小ぶりのバスケットだ。

「ジェマ様、それは」

「これは、オスニエル様へのお見舞いの品です。私が作ったんですのよ」

「まあ……」

手作りの食べ物を王太子に贈るのは、マナー違反だ。一つひとつを、しっかり毒見をしなければならず、本人にはひと欠片しか残されない場合も多い。

「では、これをロジャー様に預ければよろしいのではありませんか。眠っているオスニエル様を起こすのは忍びないでしょう」

「ちょ、離しなさいよ」

フィオナはジェマからバスケットを奪い、ロジャーに渡した。そして彼女の腕を取って、すたすたと歩きだす。

ロジャーは感謝の意を込めてフィオナを見送った。

「離しなさいよ！」

ジェマはフィオナの予想以上にか弱かった。フィオナも王女ではあるが、子供の頃から山を探検するようなお転婆だ。基礎体力はある。

しかし彼女は生粋のお嬢様のようで、フィオナが引っ張るだけで抵抗もできずについてきていた。

「ジェマ様の侍女はどこですか？」

「離しなさい！　もうっ」

フィオナの手をはじいて、ジェマが目をつり上げる。

「無礼よ！　私を誰だと思っているの？　リプトン侯爵家の娘よ？　あなたみたいな蛮族の娘に触られるなんてまっぴらだわ！」

フィオナはすうと自分の気持ちが落ち着いていくのを感じる。

ジェマがあまりに無礼すぎて、怒りを通り越して冷静になってきたのだ。

彼女の思想がどうであれ、対外的にはフィオナは隣国の姫であり、オスニエルの正式な結婚相手だ。つまり他国の姫から、王太子妃になったわけである。どの時点であっても、侯爵令嬢に劣る身分ではない。

これまでの人生で、彼女の傲慢な態度が許されたのは、オスニエルというしろ盾があったからだ。

「無礼なのはどちらですか」

フィオナの低い落ち着いた声に、ジェマはびくりと体を震わせた。

「私は側妃とはいえ、オスニエル様の妻には相違ありません。あなたの言動は、私だけではなく私の夫への非難となりますが、よろしいですか？」

「は？　なにを言っているのよ。私がオスニエル様を非難するわけがないでしょう？　私は正妃候補よ？　私の言動はオスニエル様の言動と同じ……」

「ええ。候補なだけです。あなたはまだ侯爵令嬢。私よりも、低い身分であることを肝に銘じてください」

「な、なによ！」

カッとなったジェマは、平手を振り下ろした。いっそ怪我をさせられた方が、後々都合がいいかもしれないと、フィオナは甘んじて受けようとする。

「キャン！」

だが、ドルフの声に、ジェマは動きを止めた。

『俺のペットに手を出そうとはいい度胸だな』

ジェマには「キャンキャン」というかわいい鳴き声にしか聞こえていないだろうが、なかなか男前なことを言ってくれる。

「あなたの犬ね？　蛮族の犬は野蛮ね。無駄にほえ立てちゃって」

「あら。ドルフは賢い犬よ。この子のよさがわからないなんて、あなたこそどうかしているわ」

フィオナもドルフをけなされて黙っているわけにいかない。ふたりの間に火花が散った。

「ジェマ様！」

「フィオナ様！」

ポリーとジェマの侍女が慌ててやって来て、ふたりを引き離す。

「ジェマ様、お立場をお考えください」

侍女の方は、冷静に考える頭があるらしい。

そっぽを向いて歩いていくジェマの代わりに、ぺこぺこと頭を下げて去っていった。

「大丈夫でしたか？　ドルフ様が駆け出していくから慌てて追いかけてきたら、フィオナ様がジェマ様とケンカしているんですもの、びっくりしました」

「よくわかったわね。ドルフ。すごいわ」

「ワン」

『当然だ』と頭の中に響いてきて、フィオナもうなずく。フィオナはもう、ジェマのことは怖くなかった。常に自分の味方となってくれるドルフとポリーがいるのだから。

「いつかジェマ様に追放されるとしても、絶対に仕返ししてやるわ」

そんなふうに言えるくらい、フィオナは強くなっていたのだ。

＊　＊　＊

翌日、体調が落ち着いたオスニエルは、自分のしでかしたことを思い出して、一日中ため息をこぼしていた。

「はあ」

「なんですか、オスニエル様。今日は気持ち悪いですね」

ロジャーのツッコミに、オスニエルは睨み返す。

「なんでもない。ところで昨日、フィオナはなにか言っていたか?」

「さあ。私がジェマ様につかまっているところを助けてはくれましたがね。あ、ジェマ様からいただいたマドレーヌは、毒見の結果、催淫《さいいん》成分が認められたので破棄しました。悪気はないんでしょうけど、ジェマ様は少し考えが足りないようですね。道理で強硬に自分で持っていきたがったはずです」

ロジャーが困り果てたように息を吐き、腰に手をあてる。

「被害があったわけではないですし、罪に問うほどではありませんがどうします?」

「リプトン侯爵を敵に回すわけにもいくまい。けれど、彼女との結婚に関しては白紙に戻したい。できるか?」

「そうですね。この件に関して、毒見担当に記録を残させましょうか。オスニエル様に害をなしたかもしれないという点から、リプトン侯爵に厳重注意を促し、あちらから辞退していただくのが穏便かと」

「頼む」

オスニエルは即答し、髪をクシャリとかき上げる。

「あとはフィオナか……」

ぼそりとつぶやくと、オスニエルは立ち上がった。

「着替える」

「はあ」

「フィオナと話をしてくる」

今はすでに夜だ。であればとロジャーは彼に汗を流していくようにと勧め、身支度を整えた状態で送り出した。

＊＊＊

見舞いに行った翌晩、フィオナがもう寝るつもりですっかりくつろいでいたところ、ポリーが声をかけてきた。

「フィオナ様！　オスニエル様がお渡りです」

「え？　今から？」

夜着姿でフィオナが慌てていると、ずかずかとオスニエルが入ってくる。

「きゃあ」

「どんな格好でもいい。かまうな」

「ですが！」

オスニエルは、きゃあきゃあとわめくフィオナをじっと見据え、ポリーには外に出ているように告げる。

ポリーを引き留めたかったが、昨日、手から氷を出したところを見られたし、キスのことを聞かれる可能性もあったので、フィオナはあきらめて黙っていた。

「その犬も、寝室に閉じ込めておけ」

「嫌です。ドルフは私のそばに置いてください」

オスニエルは舌打ちをし、今度は懇願するような姿勢を見せた。

「……話があるんだ、フィオナ」

「ドルフに聞かれてまずいことなどないでしょう？　オスニエル様とふたりきりになるのは怖いです」

そう言われると、昨日無理やりキスをしたオスニエルとしては強くも出られない。

「わかった」

了承し、ふたりはソファの端と端に座る。

「き、昨日のこと、ですよね」

「ああ」

フィオナは緊張で彼の顔を見られない。膝の上で丸くした拳で、夜着をギュッと握りしめる。

「あの、……すみません」

「謝らないからな」

同時に正反対の言葉が出た。

フィオナは思わず顔を上げた。真剣な瞳を向けてくるオスニエルが、目に飛び込んでくる。

「俺は謝らない。キスしたかったからした。それだけだ」

「そっち……ですか？　氷を出したことじゃなくて？」

フィオナの反論に、オスニエルもきょとんとする。

「氷……？　そういえば、お前の手、冷たかったな。氷を出すとは？」

なんと。オスニエルは夜着をずぶ濡れにされたのに、氷が出たことには気づいていなかったらしい。

(じゃあ、余計なこと言っちゃったんじゃない!)

フィオナが焦っていると、オスニエルは少し神妙な調子になった。

「そんなことができるのか、お前」

「……ブライト王国の王族は、多少なり聖獣の加護を得ているのです」

「聖獣に助けられて、お前はこの国に来たのだったな」

輿入れ道中に襲われたことを言っているのだろう。フィオナがうなずくと、オスニエルは居住まいを正し、ゆっくり頭を下げた。

「であれば、俺も聖獣に感謝せねばならない。おのれの愚かな策略で、妻を失わずに済んだ」

「オスニエル様?」

「フィオナ、俺はお前を正妃にする」

これまた爆弾発言に、今度はお腹の底から声が出た。

「はぁ?」

「俺は本気だ。お前が好きだと気づいた。だったらほかに妻はいらないだろう。お前が正妃になれば済むことだ」

「だ、だって。オスニエル様は私の国を蛮族だと……。他国の血が入るのが嫌なのでしょう？」

「そう思っていたこともあったが、今は違う。お前は俺の国の民を、自分の国民も同然だと言ってくれた。その広い心に、俺は自分の小ささに気づかされた」

「でも」

「愛しているんだ。フィオナ。正妃になると言ってくれ」

両手を彼の大きな手で包まれる。

フィオナは腰が砕けそうだった。麗しい顔が、ものすごい勢いで押してくる。

一番信じられないのは、喜んでいる自分の心だ。うれしいと、心がはやっている。

「フィオナ、俺を受け入れてくれ」

「ちょ、ちょっと待ってください」

フィオナがパニックになっていると、「ワン！」と大きな叫び声がした。

次の瞬間、ドルフが狼の姿に戻る。

「ドルフ……」

「うわっ、なんだこいつは。いつの間に入ってきた？」

オスニエルからすれば、突然目の前に銀色の狼が現れたように見えたのだろう。

『オズボーンの王子よ。貴様、自分がなにを言っているのかわかっているのか』

ドルフの重々しい声が、ふたりの頭の中に響く。

「なんだ？　頭の中に声が響くぞ？」

「ドルフの声です。狼の姿のときは、人と会話することができるのです」

紫の目で見つめられて、オスニエルは彼の正体に気づいたようだ。

「ドルフって……まさか、お前の犬が、……聖獣？」

「そうです。狼の聖獣です」

フィオナが告げると、ドルフも首を縦に振った。

『オスニエル、俺のフィオナを殺そうとしたこと、忘れはせんぞ』

「それは、反省している。これからは彼女を大切にすると誓う。どうか聖獣よ、俺に彼女を預けてくれ」

『知るか』

オスニエルとフィオナの間に、突然氷の壁ができ、ふたりは息をのむ。オスニエルはドルフを睨んだが、自分の分が悪いと思ったのか、引き下がった。

「わかった。俺の本気がわかってもらえるよう、努力する」

そう言うと、すっと立ち上がり、フィオナを振り返った。

「フィオナ。明日の朝食は一緒に取ろう。迎えをよこす」

「え?」

「……必ず来てくれ」

懇願するような瞳に、フィオナはときめいた。顔は熱く、心臓は早鐘を打っている。

『ふん』

鼻息荒くつぶやくと、ドルフは子犬の姿に戻った。

『あの男がどこまで本気なのか、ちゃんと見極めろよ、フィオナ』

「ドルフ」

『俺はお前を大事にしない男には渡さないからな』

かわいい姿で格好いいことを言われても様にはならないが、その気持ちがうれしくてドルフを抱きしめる。

「ありがとう、ドルフ、大好きよ」

『ふん』

ツンツンしていても、ドルフは優しい。子犬の姿で、フィオナのことをずっと見守ってきてくれたのだ、優しくないわけがない。

苦しそうにもがきながらも、ドルフは頬に顔を擦り寄せてきた。このギャップがかわいいなと、フィオナはしみじみ思った。

オスニエルが部屋を出ていった後、フィオナは眠れずにベッドに転がっていた。

(信じられない。……だって私、これまで何回もオスニエル様に殺されたのよ?)

オズボーン王国に嫁ぐ決断をしたのは、最初と三、五、六、七度目の計五回だ。

どの時も、オスニエルはフィオナとほとんど話をしてくれなかった。

初顔合わせのときは、形式だけ整えて迎え入れてくれたが、こっそり舌打ちしていたのを知っている。

結婚式でも、ずっと不機嫌な顔だったし、その後も、寂しくて泣いてばかりいるフィオナを、軽蔑するように遠くから見ていただけだった。

彼はフィオナを娶った一年後にジェマを正妃として迎え、そこからはジェマによるいじめが始まった。彼女になにを吹き込まれたのかは知らないが、それ以降のオスニエルは、ますますフィオナに冷たくなっていったのだ。

(そうよ。信じちゃ駄目。オスニエル様は私のことを嫌いになるんだもの)

前世のオスニエルの冷たい瞳を思い出し、フィオナは打ち消すように首を振る。

(だけど、街で上から植木鉢が落ちてきたとき、彼は身を挺して私を助けてくれた。

ジェマ様の雑言からも守ってくれたわ）

信じないと決意してもすぐに、それを打ち消すようなことを考えてしまう。

フィオナは自分の気持ちがどうしても整理できない。

「正妃になれ……だなんて、初めて言われたわ」

しかも、聖獣であるドルフの前で誓ってくれたのだ。嘘ではないと思いたい。

「でも……」

信じたいと思い始めてる自分がいる。だけど、信じきれない自分もいる。

「あーもう、駄目だわ。頭が混乱してる」

こんなことで悩むなんて、予想外だ。愛なんて期待しないで、楽しく生きることが目標だったはずなのに。

正妃になどならなくとも、側妃の立場でこれまで通り、ポリーやドルフがいてくれれば、楽しく過ごせるだろう。

（でも正妃になれば、もっとやれることが増える。孤児院事業を全国規模に広げることだってできるし……）

それに、ワクワクする気持ちも、たしかにあった。

「……どうしたらいいのかしら、私」

途方に暮れたようにつぶやくフィオナを、ドルフは寝たふりをしながら見ていた。

翌朝、よく眠れなかったフィオナは、身支度を整えている間もあくびが止まらない。

ポリーが心配そうにしつつ、呼びに来た。

「フィオナ様、ロジャー様が迎えにいらしてます」

「……ロジャー様が？」

オスニエルはたしかに昨日、迎えをよこすと言っていた。が、まさか自分の側近をよこすとは思わなかった。

「おはようございます。フィオナ様」

「ロジャー様、わざわざ迎えに来ていただくなんて……」

「いえいえ、オスニエル様から丁重にお連れするよう言われております」

ロジャーは、にこやかに微笑む。こうしてみると、不愛想なオスニエルに対して、側近のロジャーは物腰がやわらかく朗らかだ。この優しげで一見芯のなさそうな側近を重用しているところからは、オスニエルの意外な柔軟性が見えてくる。

「今さらおうかがいするのもなんですが、……ロジャー様は、この結婚をどうお思いなんですか？」

歩きながら率直に尋ねてみれば、ロジャーはぱちくりと瞬きをする。

「どうとは？」

「オスニエル様は最初、私のことを嫌がっていたでしょう？　敵国の姫だもの。あなたにもそういう感情があるんじゃないかと思って」

「気にされていたんですか？」

さも意外そうに言われて、フィオナは少し膨れる。

「私だって傷ついていないわけではありません」

「私はオスニエル様の側近ですので、主に害がない限りは、フィオナ様に対してとくに思うところはありません。ただ、最近のオスニエル様の変化は、いいものだと思っております。まっすぐ前だけを向いて進んできた方です。ここらで足もとを見て地盤を固めるのもいいのかもしれないと思うのですよ」

フィオナはなにも答えられず、黙ってロジャーを見上げた。

少なくとも彼は、本当にオスニエルを心配して見守っている気がする。

（側近に恵まれるのは、彼個人の資質でもあるわ……）

オスニエルが見せないやわらかい部分を、ロジャーが補ってきたのだろう。

「こちらです。どうぞ」

連れてこられたのは、食堂ではなく、小部屋だった。わざわざふたりで食事をするために用意してくれたようだ。

「フィオナ」

オスニエルは立ち上がると、エスコート役をロジャーから代わる。手を取って椅子まで連れていってもらえるなどとは思わず、フィオナはときめいてしまう。

「よく来てくれたな」

腰かける直前に、耳もとにささやかれ、顔に一気に血が上った。

「なにが好きかわからなかったから、いろいろ用意した。好きなものから取るといい」

「……好き嫌いはありません」

小皿に盛られた、数々の料理。オスニエルは対面に座り、おすすめを教えてくれる。

「おいしい」

フィオナが素直に感嘆の声を漏らせば、オスニエルは口もとをほころばせた。

「俺は昔から、妻はひとりでいいと決めていた。だから、当初はお前を娶るのが嫌だったんだ」

フィオナは顔を上げ、オスニエルの口もとを見る。

「オズボーン王国は旧帝国の血を大事に思っている。それは俺も同じだ。叶うならば、旧帝国の血を引いた家柄のいい娘と結婚し、世継ぎを育て、それまでに大きくした国を統治できればと、考えていたんだ」

オスニエルは自嘲するように口の端を曲げる。

「だが、旧帝国の血を引く娘は、誰も俺の心をとらえなかった。皆、華やかな宮廷での暮らしにばかり目を向けて、俺のことなどきちんと見てはいない。彼女たちにとっては、世継ぎの王子でありさえすれば、俺でなくともよかったのだ」

「……そんなことは」

「まあ、人のことは言えんな。俺もお前を蛮族の姫だと決めつけていた。お前が、歯向かってきてくれたから、俺は本当のお前を見ることができたんだ」

「褒められている気がしません」

フィオナがポソリと言うと、オスニエルは声をあげて笑った。

「それもそうか。だが、お前の気が強いところが、気に入ったんだ」

笑顔がまぶしい。まっすぐな瞳が突き刺さるようで、胸が苦しくなる。

「昨日の話。真剣に考えてくれ」

そう言う彼は、どこまでもまっすぐで。

（……信じてもいいのかな）

フィオナは揺れ動く自分の気持ちを持てあましていた。

それから数日たったある日、フィオナは王妃に呼び出され、正妃の執務に関する勉強をさせられるようになった。

「オスニエルにね、頼まれて」と言われたときには、耳を疑った。

「……なにか気の迷いなのでは？」

「あら、あなたとは温度差があるのね。オスニエルは本気みたいよ。夫は血筋にこだわるかもしれませんけれど、私は応援するわ。あの子が内政に気を向け始めたのはあなたのおかげだもの」

予想外なことを言われ、それ以上なにも言えなくなってしまう。

少しずつ、フィオナの気持ちは、オスニエルを信じる方へと傾いていた。

そうして心を許していくと、これまで無意識にしていた心のガードが緩むのか、オスニエルの表情がものすごく魅力的に見えてくる。はにかんだ笑顔はとくに危険だ。

フィオナは問答無用でときめかされてしまう。そんなわけでここのところフィオナは逃げ腰だ。だって心臓に悪すぎる。

生誕祭の直前になると、オスニエルが顔を見せない日々が続いた。

「オスニエル様、来ませんねぇ」

「お忙しいのよ、きっと」

フィオナも最近は、部屋にこもって紐編みをしていた。オスニエルのための鞘飾りを改めて作っていたのだ。

「できたわ！」

以前は、孤児院事業の許可をもらうための口添えが欲しくて、賄賂のつもりで作ったので、もっと違う気持ちで作った物を渡したかったのだ。

（もし正妃になるのなら、心から彼を信じたい。過去を水に流して、今のオスニエル様だけを信じて、一緒に前を向いていきたい）

「ポリー、私、内庭を散歩してくるわね。外の空気を吸いたいの」

「はい。なにかあれば、お呼びください」

フィオナは庭に出て、大きく伸びをする。すっかり凝ってしまった肩をほぐしながら歩いていると、フィオナに割りあてられた区画の向こうから人の声が聞こえた。

《オスニエル様は、もうひとり妃を迎えるつもりなのかしら》

どうやら隣の区画に、清掃メイドが数名入っているらしい。

《ジェマ様じゃない？　オスニエル様とフィオナ様は仲睦まじい様子だけど、やっぱり王妃になるには帝国の血が大事なんでしょう》

《あなたたち、遊んでいては駄目よ》

聞き覚えのある、侍女長の声までした。とすれば、メイドが勝手に言っている噂話ではないのかもしれない。

「……正妃。そうか。やっぱりジェマ様なんだ」

きっと、国王を説得できなかったのだろう。王妃には帝国の血が必要だと、この国はずっとそう信じてきたのだから。

（仕方ないわ。ただ、……そうならそうで、オスニエル様から直接聞きたかった）

見ていた花の輪郭がぼやける。思っていたよりもずっと、ショックだった。

フィオナは作ったばかりの鞘飾りの紐をほどく。作るのは大変だったけれど、壊すのは一瞬だ。綺麗に作られていた形が、一本の紐に戻っていく。

「もとに戻るだけよ。私は、自分の趣味を生かして、楽しく生きるの」

浮かんでくる涙をぬぐい、フィオナは自分に言い聞かせるようにつぶやく。それでも、しばらくは涙が止まることはなかった。

生誕祭の衝撃

生誕祭当日。フィオナは朝から十人もの侍女に囲まれ、美しく磨き上げられた。

今回のドレスは、オスニエルのデザインを採用しており、素材にも贅が尽くされている。一見シンプルなプリンセスラインのドレスだが、同色の糸で全体に細かな刺繍がされており、今やフィオナの象徴ともなっている紐編みの花が随所に散りばめられている。もちろん、髪飾りもお揃いである。

「フィオナ様、お綺麗です」

ポリーが満足そうに微笑む。

「ありがとう、ポリー。あなたも楽しんでね」

オズボーン王国の公式な夜会に、フィオナが参加するのは初めてだ。勝手もわからず不安なので、ポリーにも参加してもらい、そばについていてもらうことにした。

招待状はオスニエルから用意してもらったし、サンダース男爵は喜んで、彼女に似合うドレープの美しいドレスを用意してくれた。

彼女の相手役はカイに頼んだ。実質的にはフィオナの護衛である。夜会で個人的な護衛をつけるわけにいかないので、苦肉の策だ。

「ふたりがいてくれるなら安心だわ」

フィオナが微笑むと、ポリーは意味ありげに笑う。

「でも、私はすぐオスニエル様にフィオナ様の隣を奪われる気がしています」

「そんなことはないわ」

フィオナは目を伏せ、寂しい気持ちを振り切るように首を振る。

あれからも、後宮には何度か人が出入りしていた。もうひとりあそこに迎え入れることは間違いないような気がしている。

やはり自分は側妃のひとりでしかないのだと、フィオナはあきらめに似た気持ちを持っていた。

支度が整った頃、カイがやって来る。普段の護衛のときと違い、礼服に身を包んだ彼は逞しく格好いい。

「おー、フィオナ様、お綺麗ですね。ポリーも」

「ついでみたいに言わないでくださいよ、カイさん」

カイとポリーが仲よさげに話しているのを見てほのぼのしていると、フィオナを呼ぶ別の声がした。

「フィオナ」

「オスニエル様？」

黒地に金の刺繍がされた礼服を着込んだオスニエルが現れ、ポリーとカイは一歩下がって頭を下げる。

オスニエルはふたりには目もくれず、フィオナを見て目尻を緩ませる。

「美しい。似合っているぞ」

「あ、ありがとうございます」

フィオナはタジタジになりながら、うつむいた。「ほら、もう来た」とポリーが小声で言うのが聞こえる。

「今日は父上の生誕祭だが、君のお披露目にもなる。どうか笑顔で乗り切ってくれ」

「はあ」

フィオナは曖昧に返事をしながら、彼のエスコートで会場へと向かった。

後宮から広間に向かう間にも、たくさんの要人が歓談しているのが見える。オスニエルは声をかけられるたびに、フィオナのことを「妻だ」と紹介して回った。

(彼が、私を嫌っていないことは、信じられるわ)

ただそれは、ほかにも妃を迎えないこととイコールではない。王国の王太子として、彼にも受け入れなければいけない責務があるはずだ。もともと王族であるフィオナには、痛いほど理解できる。

後宮に人を入れる話は、オスニエルからは聞かされていない。問いつめることもできたが、オスニエルから話してくれるのを待ちたい気持ちが強かった。

広間の前の廊下には、たくさんの警備兵が配置されていた。その中にトラヴィスの姿を見つけ、フィオナはハッとする。

しかし、オスニエルに不審に思われるのも困るので、視線は合わせずに通り過ぎる。

(トラヴィスはまだあきらめていないのかしら。私は帰らないわよ?)

兄のように頼りになる彼だが、難点は自分の主張を通しすぎるところだ。フィオナの気持ちをないがしろにしすぎる。彼にとっての正しい道がフィオナにとっても正しいかどうかなどわからないのに。

優雅な音楽が流れる広間に入ると、豪華なシャンデリアがつくる煌びやかな光と、色とりどりのドレスが目に飛び込んできた。

オスニエルの登場に、皆、その場を空け、恭しく頭を下げる。

「いい。皆、面を上げて楽しんでくれ」

彼のひと言で、周囲の空気がほぐれた。フィオナはホッとして、彼のエスコートを受けながら一緒に中央へ向かっていった。ふたりの間には近寄りがたい雰囲気があったのか、歩くたびに人垣が割れていく。

だが、果敢に立ちふさがる令嬢もいた。扇情的な赤いドレスを着こなしたジェマだ。

「オスニエル様」

「ジェマ嬢……」

「どうか、今日の一番目のダンスは私と」

ジェマはフィオナをいないものとすることにしたらしい。目も向けず、挨拶もせず、オスニエルだけに視線を注ぐ。

「いや、一番目はフィオナと踊る」

オスニエルの手がフィオナの手をギュッと握る。

ジェマは不満そうだったが、じろりとフィオナを睨んだ後、「では、二番目のダンスでお願いいたしますわ」と殊勝に引き下がった。

フィオナは意外な気がしたが、オスニエルはうむとうなずくと、フィオナの方をうかがった。

「踊ってもかまわないだろうか」

（……意見を聞かれてる？）

こちらの方が意外だった。オスニエルが、他人の顔色をうかがうなんて。

「も、もちろんですわ。ジェマ様のダンスの腕前は素晴らしいとうかがっております。楽しみにしていますわ」

側妃として了見の狭さを見せるわけにはいかない。フィオナは愛想笑いで答えた。

「まあ、うれしいこと。約束いたしましたわよ、オスニエル様」

ジェマは微笑んで去っていく。

「……なんか、ジェマ様にしては毒がないですね」

ぼそりとつぶやいたのは本音だ。オスニエルも静かにうなずく。

「彼女もようやく理解してくれたのだろう。以前は自分こそが正妃候補だとわがままを言ってきたが、俺がフィオナを正妃にするつもりだと伝えたからな」

（……あれ？）

ジェマを正妃として迎え入れるのではないのだろうか。では後宮の部屋はなぜ整えられているのだろう。フィオナは一瞬混乱する。

「それより、挨拶に行くぞ」

「あ、はい」

オスニエルにせっつかれ、共に国王の方へと向かう。

「父上、おめでとうございます」

「おめでとうございます」

「うむ」

フィオナとオスニエルはふたりそろって国王陛下に挨拶し、その後、招待客に挨拶に回った。

やがてワルツが鳴りだし、踊らない人々は会場の端に寄った。すると、中央で踊る人たちを囲むように人の輪ができあがる。

「フィオナ、踊ろう」

フィオナとオスニエルは手を取り合って中央に立ち、最初のダンスをした。

オスニエルは戦地に赴いていることが多く、社交場に顔を出すことはほとんどなかったというが、ダンスは上手だった。ふたりで踊るのが初めてだとは思えないほど、スムーズに動ける。

「……意外と動きがよいのだな」

「見た目のせいで鈍重そうだと言われますけれど、私、動くのは好きですもの」

母国でのダンスレッスンも功を奏している。かつての家庭教師に感謝だ。

「では今度、一緒に遠出をしよう。馬は乗れるか？」

「乗馬はできません。でも、乗せてもらうのは好きです」

踊りながら小声で話すのは、秘密の会話をしているようで、楽しい。

（……ああ駄目だ。期待しないって思っていたのに）

つないだ手が熱い。オスニエルの瞳が、これまでの人生では一度も見たことのない優しい光を宿している。フィオナは彼の言葉を、彼の気持ちを、信じたかった。

（私を正妃にしてほしい。ほかの誰も妃として迎えないでほしい）

駄目だと思っていたのに、フィオナは彼を好きになってしまった。音楽が終わっても、手を離したくない。

フィオナの視界に、ジェマの姿が映る。傲慢でわがままで、……でも、この国の誰もが認める正しい血を持つ、侯爵令嬢。フィオナとジェマ、どちらが正妃にふさわしいかといえば、誰もがジェマだと言うだろう。

彼を離したくないと強く思う一方で、フィオナは事実を冷静に受け止めてもいた。

踊り終えたふたりは、弾んだ息のまま、人の輪の中に戻る。

「次は私とですわ」

ジェマが目を輝かせて待ち構えていた。オスニエルは眉根を寄せ、フィオナの腰に回したに力を込める。

「悪いがジェマ嬢――」

「お約束でしたものね。オスニエル様、私は休んでおりますわ」

オスニエルの言葉を制して、フィオナは自分から、彼の手をジェマに渡した。

胸は切り刻まれるように痛かったが、最初の約束を破るつもりはない。

ポリーとカイのふたりとは、踊っているうちに離れてしまったようだ。輪の反対側からこちらに向かって歩いてくるのが見える。

ふたりを待っていると、隣にいた令嬢が、両手に持っていたグラスの片方を、フィオナに差し出してくれた。

彼女はたしか、ステイシー・ミルズ侯爵令嬢だ。リプトン侯爵家に続く古い家柄で、家門の立ち位置を意識してか、これまではあまりフィオナにかかわってくることはなかった。が、今日は何度か目が合い、親しげな笑顔を向けてくれていた。

「素晴らしいダンスでしたわね。フィオナ様、こちらをどうぞ」

「ありがとうございます」

フィオナは熱くなっていたこともあり、それを一気に飲んだ。炭酸がきいていて冷たくてとてもおいしい。

「フィオナ様、ダンスがお上手なのですね！　私、以前からフィオナ様と仲よくなりたいと思っておりましたの。失礼でなければ、私のお茶会に招待してもよろしいでしょうか」

「まあ、ありがとうございま……」

溌剌《はつらつ》と笑う令嬢に、フィオナは愛想笑いをする。けれど、今度は胸のあたりが熱くなってきた。

「……す。うっ」

周りの音が遠くなり、人々がゆがんで見える。そのうちに目の前が真っ暗になり、体の力が抜けていった。

「フィオナ様！」

倒れるフィオナを抱き留めたのは、駆けつけてきたカイだった。

＊　＊　＊

今日はポリーもフィオナも夜会に出るため、ドルフは後宮で留守番だ。寝心地のいいベッドの中央に陣取り、丸くなって惰眠をむさぼっていると、突然、胸のあたりがチクンと痛んだ。

『……フィオナ？』

加護を与えるということは、相手とつながるということだ。これはおそらく、フィオナになにかが起こったのだ。

ドルフはすぐさま抜け出すために、扉に向かった。鍵はかけられていたが、狼の姿になれば、小さな細工も尻尾や歯で簡単に操作できる。

無事部屋から抜け出したドルフは子犬の姿に戻り、耳をピンと立て、「ワン！」と叫んで廊下を走った。

が、広間の入り口近くで、突然目の前に剣がつきたてられた。

「おっと、ここは獣が入るところじゃないぜ」

ドルフはさっと下がって、男を睨む。

「あれ、お前……ドルフじゃないか」

男はトラヴィスだった。

「うー」

「おいおい、俺だよ。忘れちまったのか」

彼はドルフをひょいと抱き上げた。ドルフは形ばかり抵抗してみたが、意外とがっちり掴まれていて、身動きが取れない。彼に離す気はなさそうだ。

「いいところに来たな。お前がいるとフィオナの部屋に忍び込む理由になる」

「ワン！」

『離せ』と言ってみたが通じない。ドルフは迷っていた。

先ほどからドルフに伝わってくるフィオナの生命反応がひどく弱い。

聖獣姿に戻れば、トラヴィスから逃れ、フィオナを救いに行くこともできる。時を止めれば、彼女を連れ出すことも簡単だ。とはいえ、時が動きだした後、広間から彼女が消えていれば大騒ぎになるが。

自由気ままな聖獣とはいえ、今日のような人の多い日に、聖獣姿で動き回ることが得策ではないことくらいは、わきまえているつもりだ。

（最悪、時を戻すしかないか）

ドルフは逡巡したが、とりあえずは様子見することにした。

フィオナとはつながっているのだから、常に気を配ってさえいれば、命の火が消える直前に時を止めることが可能だ。

それよりは、トラヴィスがなにをたくらんでいるのかをはっきりさせた方がいい。

それに、ドルフはこれまで、何度もフィオナの人生を巻き戻してきたのだ。九度目の人生を始めるのも問題ない。今が一番、ドルフが望んだ人生に近いが、新しい人生はもっとドルフの望むものになる可能性だってある。ドルフの命は長いのだ。フィオナが自分だけを選ぶのをゆっくり待つつもりだった。

「ワン」

「そうそう。そうやっておとなしくしていてくれよ」

トラヴィスはほくそ笑んで、ドルフをかかえて庭の方へと向かった。

＊　＊　＊

フィオナが突然倒れ、護衛騎士のカイに抱き上げられているのを見て、オスニエルは鼓動が止まったような気がした。

動きを止めたオスニエルに、ジェマは怪訝そうに問いかける。

「オスニエル様？」

「ジェマ嬢、悪い」

「ちょっ、お待ちくださいませ、オスニエル様」

すがるジェマの手を引きはがし、オスニエルは、フィオナのもとへと駆けていく。

そばにいたのは、ミルズ侯爵令嬢だ。反応のないフィオナにオロオロとしている。

「フィオナ様、しっかりなさって？　どうしましょう。お酒は苦手だったのかしら」

「どうした？」

そこにオスニエルが割って入ってきたので、令嬢は助けを求めるように顔を上げた。

「オスニエル様、申し訳ありません。フィオナ様、カクテルを飲んだ途端に、お倒れになってしまったのです」

フィオナの顔は赤く火照っていて、額に少し汗をかいていた。一見すれば、酒に酔って倒れたようにも見える。

けれど、先ほどまで平然と踊っていたのだ。

それにオスニエルは知っている。以前はボトルの半分ほどを空けてへらへらしていたくらいだ。フィオナが一杯程度で倒れることはない。

「父上、この場を騒がせたこと、お詫びいたします。フィオナは休ませます。誰か、後宮に医師を呼んでくれ」

オスニエルはカイの腕から奪うように彼女を抱き上げ、そう指示を出す。

彼が女性を抱き上げた姿を初めて見る上流貴族たちは、驚いたように息をのんで、消えていくうしろ姿を見つめていた。

「あー、皆の者。側妃のことはオスニエルに任せておけばよい。続きを楽しんでくれ」

場を収めるために国王がそう言い、招待客たちは再び鳴り始めた音楽にホッとしたように動きだす。

ミルズ侯爵令嬢は、しばらくオスニエルが出ていった扉を心配そうに見ていたが、気を取り直したように令嬢たちと歓談し始めた。

横からフィオナを奪われたカイは、動きだす人々を観察しながら、考え込んでいた。

「カイさん、私も後宮に戻ります。フィオナ様のお世話をしなきゃ」

そう宣言し、走りだしたポリーを、カイは一度引き留めた。

「待って、ポリー。フィオナ様ってアルコールに弱い？　一杯で倒れるくらい」

「いいえ？……フィオナ様、そんなに弱くないわよ。一杯程度じゃ全然……」

カイは眉根を寄せ、今まさに回収されそうだったグラスを給仕から奪った。グラスの内側はまだ濡れていて、中の液体の特定くらいはできそうだ。

カイはこっそりと警備隊長のもとに行き、「このグラスに入っていた液体に、毒物がないか確認してください」と依頼した。

後宮のフィオナの部屋は、不用心にも鍵が開いていた。

（あとで、叱っておかなければ）

そう思いつつ、寝室までフィオナを運んでいると、すぐに侍医がやって来た。

先ほどから、フィオナの呼吸は徐々に荒くなってきていて、熱も上がってきている。

「侍医、どうなんだ、フィオナは」

「酒のにおいはしますが、酔っただけでここまで発熱はしません。最近体調不良だったとか、そういうことはありませんか？」

「ない。先ほどまで元気だった」

オスニエルはフィオナの手を握る。握り返してくることはなく、踊っていたときよりもずっと熱い。

「とりあえず、解熱剤を出しましょう。しばらく様子を見てください」

侍医が片づけを始めた頃に、ポリーが戻ってきた。

「オスニエル様、すみません。遅くなりました」

「解熱剤は処方された。今のところはそれだけだな」

オスニエルはちらりと視線を送り、すぐフィオナへと戻した。見ていないうちに病状が急変するような気がして落ち着かず、目を離すのが怖かった。

「あの……、あとは私が看ておりますので、オスニエル様は会場にお戻りください」

ポリーはおずおずとそう言ったが、今の心情では、とても笑顔を振りまく気にはなれない。

「いや、いい。俺が看る。お前は、頭を冷やすタオルを取ってきてくれ」

「えっ、あ、はあ」

ポリーは戸惑いながらも寝室から出ていった。どこに行ったのか、ドルフもいない。

うっすら汗のにじんだ額を、オスニエルは乾いた手でなでる。頬を触っても熱い。

オスニエルは胸が締めつけられるようで、ギュッと彼女の手を両手で掴んで祈った。

「フィオナ……。目を開けてくれ」

視線を感じて振り返ると、ポリーが手桶とタオルを持って突っ立っていた。

「なにをしている。早く寄こせ」

「も、申し訳ありません！」

「だいたい、不用心がすぎるぞ。部屋に鍵もかけてなかったではないか」

「え？　戸締りはしっかりしたはずですけれど。……そういえば、どうやって入ったんですか、オスニエル様」

「開いていたからだが？」

「え？　どうして？」

ポリーは釈然としない様子だ。オスニエルも気にはなったが、今はフィオナのことが先決だ。ポリーから手桶を受け取り、絞ったタオルをフィオナの額にのせた。

フィオナはうっすらと目を開け、「オス……ニエル様？」とかすれた声を出した。

「フィオナ、大丈夫か？ 突然倒れたんだ」

「看……病、です、か？ オスニエル……が？」

「ああ」

「う……そ」

はあ、と荒く息をつき、フィオナは再び目を閉じる。

呼吸が先ほどより苦しそうで、オスニエルは心配しすぎて胸が苦しい。

「……前と逆だな」

オスニエルが珍しく熱を出したとき、気がついたらフィオナが看病していてくれたことがあった。あの時、オスニエルは夢を見ているのだと思ったのだ。

「お前が看病してくれるなど、想像もしていなくて。……夢だと思ったのだ」

フィオナの表情は動かない。返事はなく、荒い呼吸だけが空気に溶ける。

「看病をして治るなら、いくらでもする。ここにいる。だからフィオナ。……目を開けてくれ」

それは、オスニエルが初めてする懇願だった。

気持ちを振り向かせるための努力は自力でできる。けれど、病を治すことはできない。自分が無力だと感じたことなど、これまでにはなかった。

「頼む、フィオナ。早く元気になってくれ」

その日、夜が更けてもオスニエルがフィオナの部屋から出ることはなかった。

まだ夜が明けきらない朝方。カタンという物音に、うとうとしていたオスニエルは、目を開けた。すぐに、普段剣を差している腰の位置に手を伸ばすが、祝いの席だったため帯剣していなかったことを思い出す。

「……誰だ？」

フィオナはまだ熱があり、息が荒い。ポリーも自室に下がったようで、姿は見えなかった。

フィオナを起こさないようにと、静かに立ち上がり、寝室を出る。

すると、居間にひとりの男がいた。兵士の姿をしていて、手にドルフを抱いている。

「お前……誰だ？　なぜドルフを連れている」

「オスニエル様……？　なぜここに」

「聞いてるのは俺の方だ」

冷たい声に、男は体を震わせた。

「私は、城内警備のものです。フィオナ様の犬が迷子になっているのを見つけたので連れてきた次第です」

「こんな深夜に、ノックもせずにか？」

「起こしてはいけないかと思いまして。……フィオナ様のご様子はいかがですか？」

「まだ熱がある。お前はさっさと出ていけ」

「はい」

男はドルフをソファに下ろすと、素直に背中を向けた。ドルフがほえないのだから、フィオナに危険を及ぼす男ではないのかもしれない……が。

「待て。お前、名前は？」

「……トラヴィス・ワイアットと申します」

聞き覚えがあるような気がしたが、すぐには思い出せなかった。

男はすぐに部屋から出ていき、オスニエルはドルフに視線を向ける。

「あいつ、なんなんだ？　おいドルフ、大きくなれよ」

オスニエルの命令口調に、ドルフは嫌そうな顔をしながら聖獣の姿に戻る。

『お前はいつも偉そうだな』

「偉そうじゃなくて偉いんだ、俺は。フィオナが突然倒れた原因、お前は知っているのか？」

問いかけには答えず、ドルフはフィオナのもとに向かう。そして、クンクンとにおいを嗅いだ。

『生命反応が少しおかしい。徐々に生気が削られている……薬のにおいがするな。なにか盛られたんじゃないか』

「なに？」

『俺はその場にはいなかったからな。オスニエル、お前はいたのだろう？　誰がなにかしたか見ていないのか』

オスニエルはミルズ侯爵令嬢を思い出す。フィオナはカクテルを飲んで倒れたと言っていた。

「酒を飲んで倒れたらしいが。そこに毒が含まれていたというのか？」

『さあな。俺は知らない。薬物や毒に詳しいのはフクロウの聖獣だ』

ドルフがあまりにもそっけなく言うので、オスニエルはムッとした。

「お前は心配じゃないのか。フィオナのことが」

『これで死ぬのならそれまでの人生だろう。またやり直させればいい話だ』

「やり直し？」

オスニエルは眉根を寄せ、ドルフを見る。紫の瞳が怪しく光っていた。聖獣については詳しくないが、ふと対峙したときに感じる空気は得体の知れないものだ。

『俺は、時を操る力を持つ。これまでも、フィオナの人生を何度もやり直させてきた』

「なにを言ってるんだ？　何度も？」

『そうだ。これまでフィオナは七回人生をやり直している。今が八度目だ』

ありえない、と思う。だが、彼のまとう淡い光を見ていると、できるのかもしれないとも思えてしまう。

『俺はフィオナが死んでも困らない。またやり直させるだけだ。だから傍観する』

「俺は困る！　今の俺には、フィオナが必要だ！」

人生をやり直すということが、オスニエルにはいまいち理解しきれない。詳しい説明が欲しいが、今はそれどころでもない。

ただ、今死にそうになっているフィオナを前にして、冷静でいられるドルフが信じられなかった。

いきり立つオスニエルに、ドルフは興味を持つ。この男に、フィオナの運命を変える覚悟があるのか、見たくなった。

『フィオナを生かしたいのならば、お前がなんとかするしかないだろう』

「あたり前だ！　死なせるか」

オスニエルは、フィオナの額に唇をあて、「待っていろよ」と小さくつぶやき、急いで部屋を出ていく。

ドルフはそれを見送り、ふっと微笑んで、フィオナの額にキスをした。

『……あいつ、本気みたいだな。ふん。お前はうれしいか？　フィオナ』


生誕祭の参加者は、日付が変わるまで宴を楽しみ、その多くが城に泊っている。まだ早朝だが、使用人たちは大量の朝食の準備に追われていた。彼らは後宮から出てきた王太子に驚きつつ、目を伏せて頭を下げる。

「昨日、生誕祭で給仕に出ていた者はいるか？」

オスニエルは、その中のひとりをつかまえて、問いただす。

「遅番の者が出勤するのは、今日の午後からです」

「ちっ」

そこまで待っていられるものか。オスニエルは慌ただしく自室へ戻り、ロジャーを呼びに行くよう使いを出した。

そこから一時間ほどイライラしながら室内を歩き回っていると、かわいそうなロジャーが慌ててやって来る。

「勘弁してくださいよ、オスニエル様。私が帰ったの、何時だと思っているんですか」

「知るか。俺が戻らないのだから、ずるずると夜会会場にいる必要もなかっただろう」

「いつ戻ってこられるのかわからないのに、勝手に帰るわけにいかないんですよ、こっちは」

ロジャーは寝不足の目をこすりながら、とつとつと説明する。寝て三時間もたたないうちに起こされ、慌てて身支度を整えてきたのだ。文句のひとつくらいは言いたくなるのだろう。

「ロジャー、昨日の給仕を全員集めて、不審なことはなかったか聞いて回れ」

「フィオナ様への毒殺未遂を疑っておられるのですか？」

「そうだ」

「早く行け」と言ったのに、ロジャーは悠々としている。

「なにをしている、ロジャー」

「急がなくても手配は済んでいるからですよ。カイが、フィオナ様の飲んだグラスを調べるよう、薬剤師に依頼しました。かかわった給仕や、令嬢からも話を聞いてあります。今日オスニエル様に確認を取り、判断を仰ぐところだったのです」

「……そうなのか」

拍子抜けしたが、話が早いのは助かる。

「フィオナ様にカクテルを勧めたのは、ステイシー・ミルズ侯爵令嬢です。彼女は、フィオナ様との友好を深めるために、会話の機会を狙っていたそうです。ダンスの後ならば喉が渇いているだろうと待ち構えていたとおっしゃっています。カクテルは給仕がまとめて運んでいたもので、近くのものを手に取ったそうです。実際、同時に数名の令嬢がカクテルを選んだようですが、ほかに体調を崩した人間はおりません」

「では、作為的ではないということか？」

「ですが、フィオナ様のグラスからは毒物反応がありました。ここから考えられることは、参加者を無差別に狙ったテロ的な行為だということですね」

「いや、それはおかしいだろう。無差別に狙うならば、そもそも毒物をすべてのグラスに入れればいい話だ。たまたま毒の入ったカクテルがフィオナにあたるなんてことがあるのか？」

「今の時点では、なんとも言えません。ただ、気になることがあるとすれば、ミルズ侯爵令嬢がカクテルを取ったのは、殿下とフィオナ様のダンスが終わる頃で、周辺の女性の一団の中に、ジェマ侯爵令嬢もいたことですね」

「ジェマ嬢がやったかもしれないと？」

「少なくとも、フィオナ様が目障りだと思っているのは、ジェマ様でしょう」

ロジャーが言えば、オスニエルもうなずく。

「だが、彼女が入れたという証拠はないな」

「そうですね。決定的な場面を見た者はいません」

ロジャーとオスニエルが顔を見合わせる。

「……決め手に欠けるな」

できることは、ジェマが毒物を所持しているかどうかを確認するくらいだが、身分ある人物の身体検査をするのは、あの場にいた人間だけでは無理だった。今となっては、証拠はすべて捨ててしまっているだろう。

「とにかく、フィオナに毒物が使われたことは間違いないんだな？」

「そうです。毒物が入手できそうなルートも限られておりましょう。闇市周辺に手を回して、出入りしている貴族がいないか確認しましょうか」

「そうだな」

ふたりが動きだそうとしたとき、国王からの使者がやって来た。

かった。


「オスニエル様、陛下がお呼びです」

「父上が？」

オスニエルは、怪訝そうに眉根を寄せ、ロジャーに調査を託して、父親のもとに向かった。


「父上、なんのご用でしょう」

毒が使われたならば、一刻を争う。イライラしながら、オスニエルは父の執務室を訪れた。

対する国王はひどく不満そうだ。

「なんの、ではない。お前、なぜ昨日は広間に戻ってこなかった」

「なぜって。妻が病床にいるのに、私がのんきに笑って踊っていられるわけがないでしょう」

真剣に語るオスニエルを、国王は怪訝そうに二度見する。

「いったいどうしたのだ。お前はあの娘を側妃に迎えるのを嫌がっていたのではなかったのか」

「今は感謝しておりますよ。父上。フィオナはほかに類を見ない稀有な姫です」

頬を染めて語る息子に、国王はややあきれた様子だ。

「わかっているのか？　お前は、ジェマ侯爵令嬢と結婚するんだぞ？　正妃となるのは彼女だ」

「いえ。彼女とはまだ婚約もしておりませんし、今後もする気はありません」

「ならん！　正式にしていなくても、血を重んじるならば、彼女が最も正統な正妃候補だ。帝国の血筋の濃いほかの女性は、お前が断ってしまったのだろう。忘れたのか」

オスニエルは頭の固い父親を前に途方に暮れる。だが、自分もたしかにそう思っていたのだ。

血統がなにより大切で、人の中身など見ようとしてこなかった。だからこそ、フィオナの人となりを知る前から、彼女を排除することばかり考えていたのだ。

だが彼女は、そんなことは気にせず、周囲の人間と触れ合っていった。彼女を好きな人間が周りに集まり、穏やかで幸せな空気に包まれる。

フィオナとならば、この国を内側からよくしていける。オスニエルにそう思わせたのは彼女だ。そんな彼女以上に、正妃にふさわしい資質を持つ者などいないだろう。

「血など関係ありません。フィオナは民のこと、国のことを考えてくれています。そもそも、父上がフィオナと結婚しろと言ったのでしょうに。父上がなんと言おうと、私はフィオナを正妃にします」

「こら、待て、オスニエル」

言いたいことを言って、オスニエルは部屋を出た。

「変なところで時間を食ったな。ロジャーはどこだ」

きょろきょろとあたりを見回していると、後宮に続く道で、ジェマと警備の兵が話しているのが見えた。

(……妙だな)

ゆっくり近づいてみると、警備の兵は今朝、フィオナの部屋で会ったトラヴィスだということがわかった。

ますます気になったオスニエルは、大きな体が見つからないよう、腰を屈めて近づき、植え込みの隙間から様子をうかがった。

「じゃあ、ちゃんと効いたのね」

「ええ。発熱が続いているそうです。……どうやって入れたんです？　あんな人の多いところで」

「自分の分を取るときにこっそりとね。あとはさりげなく誘導しただけよ。あの令嬢は最初から、あの女と仲よくなるつもりで、飲み物を渡そうと狙っていたから、こちらがおいしそうよって言ってね。彼女はいつも、自分用のグラスは必ず左手で取るの。ほかの人に渡したいときはその右隣を取るでしょう」

「へぇ。意外に観察しているんですね」

「そうやって人の心を掌握するのも、正妃の務めですもの」

くすくすと笑う声に、オスニエルはげんなりする。なにが正妃だ。人を陥れることばかり考えている女のどこに、正妃の素質があるというのか。

「で、解毒剤はいただけるんですよね」

トラヴィスが手を出した。ジェマは悠然と笑い、茶色の小瓶を取り出す。

「これよ」

トラヴィスはさっとそれを奪い取った。

「三日以内に飲ませればいいんでしたよね」

「そうよ。暴れたら厄介だし、連れ去ってから飲ませるといいわ」

トラヴィスはうなずくと、フィオナの後宮の方へと走っていった。

「……馬鹿な男ね」

つぶやくのはひとり残されたジェマだ。

「解毒剤なんてあるわけがないじゃない」

そのつぶやきに、オスニエルの顔色が変わる。

「おい！」

突然姿を見せたオスニエルに、ジェマはひどく驚いた様子だったが、すぐにしなを作って近寄ってくる。

「まあ、オスニエル様。おはようございます。昨日はひどい扱いを受けましたわ。ダンスの途中で――」

「そんなことはどうでもいい。聞こえたぞ。まさか、フィオナに毒を盛ったのか？」

オスニエルの声には、苛立ちがこもっていた。なのにジェマは平然としている。

「私が、そんなことをするはずがないでしょう？　だいたい、その時私はあなたと踊っていたじゃありませんか。どうやってフィオナ様に毒など渡すというのです」

「証拠はこの耳だ。今のお前と騎士の会話を聞いた」

「あの騎士とは、猫の病気について話していたのです。私が持っている薬で治るかもしれないので渡しただけですわ」

ジェマは嘘をつくのにためらいがなさそうだった。まるで歌うように、こともなげに嘘を紡いでいく。

オスニエルはぞっとした。これまで彼女と話してきたなにもかもが信じられなくなる。フィオナがどうとかではなく、この女を正妃に迎えるなどとんでもないことだと思えた。かき回されて、国は内部崩壊してしまうだろう。

「大変です、オスニエル様！」

そこに、ロジャーが駆けつけてきた。

「どうした」

「給仕の男がひとり、自殺したそうです。敷地の端で倒れているのを先ほど発見されました。遺書がありまして、フィオナ様と恋仲だったそうで、オスニエル様の隣で幸せそうにする彼女に嫉妬し、昨晩のカクテルに毒を盛ったと書かれていました」

「あら、フィオナ様ったら使用人と浮気をしていたなんて」

人がひとり死んだというのに、ジェマはにやりと笑うだけだ。オスニエルはジェマを睨む。

フィオナが孤児院に行く以外に後宮から出ていないことくらい、オスニエルだって知っている。おそらくはジェマは裏で手を回し、給仕の男を陥れ、これを心中事件として片づける気なのだろう。

「本当に自殺だと断定できるのか？」

「同じ厨房付きのメイドが、そんなはずはないと証言しております。彼には、下町に結婚を約束した女性がいたそうで……彼の名誉のためにも、しっかり調べることが大切かと」

「そうか。これに関してはまだ公表せず、しっかり裏づけを取るように。フィオナが厨房に出入りしていたなんて話も聞いたことがない」

「はっ。承知いたしました」

「それと……」

オスニエルはちらりとジェマに視線を向ける。

「君からもちゃんと話を聞いた方がよさそうだ。ロジャー、ジェマ嬢からも聞き取りをおこなうよう、近衛兵に……」

ジェマをロジャーに託そうとしたとき、ポリーが慌てて走ってくるのが見えた。

「あっ、オスニエル様」

ポリーはオスニエルを見つけると、泣きながら近づいてくる。

「大変です。少し目を離したうちに、フィオナ様のお姿が消えてしまったんです！」

オスニエルは血の気が引いていくのがわかった。

「嘘だ」

「本当なんです。申し訳ございません」

泣き崩れるポリーをロジャーに任せ、オスニエルは後宮へと向かった。


「入るぞ！」

後宮はがらんとしていた。

ポリーが、遅い朝食を取るために席を外したのが二十分前だ。彼女はまだ熱のあるフィオナの頭のタオルを替え、ドルフに後を任せ、急いで食堂で食事を済ませて戻ってきたのだという。

だがドルフの姿も、フィオナの姿もどこにもない。

後宮には、フィオナ以外入っていないので、人けがなく、忍び込むのもそう難しくはないだろうが、城内には普通に人が歩き回っている。そう簡単に、意識のない女性をかかえたまま抜け出すことなどできないはずだ。

「後宮内にいるはずだ。捜せ」

犯人の目星はついている。トラヴィスだ。フィオナの身柄をどこかに移してから、解毒薬を飲ませるつもりなのだろう。

だが、先ほどのつぶやきを信じるならば、ジェマが渡したものは解毒薬ではない。

(……早く捜さなければ)

オスニエルは警備隊長を呼びつけ、トラヴィスの持ち場について尋ねる。

「トラヴィスですか？　あいつなら、フィオナ様の侍女の護衛を頼まれたと言って馬車で出ていきましたが」

「馬車を？　なぜ通した！」

「え、だって、フィオナ様が倒れたのは周知の事実でしたし、薬を買いに行くのだと言われまして。ポリー殿がいつも乗っている馬車でしたし」

オスニエルは舌打ちする。どうやらトラヴィスは思ったよりもフィオナの周囲を知り尽くしているようだ。違和感のない状況をつくり出し、疑問をいだかせないまま実行に及んだということか。

「どっちに向かったかわかるか？」

「ええと……門番に聞けばわかると思います。騎士団の方で捜索の手配をいたしましょう」

「いや」

オスニエルは首を振り、騎士団のひとりに剣を持ってくるよう伝える。

「馬を用意しろ。俺が行く」

オスニエルが身支度を整え、城から飛び出した時、一匹の灰色の犬が姿を現した。

「キャン！」

「……ドルフか？」

ドルフは小さくうなずき、オスニエルについてくるようにと背中を向けた。

＊＊＊

体が冷たい。

フィオナは身震いをした……つもりだった。けれどベッドに横たわっている体は動かない。そんな自分をフィオナは今、見下ろしている。

（……なにこれ）

フィオナは自分の体を見る。薄く透けていて、宙に浮いている。どう考えてもまともじゃない。

（これ、幽体ってやつなのかしら）

見たこともない場所だ。四方を薄汚れた木製の壁で囲まれた、隙間風が吹き込む小さな部屋は、どう見ても庶民の、しかも低所得層向けのものだ。四度目の人生でトラヴィスたちと暮らした部屋にも似ている。

そこにある、粗末なベッドに、フィオナの体は寝かされていた。

「フィオナ、フィオナ」

名前を呼ぶのは、トラヴィスだ。彼は、今にも怒鳴りだしそうな形相で、フィオナの体を揺すっていた。

「くそっ、どういうことだよ、この薬で目覚めるんじゃなかったのか？」

フィオナの体のそばには、茶色の小瓶が転がっている。

（薬って……まさか、私、毒殺されたの？）

改めて、フィオナは自分の身に起こったことを思い出してみた。

オスニエルのダンスの相手をジェマ侯爵令嬢と交代した後、ミルズ侯爵令嬢からカクテルをもらって飲んだ。そこからの記憶が曖昧だ。体が熱くなって、倒れる直前にカイが駆け寄ってくるのを見た記憶が、うっすらあるくらいだ。

そして今、フィオナは後宮ではない場所で寝かされている。こうして魂と体が分離しているところから考えれば、すでに死んでいるといってもいいのかもしれない。

（でもどうして、トラヴィスが？　……まさか、トラヴィスがジェマ様と手を組んで私になにかしたのかしら。私を王城から連れ出すために）

そこに、どたどたと激しい音が聞こえてきた。

扉を蹴破るようにして入ってきたのは、オスニエルとドルフだ。ドルフは子犬の姿のままである。

『オスニエル様！』

幽体のフィオナが叫んだが、声にはならず、届かない。ドルフの方は気づいたようで耳をピクリと動かしたが、トラヴィスの方をちらりと見て黙りこくった。

＊　＊　＊

オスニエルは、フィオナの枕もとで膝立ちになっていたトラヴィスに、剣先を向け、彼を睨みつけた。

「お前……、あの時フィオナの部屋に忍び込んできた男だな？」

「これは、オスニエル様」

トラヴィスはうつろな目で、ゆっくりと立ち上がった。

「なんでこんなところに。あんたはフィオナのことなどどうでもいいんじゃないのか？　正妃を娶るんだろう？　ジェマ侯爵令嬢を」

「誰がそんなことを言った。俺はジェマ嬢など娶らない。フィオナを正妃にするつもりだ。お前は、次期正妃を奪い出すという最大の罪を犯したのだ」

オスニエルがトラヴィスを睨みつける。彼は、その気迫に圧倒された様子だったが、睨み返そうとして、肩を落とす。

「はっ、どちらにしろ、遅い。俺はジェマ侯爵令嬢に騙された。解毒剤を飲ませたのに、フィオナは目を覚まさない」

ベッドに横たわったフィオナからは、血の気が失われていた。オスニエルはトラヴィスを押しのけ、フィオナの頬に触れた。

「……なんだ、これは」

彼女の体は、氷のように冷たかった。触れたオスニエルにまで冷気が伝わってくる。

「あの女がフィオナに盛った薬は、発熱ののち、仮死状態になるというものだった。俺は彼女が動けなくなった状態で連れ出し、この解毒薬を飲ませて回復させ、この国を脱出するつもりだったんだ。……だが、フィオナは目覚めない。それどころか、この薬を飲ませた途端、こんなに冷たくなって……」

トラヴィスが苦悩の声をあげる。

オスニエルは苦々しく唇を噛みしめた。そんな薬まで入手しているなんて、ジェマひとりでできることではないだろう。フィオナの状態も心配だが、ジェマの暴走を許している王国の現状も心配になる。

ドルフはとことことフィオナのそばに近づき、小瓶のにおいを嗅いで、小さく首を振った。

「はっ、あんな女の言うことを信じた俺が馬鹿だったんだ。……くそっ」

トラヴィスは壁に立てかけてあった剣を掴み、立ち上がった。

「どこへ行く」

「復讐だ！　フィオナを殺したあの女を、俺が殺してやる」

「待て！　ジェマ嬢の処罰なら俺に任せておけ。それに、お前も共犯だ。許すわけにはいかない！」

「うるせぇ」

トラヴィスが剣を抜く。オスニエルも、対抗するように剣を構えた。

「こんなことをしている場合じゃないだろう。フィオナを助けるのが先決だ」

「こんなに冷たくなっているのに、生きているわけがないだろう！」

「ただ死んだにしては、冷たすぎるんだよ！　まるで氷漬けにされているみたいじゃないか」

毒で死ぬにしても、氷のように冷たくなることはないはずだ。トラヴィスも同じように思ったのか、はっとしてフィオナの方を向いた。その隙をついてオスニエルは、トラヴィスの腹めがけて足を蹴り出し、壁際に吹き飛ばした。

「……っぐう」

「まだまだ甘いな」

言いながら、トラヴィスの腕を掴み、後ろ手にして拘束する。

「いてて」

「暴れられても困るんだ。……お前はどのくらい知っているんだ？　フィオナには不思議な力があるようだった。それは聖獣の加護だと言っていたが」

「嘘だ。フィオナは加護を得られなかった。だから俺は……フィオナをずっと守ると誓ったんだ」

トラヴィスはそう言うが、オスニエルは首を振った。

「いや、俺はフィオナが氷を出したのを……」

オスニエルが話している途中で、ドルフがトラヴィスの頭をうしろ脚で蹴り上げた。

「……ぐっ」

トラヴィスは意識を失い、ぱたりと倒れる。

「ドルフ、なにをするんだ」

オスニエルが責めると、ドルフは狼の姿に戻り、フンと鼻息を荒く鳴らす。

『俺の正体を知っているのはフィオナとお前とポリーだけだ。ほかの者に明かす気はないのでな』

「こいつ……フィオナには加護がなかったと言っていたが、本当なのか？」

『ああ。十三歳の儀式の頃のフィオナには、加護をやるだけの資質がなかったんだ。俺は甘ったれたガキは好きじゃない』

冷たく言うドルフに、オスニエルはあきれた視線を投げかける。

「そのわりにはペットとしてずっと飼われていたんだろう？」

『俺があいつをペットとして飼ってたんだ。ちなみに今は加護を与えてあるぞ、少しだがな』

ドルフのこだわりがどこにあるのかは、よくわからないが、オスニエルは様々な疑問を脇によけることにした。

「なあ、フィオナは本当に死んだのか？」

ドルフはなぜかなにもない空間を見つめ、首を振る。

『死んではいないな。生きている。ただ、今のままでは目覚めることはないだろうな』

『どうすれば助けられる？』

『そうだな。ブライト王国の王太子、エリオットを守護するフクロウの聖獣なら、どんな薬でも調合できる。だが、あいつに頼むには、ブライト王国に行かねばならない』

ブライト王国までは片道で五日の距離だ。往復していては十日もかかってしまう。

「それまでフィオナの体が持つのか？　……いや、持っている間に行くしかない。であれば、俺が行ってくる」

『馬鹿な。王太子が突然乗り込んでいけば外交問題となろう』

「だが、フィオナの命がかかっているんだ。俺が休まず馬を駆れば、五日の距離は三日で行ける」

『それでも間に合わんだろう』

「それでも、なにもせずにいられるか！　俺はフィオナをどうしても救いたいのだ」

オスニエルの叫びが、小さな部屋中に響き渡る。そんな彼に、ドルフは静かに問いかけた。

『なぜだ。お前の妻はべつにフィオナでなくともいいだろう？　だったら捨て置けばいい。前にも言ったが、フィオナが死んだらやり直させるだけだ。俺たちは、新しい未来を一緒に描く』

「やり直したとき、俺はまたフィオナに会えるのか？」

『……言っておくが、これまでの人生の大半で、お前がフィオナを殺していたんだからな？　俺からすれば滑稽だ。お前が、フィオナの命を請うなどと』

「なんだと？」

最初からフィオナが見せていた、憎しみ交じりの視線。その理由の一端を突きつけられたような気がした。

『お前にかかわらせるとろくなことにはならない。次にやり直したときに、フィオナがもし俺を選んだなら、その時点で山にさらっていくつもりだ』

「そんなのは駄目だ！」

オスニエルは激高する。

共に生きたいと思える女性に、やっと出会えたのだ。オスニエルはフィオナがいい。もうほかの女性のことなど考えられない。

自分と同じ視点で国のことを考え、時にオスニエルが思いつかないようなことを教えてくれる。冷たいそぶりもするが、甘えられれば受け入れる。フィオナとならば、どんな障害が起きようとも、乗り越えていけると思った。

「もし貴様の言っていることが本当ならば、それまでの俺は相当に愚かな男なのだろう。だったら余計、俺は今フィオナに死なれたら困るんだ。彼女に出会えて、彼女のことを知れたこの人生を、手放したくない」

オスニエルは、倒れているフィオナを見つめる。

ドルフの言葉を信じるのなら、フィオナは過去、オスニエルに殺された記憶があるのだろう。

何度も殺された男に嫁いでくるのは、きっと恐ろしかっただろう。それでも嫁いできたのは、おそらく自国を守るためだ。

彼女は自国の民のために嫁ぎ、嫁ぎ先の国民を自分の国民だと思い、心を尽くした。その高潔な心に、オスニエルは感服していた。

「過去の俺がしたことは変えられない。だが、今の俺を信じてほしい。俺はフィオナを守りたい。彼女の命も、幸せも、絶対に失わせたくないのだ。そのためならなんだってする！」

『ふん……仕方がないな』

オスニエルの決意を不満そうに受け止め、ドルフはなにもない空間に目をやる。

次の瞬間、ぴしりと空気が固まった。

＊＊＊

幽体のフィオナは、感極まっていた。あのオスニエルが、自分のためにそこまで言ってくれるなんて。それだけで、もう十分だと思えるほど、幸せな気分だった。

ドルフは幽体のフィオナのいるあたりをちらりと見ると、ため息を落とした。

『ふん……仕方がないな』

ドルフのつぶやきと共に、シャリ……と氷の軋むような音がした。かと思ったら、一瞬で周りの動きが止まる。何度か経験しているのでフィオナにはわかる。ドルフが時間を止めたのだ。

『聞いていただろう、フィオナ』

ドルフは、幽体のフィオナをじっと見据える。

『ドルフ、見えてるの？』

『言っただろう。俺はお前に加護を与えた。だからつながっているのだ。どこにいても変化があればわかる』

あっさりと言われて、拍子抜けする。だったら、それをオスニエルに教えてあげてほしかった。そうすれば、彼がここまで焦ることも、危険を顧みず単身で飛び込んでくることもなかったのではないだろうか。

『ここはどこなの？　トラヴィスが私をさらってきたの？』

『そうだな。ここは王都の端にある一軒家だ。……お前が倒れ、ポリーが食事に行くためにいなくなった後、トラヴィスが部屋に入ってきて、俺になにか薬を嗅がせやがった。しばらく意識がなくてな。起きてみたらお前の姿もなくなっている。お前の気配をたどって場所を特定したが、トラヴィスがお前を起こそうとしているようだったから、様子を見ることにして、その間にオスニエルを連れてきた』

状況を簡単に説明され、フィオナは倒れているトラヴィスを見つめた。

彼は、この国から出ることがフィオナの幸せだと信じきっていたのだろうか。フィオナは何度も、ここにいるのだと伝えたのに。

話を聞いてもらえない悔しさが、フィオナを襲ってくる。

『まさかトラヴィスがここまでするなんて』

『まあ昔から話の通じない男だったからな。……さて。お前、今の状況がわかっているか？』

『状況って？』

ドルフは、フィオナの身に起きている事実を教えてくれた。

カクテルに入れられた毒のせいで、現在体は仮死状態にある。だが、解毒薬だと渡されたものは別の毒で、フィオナはその毒による死を待つ身になっているのだそうだ。体が氷のように冷たくなっているのは、ドルフの加護で得た氷の力が、口に含まされた毒が体に回るのを抑えているのだという。

『このままいけば待つのは死だ。今は体が凍結状態になっているから大丈夫だが、体温を戻せば、体に毒が回ってどちらにせよ死ぬ。凍結状態のままでも、結局は動けないのだから死んだも同然だろう。どうする？　ここで終わりにしてまたやり直すか？　俺にはそれができるぞ？』

ドルフが、九度目のやり直しを示唆してくる。

次なる新しい人生。今よりももっとうまくやるには……と、フィオナは考えてみた。

しかし、なにも思いつかない。

『生まれ変わるの……嫌だわ』

『なに？』

『だってこれ以上の人生なんて思いつかないもの』

ドルフと一緒に空を駆けた。ポリーとも仲よくなって、紐編みをきっかけにたくさんの人と出会った。オスニエルとも毎日語り合った。苛立つこともあるけれど、彼との距離が近づいていくのはうれしかった。明日を楽しみにできる日々を、フィオナは八度目の今世でようやく掴んだのだ。

フィオナは動きが止まっているオスニエルを見つめる。

なにより、彼がフィオナのことで、こんなに必死になってくれるのが、うれしかった。フィオナは今のオスニエルが好きなのだ。今の彼を失うくらいなら、このまま消えてしまった方がずっといい。

『次に生まれ変わっても、私は今を思い出してしまう。八度目の人生がよかった。あの時のオスニエル様に会いたいって。……ねぇドルフ。人はうしろを向いていたらうまく歩けないのよ。今までは、嫌だった人生から抜け出そうと、前だけ見て進んでいけていたわ。でもこれからは、今の人生がよかったのにと常にうしろを見てしまう。そうなったら、何度生まれ変わったとしても、なにもかもが色あせて見えるでしょう』

ドルフはじっとフィオナを見つめた。

『ドルフ。お願いがあるの。私は死んでもかまわない。だけど、オスニエル様を守ってほしいの。私の死が、彼の負担にならないように。できれば、彼の人生がいいものになるように。あ、あと、ポリーのこともお願いしたいわ。それと孤児院と露店のみんなも……』

すでに自分の死は受け止めて、フィオナは後をドルフに託し始める。指を折りながら語りだすフィオナに、ドルフは首を振った。

『もういい。お前の願いは多すぎる。叶えるのに一番手っ取り早い方法は、お前を救うことだ』

『え？　でも』

『手助けする気はなかった。今のお前は俺だけを見ているわけじゃないからな。やり直したら、俺だけを見るお前になるかもしれないと思っていた。だが、もう生き直さないというならば、話は別だ。かわいいペットの願いだ。聞いてやる』

パチンと指を鳴らしたような音が鳴ったかと思うと、止まっていた時が動きだす。

止まっていたオスニエルも、同様に動きだした。

ドルフは彼に向かって、『お前の覚悟はわかった』と言うと、オスニエルに背中を向けた。

『乗れ』

「は？」

『ブライト王国など俺が走れば一瞬だ。とっとと解毒薬を作ってもらってくるぞ』

事もなげに言われて、オスニエルが激高する。

「は？　だったら最初から言えよ！」

『お前の願いを聞く義理は、俺にはないからだ。いいか？　これはフィオナの願いだからな。俺は仕方なく聞いてやったんだ』

「意味がわからん！」

言い合いながらも、オスニエルがドルフの背にまたがると、彼らは部屋を出て、すぐに姿が見えなくなってしまう。

幽体のフィオナは呆気にとられたままそれを見つめていた。

やがて、トラヴィスが目を覚まし、オスニエルたちが消えていることに気づき、舌打ちをする。

「畜生。……フィオナ、お前の仇は取ってやるからな」

フィオナが死んだものだと勘違いしたまま、彼は出ていってしまう。

（……大丈夫かしら）

不安になりながら、フィオナは冷たくなった自分の体を見下ろした。

聖獣の微笑み

ブライト王国王太子・エリオットは、穏やかで平和を愛する優しい少年だ。彼は知識欲が豊富で、穏やかな日差しのもと、木陰で読書をすることをなにより好んでいる。

そんな至福の時間を満喫している彼のもとに、突然、大型の狼と隣国の王太子が現れた。

「や、やあ、エリオット殿」

狼にしがみついて、オスニエルが頬を引くつかせつつ微笑む。

「……オスニエル様？」

内心は驚きと焦りでいっぱいだったが、エリオットはなんとか笑顔を作った。

「本当にオスニエル様ですか？　連絡もなく、おひとりでお越しだったのですか？」

オスニエルは、人を呼ぼうとするエリオットを慌てて止めた。護衛が来るかと思ったが、よく見ると周りの時間が止まっている。

「あれ、周りの奴ら、動いていないぞ？　ドルフ」

『あたり前だ。いきなり不審者が現れたら捕まるに決まっているだろう。今はエリオットと聖獣、俺たち以外の時を止めている』

「ドルフ？　姉上のペットと同じ名ですね。見たところこの狼は聖獣だと思うのですが、オスニエル様には聖獣の加護があったのですか？　すごいですね」

エリオットはきょとんとしたまま、そう問いかける。あまりの純粋さに、オスニエルからも毒気が抜けてくる。

「いやあの。エリオット殿、あのな……」

『相変わらず平和な頭の坊ちゃんだな』

ドルフもあきれたようだ。

「エリオット殿。内密で頼みがあるのです。実はフィオナが――」

オスニエルから聞かされた話は、エリオットにとって驚きの連続だった。

フィオナが毒に倒れたこともそうだが、ドルフがフィオナを守っていたことにもまた、エリオットは驚いた。それを告げると、ドルフは、『その時点で加護は与えてないからな』と鼻を鳴らす。

「狼の聖獣の加護があるのでしたら、姉上がこの国を継ぐべきなのでは」

「あー、それは悪いが却下だ。俺はフィオナを正妃に迎えたいと考えている。だからこの国はエリオット殿に継いでもらわねば困るのだ」

「正妃に……？」

エリオットは意外だった。婚儀のとき、姉とオスニエルはそこまで仲よさそうには見えなかったからだ。

だが、今のオスニエルは違う。フィオナを救うために、必死にここまでやって来たのだ。なにより、聖獣が彼にその姿を見せたのは、彼を信用したからだろう。

エリオットは納得し、彼らに協力することにした。

「僕の聖獣にお願いすればいいんですね。姉上を救う解毒剤を作るように」

「できるか？」

「頼んでみます。彼女……ホワイティは優しい子ですから、聞いてくれると思います」

エリオットの口笛が響き渡る。時の止まった空間に、羽音が響いてきた。

『どうしたの、エリオット』

現れたのは白フクロウだ。白い羽に金色の瞳を持っている。エリオットのすぐ近くでゆっくりと羽ばたくと、伸ばした彼の腕に止まった。

『あら、ドルフ。時が止まっているから誰の仕業かと思ったら、やっぱりいたのね』

『久しぶりだな。ホワイティ』

『フィオナと一緒にオズボーンへ行ったのじゃなかったの』

そこからは聖獣同士が話を進めた。ホワイティはひと通り話を聞き、うなずくと、『待っていて』と言って羽ばたいて行ってしまった。

「待ち時間の間、お茶でも……」

エリオットは言ったが、勝手に国境を越えたことをとがめられても困る。

「俺が来たことは知られたくない」とオスニエルは突っぱねた。

たいして時間もたたないうちに、ホワイティは戻ってくる。

『たぶんこれで大丈夫だと思うわ。これがフィオナの旦那様？　あの子ようやく見つけたのね。自分のために、泣いてくれる人』

「は？」

オスニエルはおののき、目尻を触った。泣いてなどいない。濡れてなどいない。

『私は聖獣よ。わかるの。あなたの心がずっと泣いてる。大丈夫よ。この薬であの子の体を蝕《むしば》む毒は排除できるわ。そこから先はあなたたち次第だけど』

オスニエルは、聖獣の存在など最初は信じていなかった。けれど、ドルフやホワイティに出会い、人間離れした力を目のあたりにして、畏怖の感情が湧いてきていた。

『心配しなくても、私がこの国を守るわよ。力が足りなければ知恵で補えばいいでしょう？』

『まあそうだな。俺は国を守ることには興味がない。お前に任せた』

早々にエリオットとホワイティと別れを告げ、オスニエルは再びドルフにまたがる。ドルフは宙を駆ける。一瞬で景色が変わり、冷たい外気は温暖なものへと変わる。

『オスニエルよ』

「なんだ？」

『フィオナを泣かせたらお前を殺すぞ』

突然、ドルフが脅しをかけてきた。だがオスニエルにはどう考えてもその状況は思いつかない。

「泣かされているのは俺の方ではないか。フィオナは俺に気持ちも返さず、死にかけている」

『それもそうか』

聖獣に笑われ、不愉快に思いながらも、オスニエルはふっと口もとを緩めた。

「だが、いいだろう。泣かすつもりはない。命が助かったら、二度と命の危険にさらすような真似はさせない。俺が全力で守っていく」

『遠征にばかり出ていては守れんぞ。お前の国には腹の黒い令嬢がいるからな』

「戦争は終わりだ。フィオナとなら違う生き方もできる」

会話をしているうちに、フィオナが寝かされている小さなあばら家へたどり着く。中に入り、ドルフに時を動かしてもらい、フィオナにホワイティからもらった薬を飲ませた。

『体を温めてやれ』

「温まるのか？」

氷のように冷たいフィオナの体を、ゆっくりと抱きしめる。すぐにオスニエルの肌にも鳥肌が立った。けれど、驚くほど急速に彼女の肌が熱を取り戻していくのがわかった。

『フィオナには氷の力を与えてある。その力が、毒の進行を遅らせていたのだ。解毒剤が体に回るよう、体温を戻す。フィオナの心がしっかりその体に戻るよう、引っ張ってやれ』

「引っ張る？」

『願うんだよ。仮死状態というのは、体と心のつながりが曖昧になっている状態なんだ。体が引っ張る力を強くするために、お前が望んでやるといい。目覚めてほしいと』

「願う……か」

フィオナと出会ってから、不確かなものに頼らねばならないことが増えたと思う。

オスニエルは得手ではないが、それでもやれなければならない。

彼女の体を強く抱きしめ、オスニエルは願った。

「どうか、生き返ってくれ」

体にみるみるうちに熱が戻っていく。ドルフが上を見つめ、うなずく。その仕草にどんな意味があるのかわからないが、やがて呼吸が安定していくフィオナを見て心底ホッとする。

ぽたりとフィオナの頬に滴《しずく》が落ちて、オスニエルは驚いた。自分が泣くなど、予想もしていなかった。

不確かなものを信じるのは怖い。だからこそ、オスニエルは武力に頼ってきた。自分の物差しで測れるわかりやすい尺度だから。

だが、それではできない奇跡もある。

「フィオナ」

「……オスニエル様」

彼女の目が開いた瞬間、オスニエルは感謝した。ドルフに、ホワイティに、よくわからないすべてのものに。

「もう……どこにも行かないでくれ」

「泣かないで……くださいませ」

フィオナは、ゆっくり手を伸ばし、彼の背に回した。

＊　＊　＊

フィオナは自分の目に映る光景が信じられなかった。

オスニエルが、自分のために泣いたのだ。それだけではない。薬を取りに、ドルフに乗ってブライト王国まで行ってくれた。

エリオットは温厚で、断ることはないだろうが、あのオスニエルが人に頭を下げるところなど想像がつかない。

(彼を、信じてもいいんだ)

フィオナはようやくそう思えた。警戒が解ければ、自分の気持ちをごまかす必要ももうない。

「ありがとうございます、オスニエル様」

「フィオナ」

彼の涙を手で拭き取り、深い感謝を込めて見上げる。

「あなたのことが……大好きです」

その時の彼の顔を、フィオナは一生忘れないだろう。驚きで丸くした目が、やわらかく細められ、潤んだ目尻に涙がたまる。赤く染まった頬は、彼を普段よりもずっと幼く見せ、フィオナの胸をギュッと軋ませた。

「もう一度言ってくれ」

「オスニエル様のことが、大好きです。ありがとう」

「……俺もだ」

オスニエルは彼女を抱きしめ、フィオナは苦しいくらいになる。だけど、今までの人生で一番幸せな瞬間だったことは間違いない。

『水を差して悪いがな』

ぽそり、とつぶやいたのはドルフだ。

『トラヴィスはどこに行ったんだ？』

「え？　彼ならどこかへ飛び出して行ってしまったけれど」

『あいつの性格を考えれば、次にやるのは復讐だ』

「……大変だわ！」

「ジェマ嬢が狙われるということか？　まあ自業自得ではあるがな」

フィオナが急かすも、オスニエルは乗り気ではなさそうだ。

「刑罰は個人的な感情で科されるものではありません。トラヴィスが私怨で復讐するのは間違っています。止めなければ」

「……そうだな」

オスニエルはフィオナの肩を抱き、立ち上がる。

「城に戻ろう。お前には馬車を手配する」

「いいえ。もう大丈夫です。馬に一緒に乗せてくださいませ」

「では、行こう」

犬の姿に戻ったドルフを抱き、フィオナはオスニエルの馬に同乗した。

＊＊＊

一行が城に戻ると、そこでは、ひと騒ぎ起きていた。

トラヴィスがふたりの兵士に押さえつけられ、ジェマがキーキー声で叫んでいる。

「不敬だわ！　即刻首を落とすべきよ！」

「いったいなにがあった！」

オスニエルの登場に、皆が一度動きを止める。

やがてロジャーが状況を説明してくれた。

ロジャーが、ジェマに対して聞き取りをおこなったものの、決定的な証拠を得ることはできなかった。だが、疑惑が残った状態で無罪放免というわけにもいかないので、しばらくは城預かりとすることになった。一室を用意し、ジェマを送り届ける途中で、今度は裏門の方で騒ぎが起こった。

飛び込んできたトラヴィスが、近衛兵たちにつかまったのだが、『フィオナ様に毒を盛ったのはジェマだ』と大声で叫びだしたのだ。

ジェマはいきり立ち、トラヴィスを牢へ連れていくよう言ったが、まずは取り調べが先だと言い合いになり、今に至るらしい。

「俺が捕まるのはかまわないが、その前にお前を蹴落とさねぇと気が済まねぇんだよ！　お前のせいでフィオナが」

「私なら無事です。トラヴィス」

フィオナの声に、トラヴィスの動きが止まる。ギギギと音がしそうなほどぎこちなく首を回した後、トラヴィスは目を見開いた。

「……フィオナ」

「オスニエル様が助けてくれました。私はもう大丈夫です」

「本当か？　体はなんでもないのか？　……そうか。よかった」

トラヴィスの目尻にジワリと涙が浮かび、張りつめていた糸が切れたように、体から力が抜けた。彼を掴んでいふたりの兵士は、そのせいで少しバランスを崩した。

オスニエルはトラヴィスの前に立ち、喉もとに剣を突きつける。

「お前にはフィオナをさらった罪がある。それを消すことはできん。しかし、この毒物事件の解明に協力する気があるなら、少しは罪を軽減することができるだろう」

「解明……？」

「証言が必要だ。フィオナが倒れたのは、毒物が原因だというところまでは調べがついている。お前は、それを誰が用意したものかわかっているな」

「はい。ここにおられるジェマ・リプトン侯爵令嬢です」

周囲が一気にざわついた。

「そんなわけあるはずがないでしょう？　私は侯爵令嬢よ。しかも、正妃候補の。どうして私がそんなものを手に入れる必要があるの？」

「それは俺もそう思う。ジェマ嬢は立場的に、フィオナを脅かす必要などなかった」

オスニエルが同意すると、ジェマはぱっと顔を輝かせた。

「だが、残念ながら証拠がある」

オスニエルは、茶色の空瓶を取り出した。

「これは、ここにいるトラヴィスが、解毒剤だと言われてジェマ嬢から受け取ったものだ。俺もその場面は目撃している。しかし、この薬を飲んだフィオナは、さらに体調を悪化させた。そうだな、トラヴィス」

「その通りです」

「この小瓶に残った液体の成分を調べろ。結果次第では、ジェマ嬢、君に毒物入手の容疑がかかる」

オスニエルはそれをロジャーに渡す。

「オスニエル様、ひとつ報告が」

黒檀で作られた書類板を手に持ち、ロジャーはゆっくりと読み上げる。

「ミルズ侯爵令嬢に聞いたところ、生誕祭でのカクテルは、ジェマ侯爵令嬢が彼女に勧めたものだそうですね」

「そんなの、覚えていないわ」

「ミルズ侯爵令嬢は覚えておられましたよ。フィオナ様と親しくなりたいと話していたところ、『ダンスが終わったら喉も渇かれるでしょう。こちらを持っていっては』

とジェマ侯爵令嬢に言われたと」

ジェマはカッと顔を赤らめる。

「そんなの社交辞令だわ。誰にだって言うわよ。それがどうして私が犯人だという証拠になりますの？」

「そうですね。それだけでは証拠にはなりません。しかし、あなたには前科がある。ジェマ嬢がオスニエル様に贈られた菓子からは、催淫成分が検出されました」

「なんですって⁉」

わなわなとジェマが震えだす。

「たしかに私があなた様から受け取ったので、間違いありません。手作りの菓子をそのまま王太子であるオスニエル様にお渡しするわけにはまいりません。成分など、しっかり調べさせていただきました」

「そんな……」

「また、給仕の遺書から不審な点が発見されました。実はこの給仕、左利きだったのですが、文字は右利きの人間が書いたものだと鑑定されました。加えて、以前フィオナ様に送られた不審な手紙の筆跡とも一致します。生誕祭の日に、入り口で記入していただいた国王様への祝辞帳で筆跡鑑定したところ、似た筆跡の人物リストの中にジェマ様のお名前もございました」

淡々と語るロジャーを、ジェマは睨みつける。

「以上、様々な疑惑が、ジェマ侯爵令嬢にはかけられております。これ以上は別室でお話しした方がよろしいかと」

「嘘。嘘よ！　離しなさい、無礼な！」

捕らえられたジェマがじたばたと暴れるが、近衛兵が容赦なく連れていく。

「ロジャー様、リプトン侯爵が闇市でやり取りしていた人物を取り調べてまいりました。侯爵は黒ですね」

そこにやって来たのはカイで、フィオナを見つけると、ぱっと破顔する。

「フィオナ様、よくご無事で！　よかったです。もうポリーが泣いて泣いて大変で」

「ポリーが？」

「責任を感じているようです。後宮におりますので、落ち着いたら顔を出してあげてください」

「……ありがとう、カイ。オスニエル様、私、行ってきます」

「まだ病み上がりだ。気をつけろ」

オスニエルは、名残惜しそうにフィオナの腕を掴んだが、フィオナが見上げると小さくうなずいて、手を離してくれた。

「あ、トラヴィス。私のこと、心配してくれたのはありがたいけれど、もう二度と、こんなことはやめて。私は自分の意志でここにいるの。……オスニエル様のおそばにいたいの」

「フィオナ」

「俺はフィオナを正妃にするつもりだ。お前が心配するようなことはなにもない」

ふたりにそろってそう言われ、トラヴィスは苦笑して頭を下げた。

「私がしたことに対し、どんな罰も受けます。オスニエル殿下におかれましては、どうか王太子妃といつまでもお幸せに」

「あたり前だ。お前に言われるまでもない。……連れていけ」

そのまま、トラヴィスは牢へと連れていかれた。

彼自身まったく罪を負わないことはなかったが、ジェマの行動についての証言が認められ、三年間の投獄ののち、国外追放という刑が執行された。それはまた後の話だ。

＊＊＊

フィオナが後宮に戻ると、目を腫らし、泣きすぎで声もかれているポリーが、飛びついてきた。

「ご、ご無事ですか？　うあああん、フィオナ様、よかったぁ。すみません、私が目を離したりしたから！」

「大丈夫よ。ポリーのせいじゃないわ。ドルフがいたから離れたんでしょう？　相手が一枚上手だっただけよ」

「でも、……でもっ。私っ、もうフィオナ様から離れませんっ！」

そこからも散々泣いたポリーは、しばらくの間、フィオナのそばから一秒たりとも離れず、オスニエルから嫌がられた。

数日部屋で療養していたフィオナのもとに、ステイシー・ミルズ侯爵令嬢から、見舞いに来たいと手紙が届く。フィオナは即日で返事をし、早速翌日には侯爵令嬢がやって来る。

ミルズ侯爵令嬢は、それは丁重にフィオナに詫びた。

「本当に申し訳ございません。私がお渡ししたカクテルに毒が入っていたなんて」

「ミルズ侯爵令嬢のせいではございませんわ」

「いいえ。今後行動には重々注意いたします」

フィオナは謝罪を受け入れ、そして微笑んだ。

「でしたら私とお友達になってはくださいませんか。この通り、私は他国の出身でこの国の貴族との顔つなぎもできておりません。オスニエル様の迷惑にならないように、今後はもっと社交に努めねばならないと思っておりますの」

すると、ミルズ侯爵令嬢はやわらかく微笑んだ。

「それは私にとっても願ってもないお願いですわ。私ずっと、フィオナ様と仲よくなりたいと思っておりましたの」

リプトン侯爵家が失脚した今、国内の有力貴族であるミルズ侯爵家と顔がつなげたことは大きい。


ある夜、ポリーが下がり、フィオナとドルフはベッドの上で会話を楽しんでいた。

「でも、ドルフがオスニエル様を乗せてブライト王国まで行くなんて思わなかったわ」

『仕方ないだろう。お前を救うためにはほかに方法がなかったのだから』

「ドルフは、自分の楽しみがなければ動いてくれないと思っていたのに」

さりげなくひどいことを言うフィオナに、ドルフは苦笑する。

『それは間違っていないぞ。お前がいなければ楽しくないのだから仕方がなかろう』

そう言うと、ドルフはすっと立ち上がる。

「どうしたの？　ドルフ」

『足音がする。誰かが来た』

「フィオナ様、オスニエル様がお越しです」

フィオナが確認のために立ち上がろうとしたとき、ポリーが取り次いでくれた。

「ちょっといいか」

「ええ、どうぞ？」

オスニエルは、いつものしっかり着込んだ服装とは違い、首もとの開いたラフな服装をしていた。だが、表情は妙に神妙で、フィオナもつられて緊張してくる。

とりあえず居間に通して、お茶を出した。

オスニエルが座ったのと同じソファの端では、ドルフがくつろいでいる。その場を移動する気はなさそうだ。

オスニエルは不満そうにチラチラとドルフに視線を向けたが、やがて観念したように話しだした。

「あのな。お前を正妃にする話だが……」

「ええ」

フィオナは、後宮のほかの部屋が整備されていることを思い出した。

リプトン侯爵家が失脚した以上、ジェマがそこに入ることはないだろうが、他国出身のフィオナよりも、血統のいい女性を正妃として娶るよう、国王から言われても仕方がない。

「……はい」

嫌でも、受け入れなければならないことはある。フィオナは、覚悟を決めて、彼の言葉の続きを待った。

「ようやく父上を説得できたんだ。待たせて悪かった」

「……え？」

あまりにもあっさりとオスニエルが言うので、フィオナは拍子抜けした。

「え、でも」

「父上も、古参貴族も頭が固いからな。しばらくは嫌な思いをさせるかもしれんが、お前が正妃の仕事を始めれば、納得すると思うんだ。今の孤児院事業も、一部ではいい評価を得ているし」

「本当ですか？　だって、オズボーン王国は帝国の血を重んじるのでしょう？　最近、後宮に荷物が運び込まれてるようでしたし、てっきり、ほかの誰かが来るのかと……」

オスニエルはわかりやすく不快な顔をした。

「俺にはほかに女はいないぞ？」

「でも、正しい血統の令嬢はジェマ様以外にもいらっしゃるでしょう？　ミルズ侯爵令嬢とか」

「彼女には婚約者がいる。……後宮に運び込まれた荷物のことなら誤解だ。あれは俺の私物だ」

「え？」

「ここはもともと父上が、俺も側妃を数人娶ると想定して、四人分の部屋を最初からつくらせていたんだ。だが、お前のほかに妻を娶るつもりはないのだから、こんなに多くの部屋はいらないだろう？　もうひと区画分を俺のための部屋にして、残りはつぶそうと思っていたんだ。こっちに住んだ方が、お前にもすぐ会えるし」

部屋が片づけられていたのは、オスニエルの荷物を移すためだったのだ。

「……な、そうなのですか。私、てっきり」

「ん？　なんだ？　浮気を疑ったのか？」

「ち、違います。ただ、その……」

フィオナは恥ずかしさに真っ赤になった。彼の言葉を疑うつもりではなかったが、心のどこかで、正妃になるのは無理だとあきらめていた。

でも彼は、国王や古参の貴族を説得してくれていたのだ。

「信じられなくて。……うれしくて」

今世の彼が向けてくれる愛情に、偽りがないことがうれしかった。

「フィオナ」

オスニエルの手が、フィオナの頬に触れた。フィオナは自分の鼓動に翻弄されながらも、目を閉じる。

「いてっ」

しかし、彼がフィオナに触れてくることはなく、目を開けると狼姿のドルフとオスニエルが睨み合っていた。どうやら、尻尾で背中をたたかれたようだ。

「なにをする！」

『覗きは趣味じゃないんでな。俺は散歩に行ってくる。だがオスニエル、フィオナが本気で嫌だと思えば、氷塊が飛んでくることを忘れるなよ』

「わかっている！」

いつの間にか、オスニエルがドルフのことを普通に受け入れていることに、フィオナは微笑んだ。

ドルフが出ていった後は、オスニエルに促され、彼の隣に腰かける。

彼は右手でフィオナの頬をなで、精悍な顔に優しい微笑みを浮かべた。

「俺の妻は、お前だけだ。だからずっと、俺と共に生きてくれ」

目と目が合うと、彼の気持ちが伝わってくる。たしかにそこに存在する熱。それを受け入れ、一緒に確かめたい。

「俺は、お前を愛している」

「……わ、私でよろしいのですか」

「フィオナがいい」

彼の手が伸びる。指先が触れ合い、そのまま甲をなでられる。固い皮膚が肌をすべるだけで、なぜだか官能的な気分になった。

自然と視界が潤んできて、幸せなときは泣きたくもなるんだと、フィオナはぼんやりと思った。

「オスニエル様、私、夢があったんです」

「夢？」

「私だけを見てくれる人と愛し合い、一生を添い遂げることです。政略結婚では無理だと、ずっとあきらめていましたが……」

フィオナの目に、オスニエルが映る。これまでの人生では信じられないくらい優しく、少し不安げな瞳でフィオナを見つめる。

「……叶いそうです」

フィオナが顔をほころばせると、オスニエルの目も、うれしそうに細められる。それだけで、フィオナは満たされた気がした。

彼の端整な顔が近づいて、唇がゆっくりと触れる。乾いたフィオナの唇を、彼のキスが潤していく。角度を変えて唇に触れられるたびに、心がやわらかくなっていく気がした。

(ああ、私。今とても幸せだわ)

安心して目を閉じると、オスニエルの唇は、フィオナの渇きを潤すように、あますところなく触れてきた。唇、舌、頬。やがて顔中に落とされたキスは、鎖骨の方にも下りてきた。

「嫌じゃないようでホッとした」

「そんなこと言わないでください」

恥ずかしさに顔が赤らむ。だけど、キスをねだる表情はやめられない。

「フィオナに、俺の子を産んでほしい」

抱き上げられ、そのまま寝室へと運ばれた。これからなにが起こるのか、フィオナにだって想像がついた。初めては痛いというから、咄嗟に氷塊を出してしまうかもしれない。

「……はい」

それでも、今はその先に進んでみたかった。何度も繰り返した人生で、初めて得られた愛される喜び。

（おかしいの。今度こそ、愛を求めないって思ったのに）

最高の人生が、フィオナのもとへ降りてきた。

自分を大事にすることはもちろん大切だ。だけど重要なのは、自分だけの幸せを追い求めるのではなく、みんなで一緒に幸せになれるよう、努力すること。笑顔や幸せは伝播し、広がっていくものだから。

（ありがとう、ドルフ）

フィオナは、人生のやり直しに感謝した。何度もやり直さなければ、甘えんぼのフィオナにはきっと気づけなかった。

（私が皆を愛しているから、愛してもらえるんだ）

一方通行じゃない関係が、きっと本当の愛を育むのだろう。

「……っ、ん」

ドロドロに溶けてしまいそうな甘さと、身を引き裂くような痛みを同時に感じながら、フィオナは心に刻みつけるように、本当の愛とはどんなものなのかを確信した。

エピローグ

『まったくべたべたとうっとうしいな』

子犬姿のドルフのつぶやきは、フィオナにしか聞こえない。

ここはオスニエルの執務室である。フィオナはと言えば、オスニエルの膝にのせられ、一緒に書類を改めている。

「オスニエル様、私、自分の椅子に座ります」

「なぜだ。来客がいるわけでもないのだからいいだろう」

「だって、ロジャー様が」

「私は人間にカウントされていないようなので、お気遣いなく」

ロジャーがやけくそのような返事をした。

現在、オズボーン王国は交易路の整備に関する事業をおこなっている。

広い国土には、多くの特産物がある。それをうまく流通させるための整備事業だ。

オスニエルはフィオナの意見を聞くため、頻繁に彼女を執務室へと呼び出している。

「私、お茶会などで女性の意見をよく聞きますが、流行は、ある程度操作できるようです。上流階級の方が発起人となり勧めていくことで、爆発的に広めることができます。ですから、流通経路の整備と共に各地方で特産物がはやる仕掛けを作っておくのも重要かと」

ブライト王国の氷も、氷レモネードという形を取れば、老若男女に受け入れられるスイーツとなる。せっかく多くの国とつながりを持っているのだ。各国のいいところを取り入れ、新しいものを作っていけばいい。

「フィオナ様の意見は参考になりますね。まとめて議会に出しましょうか」

「そうだな」

「陛下も、最近のオスニエル様の成果をお喜びです。もう王位を継承させてもいいのではないかとさえ」

「いや、それはまだ困る」

オスニエルは膝にのせたフィオナの腹を優しくなでた。

「俺は、しばらくは、子煩悩の父になるつもりなんだ」

「オスニエル様！」

ロジャーは思わずフィオナを凝視する。

「ご懐妊でしたか？」

「まだです！」

「すぐにするよ」

フィオナの髪にキスをして、オスニエルは平然とのたまう。

それは、武力がすべてだった昔の彼からは想像もつかない姿だ。

『お前の子を見るのは、俺も楽しみだな』

フィオナにしか聞こえない声で、ドルフが言う。どうやらいずれ生まれてくる我が子には、とっておきの加護が待っているようだ。

フィオナは微笑み、明るい未来を想像する。

もう過去には戻らない。未来は光り輝くものだと、今のフィオナには自然に思えた。


【Fin】

特別書き下ろし番外編

お姫様のその後のその後

【魔女の魔法によって眠り続けていたお姫様は、王子様のキスで目を覚ましました。ひと目で恋に落ちたふたりは、その後結婚式を挙げ、幸せに暮らしました】

オズボーン王国の人間なら誰でも知っているおとぎ話である。

「フィオナ様が童話を読みたがるなんて珍しいですね」

ポリーに城の図書室から、借りてきてもらったのだ。

「孤児院に行ったとき、子供たちがしている話がわからなかったのよ。国が違うと、常識って違うのね」

ブライト王国は聖獣の加護を得た国なので、子供の頃に読まされる童話は、聖獣にまつわるものが多い。王子様と聖獣の冒険や、心優しいお姫様に献身的に尽くす聖獣など、種族を超えた絆をメインテーマとしたものだ。

「こうしてみると、童話のお姫様ってとくになにもしないのね。魔女や継母に嫌われてひどい目にあうけれど、王子様が救いに来てくれるっていう筋書きがほとんどだわ」

幼少期は冒険物語をたしなんでいたフィオナには、やや物足りない。

「そんなものじゃありません？　まあでも、たしかに、フィオナ様は少し変わり種のお姫様ではありますね。ご自分で稼いでいらっしゃいますもの」

「それはポリーの計らいじゃないの」

少なくとも嫁いだときは、フィオナは自室でおとなしくしているつもりだったのだから、変わり種と言われる筋合いはない。

「まあでも、そのおかげで私も楽しく勤めさせていただいています。フィオナ様もオスニエル様と仲睦まじく、なによりではありませんか」

「まあ……そうね」

フィオナは照れながら、ページをめくる。

リプトン侯爵の禁止薬物の入手にまつわる逮捕劇や、毒物の副作用がないかの検査などに加え、社交期の後半には、フィオナを正妃とするお披露目の会も開かれ、そこからしばらくは女性同士の社交にてんやわんやだった。

今は、社交期も終わりとなり、ようやく落ち着いてきたところだ。しばらくフィオナの公務は入っておらず、孤児院運営と紐飾り作りに没頭できそうだ。

「キャン」

「あ、ドルフ様。お散歩楽しかったですか？」

内庭から戻ってきたドルフを、ポリーが甲高い声で迎える。ドルフはまっすぐフィオナのもとに来て、膝の上を陣取った。

「ドルフ、ちゃんと足拭いたの？」

『空からあたりを見てきただけだ。汚れてなどいないぞ』

相変わらず、発言は尊大だ。かわいい姿とのギャップが愛らしくもある。

「ドルフ様、おやつの用意ができましたよ！」

『ご苦労』

ポリーの呼びかけに、ドルフは立ち上がり、尻尾を振りながら近づいていく。

正体を知られているのに、ポリーの前では子犬姿でいることが多いことを考えると、なんだかんだと彼女に世話を焼かれるのは気に入っているのかもしれない。

その夜、フィオナの寝所にはオスニエルが訪れていた。

「来週から休暇を取ろうと思う」

「あら、珍しいですね。どこか体調でも？」

オスニエルは、あまり休まないことで有名だ。戦時中は自ら戦地に赴いて兵を率いたし、国内にいても、視察などで城にいないことが多い。おそらく、自分の目で確認しないと気が済まない性格なのだろう。

　フィオナは、孤児院まで見にきたがったときのことを思い出して微笑んだ。

　そういえば、ロジャーに『フィオナ様がいらっしゃってから、オスニエル様がお茶の時間を取るようになってくれて助かります』と言われたことがある。

　側近の彼にしてみれば、切実な思いが隠されていたのだと、今ならわかる。

「お前も正妃としての公務をがんばってくれているしな。なんだ、その、あれだ」

「なんでしょう」

「新婚旅行も行っていないだろう。だから……」

　たしかに、正式に正妃として認められてからは忙しく、昼間は正妃教育や、人脈をつくるためのお茶会などの予定が詰まっていた。

「旅行に連れていってくださるんですか？」

「ああ。候補地はいくつか考えてあるんだ。警備の点を考慮すると、保養地のルーデンブルグか、国内随一といわれる観光地ホルンになるな。ルーデンブルグには王家所有の離宮があるし、ホルンには王家御用達《ごようたし》の宿がある。どちらが興味ある？」

「そうですね……。保養地の方がいいです。ドルフを連れていきたいので、人込みよりは自然の多いところの方がのびのびできますもの」

「ドルフを連れていくのか？」

オスニエルが驚いたように繰り返したが、なぜ疑問を持たれるのかわからない。

「置いていったとしても、ドルフはその気になれば、勝手に追いかけてきてしまうのですよ？ だったら最初から準備を整えて連れていった方がよくありません？」

きょとんとして言うと、オスニエルは脱力してため息をついた。

「まあそうだが。まあいいが。わかっているのか、俺は新婚旅行に誘っているのだぞ」

「もちろんです！ とてもうれしいですよ？ 私、この国に来てから、旅行なんてほとんど行ったことがないんですもの」

なにに落胆されているのかわからないフィオナは、満面の笑顔でそう言った。

「……まあ、いい」

オスニエルはあきらめたようにつぶやくと、フィオナの肩を抱き、唇を寄せてくる。

「あ……」

「こんなことができるのは、俺だけだからな」

「んんっ……」

うっかりこぼれ出そうになる甘い嬌声が、ドルフに聞こえないようにとフィオナは必死に声を抑える。

夫婦なのだから当然の行為だが、家族同然のドルフに聞かれるのは、さすがに恥ずかしいと思っているのだ。

「フィオナ、愛している」

なおも甘い言葉を浴びせてくるオスニエルに酔わされて、フィオナは眠れない夜を過ごすのである。


保養地であるルーデンブルグは広い湖のある静かな土地だ。オズボーン王国の東側にあり、王家の離宮の近くには様々な植物を研究している植物園があるそうだ。

「静かでいいところですね」

今回の旅行は、オスニエルとフィオナとドルフ、オスニエルの側近兼護衛のロジャー、フィオナの侍女兼ドルフの世話係のポリー、フィオナの護衛としてカイという少人数でやって来た。

面倒くさそうにしていたドルフも、いざ現地にたどり着いてみれば楽しそうだ。キラキラと水面が輝く湖に目を向け、無意識に尻尾を揺らしている。

「フィオナ、湖畔を散歩しよう」

オスニエルの誘いにうなずいたフィオナは、彼の腕に手をかける。

「お前たちは少し離れてついてこい」

オスニエルに牽制《けんせい》され、残る面々は、彼らの姿を見失わないくらいの距離を空けてから歩きだした。

＊＊＊

「はー、オスニエル様が独占欲を丸出しにするような日が来るとは……感慨深い」

熱いまなざしで、先を行くふたりを見るのはロジャーだ。

「ロジャー様、なんでそんな親目線なんすか」

ロジャーとオスニエルはほぼ同年代のはずなので、不思議に思ったカイがややあきれたように尋ねる。護衛として連れてこられている彼としては、護衛対象と離されるのは不服だ。

「俺がオスニエル様の側近として召し上げられたのは、彼が十八歳、俺が十七歳のときだ。男だって結婚適齢期だろう？　なのに、当時からオスニエル様には浮いた噂ひとつないっていうか、男色説まで流れて、そのせいで俺まで女性にモテなくなって大変だったんだ」

「あーそれはお気の毒ですね」

カイがやる気のない返事をすると、ロジャーは苦笑して、話を切り替えた。

「そういうカイ君はモテそうだね」

「全然ですよ。うち、貧乏子爵家ですし。俺は三男ですから」

「へぇ」

「ガキのときは、ポリーの……サンダース商会で荷運びの仕事をさせてもらったりもしたんです。それでポリーとは顔馴染みっていうか」

ドルフを追いかけながら小走りになっているポリーに目を向ける。ロジャーはなんとなく察した。

「あー、なるほどねぇ。……って、だったら、相手がいないのは俺だけ？」

「べつに俺とポリーはそんなんじゃないっす」

「いやいや、時間の問題って感じがするよ」

普段は王太子付きの側近と王太子妃の護衛ということで、顔は合わせつつ話をする機会はあまりなかったが、話せばなかなか気は合いそうだ。

「まあ、フィオナ様が来てから、オスニエル様もずいぶん落ち着かれたから、俺もそろそろ嫁探しができるってもんだよ」

ロジャーはそう言い、仲睦まじそうに歩く主人夫妻を見つめた

＊＊＊

離宮を管理する執事は、新婚旅行ということを考慮し、二階の一番奥の見晴らしのいい部屋を、オスニエル夫妻のために用意した。

「護衛の皆様は、階段の近くの部屋になります。侍女殿は隣の部屋ですが、壁は厚くできておりますし、鍵もかかりますので……」

なんの心配をされているのか、にこやかに話す執事に、フィオナは物申したくなったが、ロジャーがご機嫌に「ありがとうございます」と返してしまったので、黙ることにした。

「早速部屋を見せてもらうか。フィオナ、こっちだ」

「ええ。ドルフもいらっしゃい」

部屋には大きく窓が取られていた。オーシャンビューならぬレイクビューだ。奥に見える森林も緑鮮やかで、まるで湖の中の秘密基地にでもいるような気分になる。

『悪くないな。空気が澄んでいる。ここはルングレン山に近い』

「え？」

『聖地というやつだな。力がみなぎるのを感じるのだ』

「そうなの」

やはり、ドルフも連れてきてよかった。聖獣には、こんなふうに自然と親しむ時間も必要なはずだ。

「執事が、街から最高の料理人を連れてきたと言っていた。夕飯が楽しみだな」

のんきに微笑むオスニエルを、幸せな気分で見つめた。

ディナーはとても豪華だった。地元の野菜を使った前菜に、メインディッシュは魚。トマトを使ったスープはじっくり煮込まれている。

フィオナが自身の異常を感じたのは、その時だ。先ほどまで湯気の出ていたスープが、スプーンですくって口に入れるときには冷たくなっていたのだ。

「あら？」

「どうした？　フィオナ」

「いいえ。なんでもありません」

ちらりと隣のオスニエルの皿を見れば、やはり同じように湯気が立っている。

(おかしいわね。なんか、どれも冷たく感じる)

だが、執事が最高のシェフを連れてきたというだけあって、出された料理は冷たくともおいしい。

自分以外はなにも言わなかったことから、フィオナはこの現象については黙ったまま、食事を終えた。

「あら、すぐお湯が冷めますわね」

「本当だわ、どうしたのかしら」

浴室でも不可解な状態は続く。フィオナの体を磨いてくれた離宮の侍女たちが、そんなことを言いだしたのだ。

「このくらいでいいわ。ありがとう」

どうも、自身の魔力が制御できていないようだ。

「香油をお塗りしましょう」

「いいの。オスニエル様はにおいの強いものはあまり好きじゃないのよ」

フィオナは適当に理由をつけ、夜着を着せてもらい、早々に部屋へと戻った。

部屋ではオスニエルが待っていた。フィオナを見つけると、力強さを感じさせる顔に優しい笑みを浮かべる。

「オスニエル様。私、なんだか変なのです」

「変とは？」

フィオナは、氷の力が暴走気味であることを説明する。意図しているわけでもないのに、いろいろなものを冷やしてしまっているのだ。

「ドルフも力がみなぎると言っていたのだろう？　加護の力が強くなっているのかもしれないな」

「そうなんでしょうか」

不安げなフィオナを、オスニエルが抱き寄せる。

「心配するな。そばにいる」

「……はい」

抱きしめられれば、波立っていた気持ちが落ち着いてくるのがわかる。触れているだけで安心できる相手がいるのは幸せだ

オスニエルの顔が近づいてくる。フィオナはうっとりと目を閉じた。

だが、唇が触れた瞬間、フィオナの中でなにかが爆発した。

＊＊＊

離宮の執事は、新婚夫婦と同じ部屋にペットを入れることをよしとはしなかった。

フィオナが離したがらないことから、ドルフがあてがわれたのは隣のポリーの部屋だ。

「ドルフ様、ブラッシングしましょうか」

『うむ』

ドルフは、ポリーのことを案外気に入っている。正体を知っても怯えることもなく、むしろ心酔してくるあたり、本当にいい奴だと。フィオナもこのくらい従順でもいいのにと思うくらいだ。

狼の姿で、彼女のブラッシングに身を委ねていると、小さな悲鳴が聞こえた。

「どうしました？　ドルフ様」

『フィオナの声が聞こえた』

ドルフは立ち上がり、壁の向こうをじっと見つめる。

「ドルフ様、お邪魔したらいけませんよ」

『そういう悲鳴とは違う』

ドルフとポリーが言い合っているうちに、ポリーの部屋の扉がノックされた。

「お願い、開けて、ポリー」

ポリーは慌てて扉を開け、半泣きになっているフィオナを迎え入れる。

「フィオナ様？」

「どうされたんですか」

『オスニエルの奴、お前を泣かせるようなことをしたのか』

けたたましく問いかければ、フィオナはぶんぶんと首を振った。

「わ、私、力が暴走して、オスニエル様を凍らせてしまったの……」

『……は？』

さすがに予想の範疇《はんちゅう》を越えていて、ドルフもポリーも目を点にしてつぶやくよりほかはなかった。

ふたりと一匹は夫婦の寝室へと戻る。天蓋《てんがい》付きのベッドの中央に、オスニエルが横たわっていた。やや顔色が悪く、唇も青くなっているが、それ以外は普通だ。

『ふむ……？』

だが、触ると異常に冷たい。

『これはあれだな。お前が仮死状態になったときと同じ状態になっている』

「やっぱり。どうしようドルフ」

『今回は毒がどうこういう話ではないから、体温を戻すのは俺でもできるが……』

ドルフはそう言い、紫の目を光らせた。フィオナの肌に、静電気のようなパチッとした感覚が伝わる。

やがてオスニエルの肌の色が正常に戻ってきて、彼はゆっくり目を開けた。

「……俺は」

『起きたか。フィオナは触るなよ。また凍ったらまずい』

「すみません、オスニエル様」

フィオナの目尻から涙がこぼれる。それさえも、落ちていく途中で氷になった。

『力が暴走しているのは、本当のようだな。なにかきっかけがあったんじゃないのか？　なにをしたらオスニエルが凍ったんだ？』

「え？　それは、その」

ドルフに問いかけられ、フィオナは顔を赤くし、オスニエルに目で訴える。オスニエルもまた、言いにくそうに視線を返した。もじもじと照れ合っている新婚夫婦に、ドルフはやや苛立ってきた。

『聞こえないぞ』

「だから。その……キスを、しただけよ」

「どうしてそれだけでオスニエル様が凍りつくんですか」

「私にもわからないわ。でも、夕飯のときも、無意識にスープを冷やしてしまったり、お風呂のお湯を冷ましてしまったりと、加護の力が暴走しているとは思っていたの。でも人を凍らせるほどひどくはなかったのに」

「まあ、戻ったのだからそんなに落ち込むな、フィオナ」

オスニエルはフィオナを励まそうと、肩をたたく。……が、その一瞬で手の表面が冷たくなり、慌てて手を放さなければならなかった。

『とりあえず、原因がわからん以上、様子を見るしかないだろう。オスニエルはどこか別の部屋で寝るんだな』

「なぜだ！」

『そんなもの、お前が凍りつくからに決まっているだろう』

ドルフの言っていることは正論だったが、オスニエルは断固として部屋から出ることを拒否した。

「まあ、新婚旅行に来たご夫婦が別室で寝起きするのも変ですしねぇ」

ポリーにもそう言われ、仕方なく広いベッドの両端で寝ることにする。寝ぼけてくっついてしまわないよう、間には狼姿のドルフに入ってもらうことになった。

「では、明日また様子をうかがいにまいりますね！」

「うん。起こしてごめんなさいね、ポリー」

「寝てなかったから大丈夫です！」

ポリーは元気に答え、隣室へと戻っていく。

そしてふたりと一匹は川の字に横になった。

「原因は……思いあたることはなにかないのか？」

オスニエルがぼそりとつぶやく。

「今日はずっと一緒にいましたし、とくにおかしなこともありませんでしたよね？」

『場所のせいかもしれんな』

話し合っても、答えは見えない。

やがて、オスニエルの方が緩やかな寝息を立て始めた。

フィオナには全然眠気がやってこない。何度も寝返りを打っていると、ドルフが顎のあたりにフィオナの頭があたるようにして、フィオナの体を抱き込んできた。

『早く寝ろ。最近、疲れた顔ばかりしているじゃないか』

たしかに、最近は疲れやすかった、でも、今は全然眠れない。じっとしていると涙がこぼれそうになる。必死にこらえていると、ドルフが目尻を舐めてくれた。

「ドルフ、私……最近童話を読んだの」

『うん？』

「眠り続けるお姫様を、王子様がキスで起こす話」

『まるきり反対になったってわけか。笑えるな』

「笑いごとじゃないわ！」

フィオナは憤慨したが、ドルフは気にした様子もない。

『物語ならば必ずハッピーエンドとやらが待ってるんだろ。気にするな』

「気になるわ。これじゃあ私、悪い魔女の方じゃない……」

『じゃあ根性で、ハッピーエンドにするんだな。お前はただのお姫様じゃないだろ。聖獣の加護持ちの姫だ』

「なによ、それ……」

フィオナは思わず笑ってしまう。ドルフのお腹の毛が頬に触れて、やわらかくて温かい。

「変な感じ。背中になら乗ったことあるけど、大きい姿のお腹を触るのは初めてかも」

『怯えたペットをなだめるのも飼い主の仕事だから仕方ない』

「もう、そればっかり」

とは言いつつ、やわらかな毛に包み込まれるように抱きしめられると、温かい気持ちになり、安心感が湧いてくる。

「力の暴走、収まるよね……」

『いいから、さっさと寝ろ』

やがてフィオナはホッとしたように眠りについた。

＊　＊　＊

フィオナの呼吸がすっかり寝息に変わった頃、ドルフはむくりと起き上がり、彼女のにおいをクンクンと嗅いだ。

『おかしなくらい魔力が増幅してるな。それに、なにか違うにおいがする……』

「どうしたんだ？　ドルフ」

寝たふりをしていただけで実際は寝ていなかったオスニエルが、声をかける。

「なにかわかったのか？」

『確証はないが、気になることがあるから外に出てくる。フィオナを頼むぞ』

「ああ」

とはいえ、フィオナの力が暴走している今、誰もフィオナに触ることができない。

「まったく、新婚旅行だというのにとんだことになったものだ」

『いい気味だ。お前は最近浮かれすぎだったからな』

ドルフは、オスニエルをあざ笑うように言い、窓の外を見つめた。夜の闇に沈んだ湖は、この世の深淵を閉じ込めたように暗い。

『じゃあな』

昼間とは違った空気を感じ取り、ドルフはそのまま外へと飛び出した。

＊　＊　＊

翌朝になっても、フィオナの力の暴走はおさまらなかった。むしろ悪化している。手のひらから放出する冷気が、白い煙となって見えるくらいだ。

「これでは、人に会わすわけにもいかんな」

オスニエルにポリーを呼んでもらい、着替えを出してもらう。着替えるのは自分でだ。触れたらポリーを凍らせてしまう。

「今日は一日部屋にこもると、カイやロジャーには言っておけ。それと、食事も運んでくれるか？」
「はいっ！」
オスニエルに言いつけられ、ポリーが笑顔で出ていく。フィオナは心配になって扉に頭をつけ、聞き耳を立てた。
《おはようございます、ポリー殿》
《ロジャー様。おはようございます。オスニエル様から伝言です。今日は一日部屋で過ごすので、誰も近づかないようにとのことです》
《オスニエル様が？》
ロジャーの怪訝そうな声が気になる。フィオナの内心は穏やかではない。
（どうしよう。ロジャー様にバレたら大ごとになるわ）
《じゃあ、今日の警護は館の中だけですね。でしたら俺ひとりで十分ですから、ロジャー様もたまに休暇を取ってはいかがですか？》
続く声は、カイのものだ。
《でも、オスニエル様の許可がないと……》
真面目に言うロジャーに、ポリーが《じゃあ、聞いてきますね！》といい、一度部屋に入ってきた。

オスニエルはすぐにうなずく。

「いいぞ。たまにはゆっくり街に出て遊んでこいと伝えておけ」

「はいっ」

＊　＊　＊

ポリーは再び廊下に出て、歓談しているロジャーとカイの間に割って入る。

「ロジャー様には休暇を与えるそうです。普段なかなか休めないのだし、せっかくですから街に出て、ゆっくりしてきてはと」

「そうですよ。出会いがあるかもしれませんよ、ロジャー様」

カイの後押しに、ロジャーは気をよくしたようで、「では、カイ君にお任せしてもいいだろうか」と恐縮しつつ、背中を向けた途端に軽い足取りで行ってしまった。

「……わりと素直に出ていきましたね」

「オスニエル様と一緒だと、女性と出会う暇もないらしいからね……」

カイは昨日の会話をかいつまんで説明する。旅先でうまく結婚相手が見つかることはないだろうが、女性と話すだけでも、少しは癒《いや》されるだろう。

「さて、俺はどうするか。警護とはいえ、あまり部屋の前に立っているのは悪いよな」

ちらりとカイが部屋の扉を見つめる。

「そうですね！　おふたりの邪魔をしちゃいけませんし。私も食事をお運びするときくらいしか入らないようにします」

「じゃあ、俺は、ポリーと一緒にいていいだろうか」

カイからじっと見つめられて、ポリーは一瞬ドキリとしたものの、ないないと首を振る。カイは昔馴染みだから優しくしてくれるだけだ。彼は昔から食べ物にしか興味がないようだったし、ポリーは妹のようにしか思われていなかった。だいたい、気があるのなら、もっと前からなにか言ってくれたはずだ。十九歳という年齢は、結婚するのにおかしな年ではないのだから。

「そうですね。でもとりあえず、私はおふたりの朝食を運んできます。カイさんもリラックスして休んでいてください。護衛が必要な場合は呼びますから」

ポリーが笑顔で答えれば、カイはなぜか肩を落として、自室の方へと向かった。

＊　＊　＊

フィオナとオスニエルは、ポリーが運んでくれた朝食を取っていた。やはり、でき立ての食事が、フィオナの口に入るまでに冷たくなっていく。

「やっぱり魔力が制御できないわ。温かいものが食べたいのに」

「まあそう、落ち込むな」

オスニエルはフィオナをなだめようと手を伸ばしたが、触ったら凍ってしまうことを思い出して、手を引っ込めた。

「だが、触れないのは問題だな。せっかくの新婚旅行なのに」

「……ごめんなさい」

どうしてこうなってしまったのだろうと、フィオナは落ち込む。少しでも状況を改善するために、自分の力でできることを考えなければ。

「とりあえず魔力を減らしてみようと思います」

「無理はするなよ」

オスニエルはそう言ってくれるが、フィオナは童話のお姫様のように、ただ守られているだけ、待っているだけにはなりたくないのだ。

「オスニエル様、私ちょっと出かけてきます」

フィオナは立ち上がり、ポリーを呼びつける。

「ポリー、悪いんだけど、カイを引きつけておいてもらえる？　こっそり行きたいところがあるの」

「いいですけど……。フィオナ様おひとりでですか？」

「いや、俺も行く」

フィオナは首を振ったが、オスニエルは頑として譲らない。

「触れられなくとも、護衛の真似ごとくらいはできるからな」

「そう……ですね。ではお願いいたします」

フィオナがうなずくと、ポリーは「では、カイさんのことはお任せください」と胸を張った。

＊＊＊

ドルフは、湖の上空を飛んでいた。たしかに、聖なるものの気配がする。それはルングレン山でいえば、聖獣と呼ばれるなにかだ。

（湖の精霊か。はたまた別の名前のついたものか）

湖の奥は森になっていて、なにかがいる気配はあるのだが、姿を見せる気配もまたなかった。

（ふむ……）

ドルフは、視界の悪い状態で相手のテリトリーに入るのは危険と判断し、日が昇るのを待ってから、森に入った。

森の中ほどまで入り込んでから、ドルフは一度雄たけびを上げた。すると、呼応するように、甲高い雄たけびが聞こえる。

『やはりいるな。誰だ』

銀色の毛を逆立て、ドルフはもう一度呼びかける。

すると、うっそうと茂った木々の合間から、白い狼が姿を現した。

狼はドルフの姿を認めると、一瞬で近くにまでやって来た。

『このにおい、あなただったのね』

狼はあっけらかんとそう言う。

『昨日、湖の近くを通った女の子から、すごく強い聖獣のにおいがするって思っていたの』

この狼も、聖獣のたぐいなのだろう。赤い目がルビーのように輝いている。

『お前は?』

『私はリーフェ。湖の番人』

ドルフはあたりを見回した。ルングレン山であれば、多くの精霊が住んでいるのだが、ここにはあまり多くの気配を感じない。

『お前、一体か?』

『そう。この国の人は聖獣の存在を信じてないから、聖獣がいつかないの。でも母は、ここが好きだったみたい。通りすがりの聖獣がもっといい住処があるから一緒に行こうって言っても、動かなかった。母が死んでからは、私ひとり』

『お前は移動しないのか?』

『ひとりで知らないところに行くのは怖いもん。だから、昨日、驚いたの。強い聖力を持った子が来たなって。私に気づいてくれるように、あの人間に加護をあげたの。思惑通り、来てくれた』

リーフェは得意げに微笑んだが、ドルフは不快だ。

『フィオナには俺が加護を与えている。ルングレン山では、お手付きには手を出さないという暗黙の了解があったんだが、ここにはそんなルールはないのか?』

『そこは気を使ったよー。あなたの加護を得ている子じゃなくて、もうひとりの方』

『オスニエルか？』

『違う違う、あの子の中にいる子』

『……は？』

『あれ？　気づいてない？』

『まさか……』

ドルフが疑問を口にしたその瞬間、湖の表面がパリパリと凍りつく。

『なにっ？』

表面だけなのですぐに溶けてはいくが、凍りついては溶けるという異常な事態だ。

リーフェも驚いたようだ。

『わあ、大変、湖が』

『フィオナか……？　リーフェとやら、悪いが、一緒に来てもらおう』

ドルフはリーフェを促し、共に空を駆けながら、離宮へと向かった。

『人間どもに見つかると面倒だからな。時を止めるぞ』

『うん』

ゆっくり念じて、時を止める。これで、ドルフが認めたものと、ドルフと同等またはそれ以上の力のある聖獣以外は、動かなくなるはずだ。

ドルフはちらりと横を見る。並走するリーフェの動きは、少しも鈍っていない。

（こいつ……力はかなり強いのだな）

＊　＊　＊

「フィオナ、そんな魔法の使い方をしたら、お前が倒れるだろう。やめるんだ」

オスニエルの静止も聞かず、フィオナは離宮から近い湖畔で、湖に手をあてていた。

とりあえず魔力を放出するのに、一番被害が出ないのは湖だと思ったのだ。

風で波立っているから、表面が凍ったとしてもすぐ溶ける。いくら暴走しているとはいえ、フィオナの魔力で湖をすべて凍らすほどの力はないはずだ。

「私が魔力を使いきれば、オスニエル様に触れるようになるかもしれませんし」

「お前に倒れられたら元も子もない。やめるんだ」

しかし、フィオナは頑として聞かない。こうなったときの彼女は頑固で、オスニエルは困り果てていた。

その時、湖の表面の波紋の動きが止まる。フィオナとオスニエルは顔を見合わせ、周囲に目をやった。雲の動きも止まっている。どうやら、ドルフが時を止めたようだ。

「あそこだ」

オスニエルが指さした先から、狼が近づいてくる。しかしドルフだけではない。もう一体、白い狼が宙を駆けてくる。

『フィオナ！　なにをしているんだ』

ドルフは近くへ下り立つなり、叫んだ。

「ドルフ。……この子は誰？」

『私はリーフェ。よろしく』

『自己紹介はどうでもいい。なにをやっているのかと聞いているんだ』

フィオナは自分の手についた水を払う。その先から、水は氷粒となり地面に落ちてはカツンと固い音を立てた。

「なにって、あふれ出ている魔力を使い果たしてみようと思って」

『……それで湖を凍らせようと？』

「そこまでやれば、魔力も枯渇するでしょう？」

こともなげに言ったフィオナに、ドルフはあきれた顔だ。

『お前は時々規格外なことを言いだすな。オスニエル、止めなかったのか』

「止めても聞かなかっただけだ」

『だろうな』

男ふたりが、やれやれと言った表情でうなずき合う。普段気が合わないくせに、こんな時ばかり仲よさそうにするので、フィオナは不快だ。

『とりあえず、それはやめろ。原因はわかった』

「本当？」

『ああ』

ドルフがチラリとリーフェに視線を向ける。

『こいつが、加護を与えてしまったらしい』

「加護？　誰に？　オスニエル様に？」

『いや……』

『あなたの中の、小さな魂によ？』

リーフェはさらりと言った。その言葉の意味をのみ込めないフィオナは、しばし考え、オスニエルの方を見る。

「まさか……」

オスニエルの顔が、自然と緩んだ。

「それは、フィオナの腹に俺たちの子がいるということか？」

オスニエルがリーフェに問いかける。リーフェはあっけらかんと答えた。

『気づいてなかったんだねー。お腹に魂が宿っているの。でも、まだ理性どころか体さえ人間の形に育ってないから、制御できなかったのかも。ごめんごめん』

リーフェがあまりにも軽い調子なのであきれてしまうが、聖獣とはそういうものかもしれない。

リーフェはフィオナのお腹あたりにキスをした。

『加護の量を減らしてみたけど、これでどうかなぁ。暴発は避けられると思うけど』

「本当？」

たしかに手から冷気はあふれ出なくなってきた。それにしても、信じられない。妊娠していたこともそうだが、その子がすでに加護持ちになっているとは。

「私のお腹の、……赤ちゃんが冷気を暴発させてたってこと？」

『そうみたいだね。お母さん譲りで、氷の魔法に適性があるんだと思うよー』

「でも、先が思いやられるんだけど……」

感情さえ制御できない赤ん坊が、生まれる前から力を持っているなんて、どう考えても怖すぎる。

『えへっ。ごめんね。ドルフに存在を気づいてもらいたくってつい……』

フィオナはややあきれる。ドルフもたいがいだなと思うけれど、リーフェもなかなかにマイペースな性格のようだ。強い力を持っている存在に分別がないと、こんなことになるのかと恐ろしささえ感じてしまう。

とにもかくにも、力の暴走は収まったようだ。

「で、改めて、お前はなんなんだ？」

オスニエルが憮然として聞くと、リーフェは尻尾をピンと立てた。

『お前って失礼な言い方ぁ。私はリーフェ。湖の番人』

「番人……？　誰が決めたんだ？」

オスニエルの問いに、リーフェはしばし考え込んだ。

『そういえば、誰にも決められてない。母さんが、湖が汚れないようにしていたから、私もそうしただけ』

「よくわからんが聖獣なのか？」

『この国の聖獣だろう。本当にお前らは聖獣に無頓着に生きてきたんだな』

あきれたようにドルフに言われ、オスニエルはややムッとする。

「仕方ないだろう。そういう概念自体が存在していなかったのだから。とにかく、もう昨日みたいな力の暴走はないんだな？」

『うーん。たぶん？　でも、お腹のお子ちゃんは、本能で母体を守ろうとしちゃうから、もしかしたらまた起きるかもね』

「守るってなんだ。俺は夫だぞ？　フィオナを傷つけるわけがなかろう」

『そんなのお腹の子供にはわからないんじゃない？　だから、奥さんへのお触りはほどほどにした方がいいよ』

　さらりと言われたが、オスニエルには爆弾発言だ。

　彼は新婚旅行をかなり楽しみにしてきたのだ。この休みをもぎ取るために、事前にかなりの仕事を済ませてきたのに。

　そこに、ドルフがさらに大きな爆弾を落とした。

『……たぶんだが、双子だぞ？』

「え？」

『意識して目を凝らすと、ふたつ光が見える。加護の取り合いをしているようだ。まだふたりでひとりというくらいだから』

『ああ、だから暴発するんだ。さすがドルフ』

『まだ生まれてもいない者に、加護なんか与えるからだろう』

やれやれ、とドルフがため息をつく。そして、にやりと笑ってオスニエルを見た。

『そういうわけだ。こいつらが人の形をとって、落ち着くのに半年はかかるだろうから。しばらくお触りは禁止だ、オスニエル』

「は？　俺は新婚旅行で来たんだぞ？　なのに？　フィオナに触るなってのか」

『自分の命が惜しいならな』

その後、命など惜しくないと言い張ったオスニエルは、フィオナに説得され、泣く泣く禁欲期間を設けることとなる。

＊＊＊

ロジャーは夕方に帰ってきた。

出会いが欲しい妙齢の男性である。早速街へと繰り出し、同じく観光で来たらしい貴族令嬢をスマートに誘い出し、久方ぶりにときめく時間を過ごした。

（明日の約束も取りつけたし。フィオナ様様だなぁ。オスニエル様が部屋にこもりきりになるほどのめり込むなんて）

ロジャーはステップを踏み出したくなるほどご機嫌だった。

だから、予想もしていなかったのだ。オスニエルが、眉間に皺を寄せたまま、自分の帰りを待っているなんて。

「遅かったじゃないか」

「オスニエル様……。今日は寝室から出てこないおつもりだったのでは」

「気が変わった。明日からカイも加えて鍛錬をするぞ。朝から晩までな」

「は？　新婚旅行ですよ？　フィオナ様を放っておいていいんですか」

「そのフィオナの要望だ！　いいから来い！」

ロジャーは首根っこを掴まれ、連れていかれる。

「明日からじゃないんですか！」

「気が変わった。今すぐやるぞ、付き合え、ロジャー」

「ケンカしたならさっさと謝って仲直りしてくださいよ。嫌だ。助けてください、フィオナ様！」

こうして、旅行中にロジャーの生傷は劇的に増え、少しばかり進展したポリーとカイと、フィオナの妊娠発覚をお土産に、一行は帰路につくのであった。


【Fin】

あとがき

こんにちは、坂野真夢です。『8度目の人生、嫌われていたはずの王太子殿下の溺愛ルートにはまりました～お飾り側妃なのでどうぞお構いなく～』をお手に取っていただき、ありがとうございます！

さて今回のお話は、ループもの。だいたいタイトルで内容は把握できる感じです。過去に自分で没案にしていた『政略結婚に抗い、ふたりの幼馴染みと逃げて三角関係を繰り広げる話』をもとにしておりまして、思いきって真逆の『政略結婚で幸せになる』エンドになるように考えていったら、今のような話になりました。

私は主人公が苦労して気づきを得て、成長していく話が好きなので、フィオナはつらい思いをたくさんしたと思います。自分勝手な聖獣は、頼りになるけれど、思うように動いてくれないし、夫となるオスニエルも、蛮族の姫と決めつけ、全然本当のフィオナを見ようとはしてくれません。だけど、それに負けじと踏ん張って、徐々に強く、素敵な女の子になってくれたと思います。

書き下ろしの番外編では、ふたりの周りのその後も書いてみました。不憫キャラのロジャーが好きです。がんばれ。私は君を応援している。

今回表紙イラストを担当してくださったのは、八美☆わん先生です。華やかな画風で前からファンだったのでとてもうれしいです。作中で出てくる花飾りをつけたフィオナがかわいらしく、オスニエルも格好いい！　キラキラしてます。垂涎《すいぜん》ものです。ドルフもかわいい！　本当にありがとうございました。

そして、前担当の森様、いろいろアドバイスをくださり、ありがとうございました。とても頼もしかったです。そして、今回から担当となってくださった前々担当でもある鶴嶋様。おかえりなさい！　また一緒に作品を作れてうれしいです。伝わりやすい文章にするよう、アドバイスしてくださる佐々木様、スターツ出版の皆様、いつもありがとうございます。

なにより、いつも応援してくださる読者様。孤独な執筆作業を支えてくださってありがとうございます。

みなさんに楽しい時間をお届けできていますように。

坂野真夢《さかのまむ》

坂野真夢先生への
ファンレターのあて先

〒104-0031
東京都中央区京橋1-3-1
八重洲口大栄ビル7F
スターツ出版株式会社　書籍編集部　気付

坂野真夢先生

本書へのご意見をお聞かせください

お買い上げいただき、ありがとうございます。
今後の編集の参考にさせていただきますので、
アンケートにお答えいただければ幸いです。

下記URLまたはQRコードから
アンケートページへお入りください。
https://www.berrys-cafe.jp/static/etc/bb

8度目の人生、嫌われていたはずの王太子殿下の溺愛ルートにはまりました ～お飾り側妃なのでどうぞお構いなく～

2021年9月10日　初版第1刷発行

著　者　坂野真夢
発行人　菊地修一
デザイン　カバー　AFTERGLOW
フォーマット　hive & co.,ltd.
校　正　株式会社　文字工房燦光
編集協力　佐々木かづ
編　集　鶴嶋里紗
発行所　スターツ出版株式会社
〒104-0031
東京都中央区京橋1-3-1　八重洲口大栄ビル7F
TEL　出版マーケティンググループ　03-6202-0386
（ご注文等に関するお問い合わせ）
URL　https://starts-pub.jp/
印刷所　大日本印刷株式会社

Printed in Japan

乱丁・落丁などの不良品はお取替えいたします。
上記出版マーケティンググループまでお問い合わせください。
定価はカバーに記載されています。

ISBN 978-4-8137-1148-3　C0193

ベリーズ文庫 2021年9月発売

『官能一夜に溺れたら、極上愛の証を授かりました』　美森《みもり》 萌《めむぐ》・著

フローリストの美海は、御曹司・時田と恋に落ちる。彼と一夜を共にし、のちに妊娠が発覚。しかし彼に婚約者がいることがわかり、美海は身を引くことに…。しかし3年後、地元で暮らす美海の元に時田が現れて!?　「ずっと捜してた」――空白の時間を取り戻すかのように溺愛され、美海は陥落寸前で!?

ISBN978-4-8137-1143-8／定価715円（本体650円＋税10%）

『クールな外科医はママと息子を溺愛したくてたまらない～秘密の出産だったはずですが～』　夏雪《なつゆき》なつめ・著

密かに出産した息子の頼と慎ましく暮らす美浜。ある日、頼の父親である外科医・徹也と再会する。彼の立場を思ってひっそりと身を引いたのに、頼が自分の子供と悟った徹也は結婚を宣言してしまい…!?　頼だけでなく美浜に対しても過保護な愛を隠さない徹也に、美浜も気持ちを抑えることができなくなり…。

ISBN978-4-8137-1144-5／定価704円（本体640円＋税10%）

『エリート外交官と至極の契約結婚【極上悪魔なスパダリシリーズ】』　若菜《わかな》モモ・著

ドバイのホテルで働く真佳奈は、ストーカーに待ち伏せされていたところを外交官・月城に助けられる。すると彼は契約結婚を提案してきて…!?　かりそめ夫婦のはずなのに、なぜか色気たっぷりに熱を孕んで迫ってくる月城。真佳奈は彼の滾る愛に陥落寸前で…!?　極上悪魔なスパダリシリーズ第一弾！

ISBN978-4-8137-1145-2／定価715円（本体650円＋税10%）

『極上御曹司に初めてを捧ぐ～今夜も君を手放せない～』　滝井《たきい》みらん・著

自動車メーカーで働く梨乃は、家庭の複雑な事情から自分は愛されない人間だと思っていた。唯一の肉親である兄が心配し、旧友・優に妹の世話を頼むも、それは梨乃の会社の御曹司で…!?　ひょんなことから、一緒に住むことになったふたり。心と体で深い愛を教え込まれ、梨乃は愛される喜びを知り…。

ISBN978-4-8137-1146-9／定価726円（本体660円＋税10%）

『君との子がほしい～エリート脳外科医とお見合い溺愛結婚～』　未華《みはな》空央《そらお》・著

幼稚園教諭として働く男性恐怖症の舞花。体を許せないことが原因で彼氏に振られて消沈していた。そんな折、周囲に勧められて脳外科医の久世とお見合いをすると、トントン拍子に結婚生活が始まって…!?　次第に久世に凍てついた心と体が熱く溶かされ、舞花は初めて知る愛に溺れて…!?

ISBN978-4-8137-1147-6／定価715円（本体650円＋税10%）

ベリーズ文庫　2021年9月発売

『8度目の人生、嫌われていたはずの王太子殿下の溺愛ルートにはまりました』　坂野《さかの》真夢《まむ》・著

王女フィオナは敵国の王太子・オスニエルに嫁ぐも、不貞の濡れ衣を着せられ処刑されたり、毒を盛られたり…を繰り返し、ついに８度目の人生に突入。愛されることを諦め、侍女とペットのわんこと楽しく過ごそう！と意気込んでいたら…嫌われていたはずの王太子から溺愛アプローチが始まって…!?

ISBN978-4-8137-1148-3／定価748円（本体680円＋税10%）

『悪役幼女だったはずが、最強パパに溺愛されています！』　朧月《おぼろづき》あき・著

前世の記憶を取り戻した王女ナタリア。実は不貞の子で獣人皇帝である父に忌み嫌われ、死亡フラグが立っているなんて、人生、詰んだ…TT　バッドエンドを回避するため、強面パパに可愛がられようと計画を練ると、想定外の溺愛が待っていて…!?　ちょっと待って、パパ、それは少し過保護すぎませんか…汗

ISBN978-4-8137-1134-6／定価726円（本体660円＋税10%）

ベリーズ文庫 2021年10月発売予定

Now Printing

『離婚前提の契約結婚のはずですが!?～懐妊妻はエリートパイロットの寵愛に溺れる～』　紅《くれない》カオル・著

航空会社のグランドスタッフとして働くウブな美羽は、心配性の兄を安心させるため、利害が一致したエリート機長の翔と契約結婚をすることに。かりそめの関係だったはずなのに、体を重ねてしまった夜から翔の態度が急変！真っすぐな愛情を向けられ戸惑う毎日。そんなとき美羽の妊娠が発覚し…!?

ISBN 978-4-8137-1158-2／予価660円（本体600円＋税10%）

Now Printing

『極上悪魔なスパダリシリーズ　弁護士編』　佐倉伊織《さくらいおり》・著

パワハラ被害にあっていたOL・七緒は、弁護士・八木沢と急接近。口ではイジワルな態度で七緒を翻弄する八木沢だが、肝心な場面で七緒を守ってくれる八木沢。2人は反発しあうも徐々に惹かれあい、恋に落ちる。やがて七緒は2人の愛の証を身ごもると、溺愛は加速するばかりで…。人気シリーズ第2弾！

ISBN 978-4-8137-1159-9／予価660円（本体600円＋税10%）

Now Printing

『離婚から始めましょう』　高田《たかだ》ちさき・著

恋愛経験の少ないウブな和歌は、お見合いでイケメン社長・慶次と出会う。断ろうと思っていたのに、トントン拍子に話が進み結婚することに。しかし、同居後迎えると思った初夜、ドキドキしているのに彼は姿を現さない。その後も接触がなく離婚を考えていたのに、ある日彼の過保護な独占欲が爆発して…!?

ISBN 978-4-8137-1160-5／予価660円（本体600円＋税10%）

Now Printing

『サレ妻の私を幼馴染の御曹司が奪いにきました』　砂川雨路《すながわあめみち》・著

宮成商事のご令嬢として、お嫁にいくために生きてきた里花。昔、恋心を抱いた奏士がいたが、その気持ちも封じ込めていた。その後、お見合いで知り合った男性と結婚するが、浮気やモラハラに悩まされ…。そんな折、社長になった奏士と再会。里花は徐々に心を絆され、抑え込んでいた恋心が疼きはじめて…。

ISBN 978-4-8137-1161-2／予価660円（本体600円＋税10%）

Now Printing

『大好きな旦那様～たとえ子づくり婚だと言われても～』　宝月《ほうづき》なごみ・著

社会人2年目の悠里は、御曹司で部長の桐ケ谷に突然プロポーズをされる。彼が周囲から跡継ぎを熱望されていると耳に挟み、自分は跡継ぎを残すために妻に選ばれたのだと思い込んで…!?　「今すぐにでも、きみとの子が欲しい」――子作り婚だと分かっていても、旦那様から一身に受ける溺愛に溺れていき…。

ISBN 978-4-8137-1162-9／予価660円（本体600円＋税10%）

タイトル、価格等は変更になることがございますのでご了承ください。